*Alles ist anders*

Dieses Buch ist auch als eBook erhältlich.

Verlag Krug & Schadenberg, Hauptstr. 8, 10827 Berlin
Tel. (030) 61 62 57 52, info@krugschadenberg.de
**www.krugschadenberg.de**

Wenn Sie mögen, folgen Sie uns auf Facebook und Twitter.

*Birgit Utz*

# *Alles ist anders*

Roman

*Krug & Schadenberg*

# KAPITEL 1

*Mel*

»Nein, heute will ich allein schlafen«, habe ich zu Mona gesagt, als sie mit zu mir nach Hause kommen wollte. Es ist November, unfreundliches Wetter. Sie hätte mich im Auto mitgenommen, aber ich wurde lieber nass. Wir hatten Premiere; sie ist extra früher von der Arbeit gekommen, um dabei zu sein, und danach stieg noch eine Party, doch ich hatte keine Lust.

Und so sitze ich jetzt hier in der Küche mit Sammy, das geht gar nicht. Sie streckt mir ihren Joint hin. Ich schüttele den Kopf. Mir ist jetzt schon schwindelig, ich habe genug. »Mit jedem Zug wird der Weg zu meinem Zimmer weiter«, erkläre ich ihr.

Sie zieht selber noch einmal, drückt dann den Stummel aus, zieht einen Mundwinkel hoch; ihre grünen Augen funkeln hinter einem Schleier aus Haaren. »Och, auch egal«, meint sie, stützt sich auf den Küchentisch auf; ihre Lippen sind so nah.

Ich reiße mich los. Puh, das ist hart. »Schlaf schön«, sage ich, stemme mich aus dem Sessel, beuge mich über sie und wuschle ihr durch die dunklen Locken. Darunter sind ihre Haare abrasiert. Sie sind so dicht gelockt, dass sie das halbe Gesicht verdecken. Ich ziehe ein bisschen an ihrem Schopf, und sie hält meine Hand fest, holt mich näher zu sich heran.

»Nur einen«, sagt sie, und ihre Haare kitzeln. Unsere Zungen kennen sich schon, aber nur flüchtig. Das letzte Mal haben wir auf der WG-Party geknutscht, vor einer Woche, und danach habe ich beschlossen, so zu tun, als sei nichts gewesen. Soweit ich das mitbekomme, küsst Sammy sowieso ziemlich viel, und ich küsse Mona. Nicht so gierig oder so dringend, schon lange nicht mehr, vielleicht noch nie, aber es ist nicht so, dass ich Mona – ich liebe Mona, echt. Sie ist so etwas wie ein Zuhause, wenn es das gibt. Nur – ich hätte sie mitnehmen müssen.

Was mache ich schon wieder in Sammys Mund? Kein Sex in der WG, habe ich Samstag gesagt, und wir haben gelacht und sind nicht zusammen im Bett gelandet, sondern jede in ihrem eigenen, nur: Seitdem habe ich Herzklopfen, wenn ich sie sehe. Ihre Zunge windet sich um meine, sie tanzt. Das hier soll niemals aufhören.

Denke ich noch, da löst sie sich schon wieder, sagt: »Träum was Süßes«, steht auf, wischt sich mit ihrem Ärmel über den Mund und läuft an mir vorbei, den Flur hinunter.

Die Dielen knarzen, ihre Tür quietscht, fällt ins Schloss; wenn da mal nicht Dörthe aufwacht. Sammy wird noch ins Bad gehen, um sich die Zähne zu putzen, an meinem Zimmer vorbei. Egal was war, sie putzt sich immer die Zähne. Langsam gehe ich auf mein Zimmer zu. Sehe zu ihrem Zimmer, den Gang hinunter. An ihrer Tür hängt Patti Smith, guckt total ungerührt in meine Richtung. Scheiße, ich muss mit Mona Schluss machen.

Haralds Freundin Helen ist noch bei einer Kollegin, und Mona arbeitet bis halb sieben. Draußen ist es schon dunkel, viel zu früh. Ich sitze auf der Eckbank und schnipple Gemüse für den Wok. Wir hören Nirvana. Harald steht am Herd und summt leise mit.

Klar ist es ordentlicher, seit Helen hier wohnt. Ist ja auch keine Kunst, würde meine Schwester Bettina sagen. Ordentlicher, aber voller. Neben Haralds Theaterplakaten hängen noch die von ihr; viele aus der Schweiz. Sie hat jahrelang in Zürich gearbeitet. Und ein paar Regale und Stühle hat sie auch mitgebracht. Das Zimmer, in dem ich mein erstes Jahr in Hamburg verbracht habe, ist jetzt ihres, das heißt, eigentlich ist es eher wieder das Arbeitszimmer oder das Gästezimmer. Ein Schreibtisch, eine Matratze, falls Helen allein sein will oder Besuch kommt. Genau genommen hat Helen ständig Besuch. Von ihren beiden Schwestern, die in München und Stuttgart wohnen, die eine mit Mann und zwei Kindern, die andere allein. Von ihren Kolleginnen aus Zürich. Von ihren Freundinnen in Hamburg, die es nicht mehr vom Kiez heimschaffen. Und dann gibt es noch ein paar Berlinerinnen. Ich habe den Überblick verloren. Aber heute sind wir allein, nur wir vier, sozusagen die Kernfamilie.

»Hat dein neues Projekt schon angefangen?«, fragt Harald.

»Ja, wir machen gerade die Entwürfe. Diesmal darf ich 'ne Menge selber basteln.« Ein Weihnachtsmärchen für Kinder. Da kann man sich richtig ausleben, alles bunt und überdreht machen. Doris wird das planen. Ich werde diejenige sein, die herumrennt, Material und Requisiten besorgt und den Technikern beim Basteln hilft, ihnen nebenher in den Arsch tritt, damit es schneller geht, die richtige Zeit abpasst, wann ich dem Regisseur wieder nervige Fragen stellen darf, und das Budget im Auge behält. Es ist eine kleine Bühne. Und ich bin das Mädchen für alles. Im Dezember muss ich dann eigentlich schon den nächsten Job an Land gezogen haben.

»Ich dachte, du bastelst gern?«, unterbricht Harald meine Gedanken.

»Ja, klar.«

»Das klingt aber nicht begeistert«, meint er.

»Ich weiß auch nicht«, sage ich. »Das Thalia Theater hat noch nicht gezahlt, ich bin in den Miesen, und ich müsste mal wieder im Café anfragen, ob ich ein paar Schichten kriege. Aber ich hab keine Lust auf gar nichts.«

»Du musst endlich mal dein eigenes Bühnenbild machen, nicht immer nur Assistenz«, sagt er. »Oder du suchst dir eine Festanstellung.«

Ich schüttele den Kopf, lache. »Ach komm, du weißt doch, wie viele es davon in Hamburg gibt.«

»Es muss doch nicht Hamburg sein. Mel, in unserer Branche gehört es dazu, ab und an umzuziehen.«

»Aber ich bin hier zu Hause. Ich brauche den Hafen und alles – nee, Harald, für mich ist das Vagabundenleben nichts. Ich hab da keine Lust drauf.«

»Du willst Mona nicht allein lassen, oder?«, meint er.

Ich rutsche auf die Kante vor. Was soll ich mit ihm über Mona reden? Die kommt ja gleich. »Sie liebt ihren Job«, sage ich also, statt Probleme aufzuwühlen. Ich habe gar keine Zeit für Probleme. Mona arbeitet im Obdachlosentreff auf St. Pauli. Kleiderausgabe, medizinische Versorgung, im Winter der Notbus. Punker, Junkies, Alkies, Mädchen, die von zu Hause abgehauen sind. Die ganzen Gestrandeten. Mona macht das schon seit acht Jahren, seit sie ihr Studium abgeschlossen hat. Manchmal muss ich daran denken, was Papa sagen würde, wenn er von ihr wüsste. Und ich finde eigentlich, wenn er ehrlich ist, müsste er zugeben, dass sie eine Heilige ist.

»Aber für dich würde sie ihn aufgeben«, sagt Harald. »Das weißt du genau. Und sie würde auch woanders was finden.«

»Sie hat das alles aufgebaut. Es würde – sie wäre nicht dieselbe. Ohne den Treff kann ich sie mir gar nicht vorstellen.«

Richtig verliebt habe ich mich, als ich sie das erste Mal dort erlebte. Ich kannte sie schon eine Weile aus der Frauenkneipe, wo sie immer gemütlich ihr Bier trank. Vom Camelot, wo sie den anderen Frauen gern beim Tanzen zuschaute, vor allem aber mir. Sie ist schön mit ihren kurzen dunkelbraunen Haaren, den Falten auf der Stirn, den Lederarmbändern und ihrem festen, kompakten Körper. Man sieht, dass sie Karate macht. Sie hat mir schon immer gefallen, aber ich selbst hätte sie wohl nie angesprochen. Sie sitzt gern in den Ecken und unterhält sich oder schweigt. Während ich immer in Bewegung war. Alles war damals durcheinander, und es wurde mir langsam zu viel: Jobs, Affären, Wohnungswechsel; ich war immer noch nicht wirklich in der Stadt angekommen. Irgendwann hat sie mich dann zum Essen eingeladen. Nicht zu sich nach Hause, sondern in den Obdachlosentreff.

Da stand sie, an der Essensausgabe, mit ihrer tiefen, vollen Stimme, und sie war der Pol, um den alles kreiste. Sie gab jedem seinen Teller Suppe auf, und meistens lächelte sie dabei. Wenn sich jemand vordrängelte, blaffte sie ihn an, aber nie böse. Wenn sie etwas brauchte, streckte sie kurz den Kopf in die Küche. Und als alle was hatten, setzte sie sich neben mich.

Ich hatte schon eine Gesprächspartnerin gefunden. Das heißt eine Frau, die mir ihre Lebensgeschichte erzählte. »Und dann hatte ich irgendwann genuch. Dann hab ich gesagt: Nee, das machst du nich. Mit mir machst du das nich. Aber dann war eben auch die Wohnung wech. Und dann erst mal: Frauenhaus.«

Eigentlich habe ich nur genickt, und als Mona sich setzte, ihren Körper neben mir gespürt, seine Wärme, seine Sicherheit. Schon dort wollte ich mich sofort bei ihr anlehnen, mich in sie fallen lassen.

Als sie mit der Arbeit fertig war, haben wir es getan. Nachdem wir uns zusammen den Geruch der Obdachlosenküche weggeduscht, uns gegenseitig eingeseift hatten. Wir haben uns Zeit gelassen. Und danach habe ich so tief geschlafen wie lange nicht mehr. Habe mir das Frühstück ans Bett bringen lassen. Bin einfach bei ihr geblieben. Ganze drei Tage haben wir das Haus nicht verlassen. Seitdem sind wir zusammen. Inzwischen ist das fast drei Jahre her.

Ich erschrecke, als es klingelt. Das passiert mir oft mit

Harald: Wir reden kurz, und dann tun wir wieder irgendetwas, jeder für sich, in seine eigenen Gedanken versunken, und doch ist es viel gemütlicher, als wenn man allein wäre. Man könnte jederzeit wieder anfangen zu reden, aber man muss auch nicht. Harald und ich können gemeinsam schweigen, und das ist etwas Besonderes, finde ich, nicht mal mit Mona kann ich das länger. Er sieht mich auffordernd an. Ich reiche ihm das geschnittene Gemüse.

»Na, das haben wir gerade noch rechtzeitig geschafft«, sagt Harald. Ich versuche zu lächeln. Er sieht ernst aus. »Mel, sag mal, irgendwas stimmt bei dir nicht, oder?«, fragt er tatsächlich. Ich nicke und zucke die Achseln. Er streicht mir über die Schulter. Wir werden telefonieren. Dann geht er zur Tür und begrüßt Mona.

Ich hole solange die Teller aus dem Schrank und mache schon mal den Fernseher an. Gleich kommt *Lindenstraße.*

## *Sammy*

Am Montagmorgen gehört die Wohnung stets mir ganz allein. Ich ziehe die Vorhänge zur Seite, öffne das Erkerfenster und atme die Luft voller Abgase ein, lausche dem Lärm der Stadt, gucke Autos an und Menschen, die an der roten Ampel warten. Zuweilen kann es auch mir zu viel werden, aber überwiegend ist es so: Es beruhigt mich ungemein zu wissen, dass sie alle da draußen sind: die Erfolgreichen im Neuwagen, die Leute auf ihren Fahrrädern, beide fahren auf ihrer Spur um die Wette, während Massen von Menschen aus der S-Bahn strömen, sich mit den Fahrradfahrenden in die Quere kommen: Musical-Besucher, Durchreisende, Anwohnerinnen, die sich nicht kennen. Nicht weil die Großstadt allgemein anonym wäre – in London wohnte ich mit meinen Eltern in Chelsea, da kannte ich alle –, aber in dieser Trasse sind wir im Grenzbereich zwischen zwei Kiezen. Deshalb trifft man sich nicht automatisch. Mir kommt das entgegen.

Ich gähne, stecke mir eine Zigarette an, gucke an mir herunter und freue mich an dem viel zu großen Feinrippunterhemd. Inzwischen ist es eines von fünf, etwas anderes kaufe ich nicht mehr. Gemessen an der Haltbarkeit ist es ein fairer Preis, sie sind weich und haben doch Charakter, und sie sind nichts für Mädchen. Du bist ja hundert Prozent Butch, hat Mel einmal gesagt. Womit sie sich täuscht. Ja, ich habe inzwischen zwei Mal mit ihr geknutscht, aber davor habe ich hauptsächlich mit Jungs meinen Spaß gehabt. *One of the boys,* mit zahlreichen problemlosen Affären – das bin ich. Insofern hat Mel vielleicht auch wieder recht: Bei den Jungs war ich auf jeden Fall immer Butch, sofern man das Wort auf Heteras anwenden will.

Ich weiß nicht, wie es wäre, mit Mel weiterzugehen. Einmal habe ich das getan, mit einer engen Freundin. Was vielleicht ein Fehler war. Aber ich glaube, mit Mel wäre ich ganz anders, womöglich schüchtern. Nur werde ich das kaum je herausbekommen: Mel ist gebunden, und ich bin keine zuverlässige Alternative zu M., die sie wirklich vergöttert.

Diese Gedanken sind vollkommen fehl am Platz. Ich schaue noch einmal hinaus und lasse den Blick schweifen, bis ich mal muss und dann will, nämlich ein wunderbar dekadentes Vollbad nehmen, diesmal mit Jasminduft. Das Wasser läuft ein, derweil belade ich in der Küche ein Tablett mit allem, was nötig ist: Kaffee und Hefezopfreste, Honig und Butter plus eine fertiggedrehte Zigarette. So ein Badewannenfrühstück ist einfach wunderbar.

Ich aale mich im Wasser, und dann esse ich genüsslich. Ich frage mich, was das mit Mel soll und ob sie mit M. wirklich glücklich ist. Wie sie wohl schmeckt? Mir schwindelt. Ob ich Nico anrufen sollte, um ihm von ihr zu erzählen? Aber in Beziehungssachen ist Nico nicht wirklich ein guter Ratgeber. Mein Bruder hat schlicht zu wenig Erfahrung. Doch dafür ist er ein guter Zuhörer, er stellt oft die richtigen Fragen. Und nicht zuletzt kennt mich einfach niemand so gut wie er. Vielleicht rufe ich ihn ja an, wenn ich hier fertig bin. Heute habe ich nur ein Seminar um zwei Uhr und ansonsten massig freie Zeit.

Zuerst werde ich mich jedoch noch ein bisschen hier vergnügen. Ich räume das Essen weg und tauche unter. Meine Haare schwimmen um meinen Kopf herum. Ich könnte sie auch mal verfilzen lassen, wie Nico. Aber kurz vor dem wunderbaren Dämmerzustand, in dem ich oft die besten Ideen habe, zum Beispiel für Liedtexte oder für Hausarbeiten, fällt mir siedend heiß ein, dass ich heute ein Referat halten soll, das ich noch gar nicht geschrieben habe. Das war's dann also mit der Erholungsphase. In vier Stunden sollte ein Referat irgendwie zu machen sein. Oder etwa nicht? Die Rezeptionsgeschichte von *The Scarlet Letter*. Es gibt da ein paar Artikel, die ich mir zum Glück schon letzte Woche kopiert habe. Ich muss sie nur noch lesen. Und exzerpieren. Und mir meine eigenen Gedanken machen. Und schreiben. Ganz einfach. Na, denn: *Let's go*.

*Mel*

*Sunday bloody Sunday* … Als Doris rausgeht, in der Kantine was essen, lege ich erst mal eine andere Kassette ein und drehe die Musik lauter. PJ Harvey singt »Man-Size«, und ich mache die Stehlampe an. Tageslicht gibt's schon lange keins mehr; es ist ja fast Dezember.

Ich zerrupfe weiter Zeitungen, ein ganzer Berg hat sich schon in einem Karton angehäuft. Daraus werden dann Masken aus Pappmaché. Kobolde statt Engel, ganz cool. Und ein bisschen wie Kindergarten. Alleine arbeiten ist am schönsten, finde ich. Aber lange geht es nicht. Jemand klopft. Höflich, fast zögernd. Also niemand, der hier arbeitet. Eigentlich klopft man hier sowieso gar nicht. Und wenn überhaupt, dann so, dass es keine Frage, sondern eine Vorwarnung ist: Klopfen, Tür auf, sprich, bis du hochguckst, ist dem Klopfen schon ein Kopf gefolgt, wenn nicht gar eine ganze Person.

»Komm rein«, sage ich. Klar kenne ich das Klopfen. Mona schiebt sich langsam in den Raum, lächelt vorsichtig, sieht sich sorgfältig um. Ich lege die Zeitung weg, besser gesagt, das, was von ihr übrig ist, und gehe ihr entgegen. Umarmung, Begrüßungskuss.

»Du bist noch mittendrin, oder?«, fragt sie, versucht, ihre Enttäuschung zu verbergen.

»Wir haben sozusagen gerade erst angefangen«, erkläre ich.

Sie zögert. Ich gehe zum Kassettenrekorder, mache die Musik leiser. »Willst du einen Kaffee?«, frage ich.

Sie runzelt die Stirn. »Tee«, meint sie, ein bisschen genervt. Okay, klar weiß ich, dass sie am Nachmittag keinen Kaffee mehr trinkt. Eigentlich trinkt sie sowieso fast nie Kaffee, aber es hätte ja sein können. Ich meine, wie hält man sich sonst im Winterhalbjahr ab vier Uhr nachmittags wach?

»Kamillentee?«, frage ich also. Den gibt es hier, falls jemand mal Magenprobleme hat oder so. Und sie nickt, läuft hinter mir her, bis zur Tür.

Dann dreht sie um, hat es sich anders überlegt. »Ich warte«, meint sie.

Als ich aus der Kaffeeküche zurückkomme, sitzt sie in der Ecke auf dem Sofa, hat die Schuhe ausgezogen, die Beine untergeschlagen und guckt sich um.

»Danke«, sagt sie, nimmt die Tasse, trinkt einen Schluck.

»Sorry, ich muss dann wieder …«, erkläre ich, laufe durch den großen Raum, von ihr weg.

»Kann ich dir helfen?«, fragt sie hinter mir.

»Klar.« Ich versuche, fröhlich zu klingen, stelle ihr einen Stuhl neben meinen.

»Du kannst die Musik ruhig wieder lauter machen«, meint sie. Und das tue ich auch. Wir rupfen Zeitung, synchron, schweigen, ich wippe mit dem Fuß. Irgendwann kommt Doris wieder, Begrüßung, Lächeln.

Wir rühren Leim und Papierschnipsel an, blasen riesige Luftballons auf, jede nimmt einen und schmiert ihn mit dem Brei ein. Mona beobachtet mich, während sie weiterrupft. Hier hat sie mich noch gar nicht besucht, es ist das dritte Theater in diesem Jahr. Wenn Mona da war, kam ich mir immer vor, als würde ich etwas Besonderes machen. Als lebte ich in einer Glitzerwelt und hätte dort wirklich eine Rolle, also eine, die gesehen wird. Die Frage, ob oder was ich hier zu melden habe, ob ich wichtig bin, stellt sich für Mona nicht. Und das fand ich immer toll.

Aber heute, jetzt, nach all der Zeit, denke ich auf einmal, dass sie es besser wissen müsste, dass sie mich doch besser kennen, dass sie wissen müsste, dass das hier auch nur eine Kackmaloche ist, dass ich nichts zu melden habe, egal wie gut ich dabei aussehe.

Andererseits: Natürlich hilft es, wenn einen jemand gut findet, super sogar, was auch immer. Ja, ich spüre es, es ist echt. Mona ist immer noch in mich verliebt. Doris und ich basteln lange Nasen und große Ohren an unsere Luftballons. Die müssen jetzt erst mal trocknen, und da beschließt Doris, dass es für heute genug ist. »Macht euch noch einen schönen Abend«, meint sie und zwinkert uns zu. Ich drehe mir eine Zigarette, und auch Mona nimmt eine. Doris zieht ihre Schachtel aus der Hosentasche. Sie gibt uns Feuer, wir rauchen alle zusammen. Danach verabschieden wir uns. Arm in Arm laufen Mona und ich den dunklen Flur entlang. Ihre Hand wandert in meine Tasche am Hintern.

küssen, denn in den letzten zwei Monaten waren das immerhin drei Male, und ich finde, das ist mindestens ein Mal zu viel, um es im Perfekt abzuhandeln.

Vor allem aber liest Mel sich durch mein ganzes Bücherregal. Jetzt hat sie sogar das erste englische Buch ausgeliehen. Mit ihrem Oxford Dictionary, das sie hier bei Robert im Secondhand-Buchladen gekauft hat, liest sie derzeit *Alice in Wonderland*. Ich besitze eine alte Ausgabe mit den Illustrationen von Sir John Tenniel, ein Weihnachtsgeschenk von Dad, das er früher meinem Bruder Nico und mir gemeinsam vorgelesen hat. Und ein Vokabelheft hat sie auch schon.

Ich meine, dass man sich küsst, kann mal passieren. Das muss in meinen Augen nicht gleich was heißen. Aber das mit den Büchern ist doch nicht normal. Es ist ja nicht so, dass man keine Bibliothek um die Ecke hätte, die ebenfalls eine breite Auswahl an Literatur bietet. Ich kann das einfach nicht anders interpretieren, als dass sie ein gewisses Interesse an meiner Person haben muss – über die Küsse hinaus, an denen es ihr wahrscheinlich auch ohne mich nicht mangelt.

Das Brot steht schon auf dem Tisch. Ich nehme das große Messer, säble damit durch Sonnenblumenkerne und Hafer – wir kaufen bei der Food-Coop ein – und lasse zwei Scheiben auf das dicke Holzbrett fallen. Dann sinke ich auf das Sofa, auch wenn das nicht wirklich ein geeigneter Platz zum Frühstücken ist, denn der Aufwand, sich nachher wieder rauszuhieven, ist schlicht viel zu groß. Aber auf der anderen Seite des Tisches sitzt schon Mona, und ich brauche Platz. Platz und ein Stück Zeitung, am liebsten den Lokalteil.

Mona sieht auf: »Was kann ich dir geben?«, fragt sie und streckt mir die *taz* hin. Ich nehme den Lokalteil, gebe ihr den Rest zurück und stelle das Radio an. »Ist das okay?«, frage ich.

Sie nickt freundlich. Mona ist immer freundlich, und das macht es noch schlimmer. Ich schenke mir Kaffee ein, wobei ein Schluck überschwappt – fast hätte ich mich verbrüht, das fehlte noch. Gestern Abend habe ich wieder zu viel gekifft. Ich trinke ja nicht, also muss man irgendwas tun, während die anderen saufen, nicht nur die Bandgenossinnen, sondern einfach alle in der Kneipe.

Ich schmiere mir ein Brot mit Orangenmarmelade und lese einen Artikel über das Hafenkrankenhaus. Die Stille zwischen uns ist angespannt. Jedenfalls empfinde ich es so, und im Grunde bin ich dann doch ein höflicher Mensch, höflicher als die meisten Hamburger inklusive -innen. Also fühle ich mich schließlich bemüßigt, Smalltalk zu machen. »Na, was habt ihr Weihnachten vor?«, frage ich.

»Ich bin bei meinen Eltern in Itzehoe, und zwischen den Jahren kommt Mel dazu«, sagt sie. Sie hat eine furchtbar schöne, tiefe Stimme. »Sie ist erst in Gummadingen. Silvester sind wir dann mit ein paar Freundinnen auf Amrum.«

»Super«, sage ich, während ich mit den Füßen blöde zu »Under the Bridge« von den Red Hot Chili Peppers wippe; den Kopf habe ich zum Glück gerade noch im Griff, auch wenn es schwerfällt. Dass Mel nach Hause fährt, hätte ich jetzt gar nicht gedacht. Sie spricht eigentlich nur schlecht über Gummadingen, das Kaff, aus dem sie kommt, genauso wie über ihre Eltern, die ja schon lange nicht mehr zusammen sind.

»Und du?«, fragt Mona zurück.

»Ich fliege nach San Francisco«, sage ich, absichtlich englisch ausgesprochen, genieße, wie ihre Augenbrauen sich erstaunt heben, und schiebe hinterher: »Mein Vater ist gerade für zwei Jahre in Berkeley, um britische Literatur an der Universität zu unterrichten.«

»Ach so«, meint Mona.

Ich schmiere Streichkäse auf mein zweites Brot und nehme mir dazu eine saure Gurke aus dem Glas, das auf dem Tisch steht.

Die Wohnungstür geht, und ich höre Mel atmen. Es klingt schnell und erschöpft, als wäre sie noch die drei Stockwerke hoch weitergehetzt, und das am frühen Morgen. Sie war im Wohlerspark joggen; das macht sie seit Neuestem schon fast regelmäßig, schätzungsweise zweimal in der Woche. Wie kann man Laufen gehen, während die Geliebte noch im Bett liegt? Mel ist mir in vielerlei Hinsicht ein absolutes Rätsel. Gleich wird sie den Kopf in die Küche stecken, um dann in der Dusche zu verschwinden. Meistens muss ausgerechnet in den zehn Minuten, die sie dort verbringt, Dörthe auf die Toilette.

Ich gucke auf Mona, die wiederum auf die Tür guckt. Mel schaut herein und winkt kurz, ohne eine von uns wirklich anzusehen. Als sie dann sofort wieder verschwindet, muss ich grinsen. Mona dagegen blickt ein bisschen enttäuscht drein. Und ich hasse mich dafür, dass mir das so eine diebische Freude bereitet. Denn ich weiß, dass Mel sie braucht, dass jede ihren Platz hat und ich mich an meinem ohne Häme einrichten sollte. Überhaupt: Was will ich letztendlich mehr, als ich sowieso schon habe?

Ganz sicher jedenfalls kein eheähnliches Verhältnis, wie die beiden es pflegen. Niemals werde ich irgendjemandem Rechenschaft darüber ablegen, mit wem ich wann wo Küsse oder auch mehr ausgetauscht habe. Niemals werde ich jemandem den Schlüssel für meine Wohnung geben, und ich habe auch dafür gesorgt, dass Mona keinen von uns bekommt.

Allerdings hatte ich den Eindruck, dass ich Mel damit entgegenkam. Ein verschämtes Lächeln huschte über ihr Gesicht, als ich entschieden sagte: »Das kommt mir nicht in die Tüte. Ich hab sie nicht als Mitbewohnerin ausgesucht, und sie wird auch keine sein. Was natürlich nicht heißt, dass sie nicht willkommen wäre. Aber es ist doch nicht so, als ob sie der einzige regelmäßige Übernachtungsgast wäre. Wer will denn dann bitte schön noch alles einen Schlüssel?« Mel hat sich schnell wieder gefasst und tat so, als sei sie enttäuscht. Aber ich habe ganz genau gesehen, wie ihre Mundwinkel kurz nach oben gewandert sind. Das war allerdings noch vor dem ersten Kuss mit mir. Jedoch schon in der Zeit, wo zumindest ich schon häufig an Küsse mit ihr gedacht habe.

Als Mel mit Duschen fertig ist und ihre Schritte sich in ihr Zimmer bewegt haben – früher lief sie immer nackt durch den Flur, aber seit ein paar Wochen tut sie das nicht mehr –, stopfe ich mir den letzten Bissen in den Mund und verabschiede mich. Gemeinsam mit Mona und Mel zu frühstücken geht mir denn doch zu weit. Gestern wäre es okay gewesen, denn da hatte ich Übernachtungsbesuch, aber so nicht. Und womöglich tue ich Mel auch hiermit wieder einen Gefallen; überhaupt bin ich viel zu nett zu ihr, wo sie doch schon so eine freundliche Freundin hat.

»Tschüs«, sage ich zu Mona und witsche hinaus. Wenn ich von der Uni zurückkomme, wird Mel im Theater sein. So geht es ganz gut, unser Leben nebeneinanderher und manchmal über Kreuz. Und jetzt werde ich mich sowieso zu allererst um *Orlando* kümmern.

Tracy zählt mit den Stöcken an, und Diana setzt mit einem treibenden Basslauf ein, der leider leicht versetzt ist; die beiden sind immer noch nicht so perfekt eingespielt, wie Lasse und Tracy es waren. Aber als Kim mit ihrem zuckersüßen Gitarrenriff dazukommt, ist mir das vollkommen egal. Ich lächle sie an, und sie lächelt zurück, mit ihrer charmanten Zahnlücke links hinter dem Schneidezahn. Ich atme einmal tief durch. Und singe.

»He's my babe. She's my man.«

Wir tragen alle Anzüge, Chucks und angeklebte Bärte. Für jeden Auftritt denken wir uns etwas Neues aus, und es macht immer wieder Spaß, die irritierten Gesichter im Publikum zu sehen.

Ich kenne die Frau nicht, und das ist meistens so; sie steht relativ weit hinten, sodass man eine ganze Strecke weit gucken muss, bis man über die Männer in der ersten Reihe hinwegsehen kann. »Ladies. Could I please have some ladies in the front row?«, bitte ich, als das erste Lied vorbei ist, lächle in die Menge und streiche mir die Haare aus dem Gesicht. Die Jungs weichen ein Stück zurück – die meisten hier sind ja gut erzogen. Und die Frau, der ich in die Augen geschaut habe, kommt mit ein paar Freundinnen im Schlepptau nach vorne. Ich habe nichts gegen Männer, aber die meisten von ihnen sind einfach zu cool, um sich zu bewegen; nur mit Frauen in der ersten Reihe kann der Abend zu einem Tanzerfolg werden.

»Thank you. Thank you so much. Und jetzt noch ein Kampflied: ›Who Needs Work When You Can Have Fun Instead?‹«

Irgendwann haben wir sie so weit, dass sie tanzen. Irgendwann singen Kim und ich im Duett »Duck and Cover«, und ich ziehe mein Jackett aus. Jemand johlt. Ich spucke in seine Richtung.

Beim letzten Lied wird es still. Die Leute sind müde getanzt, und ich selbst bin vollkommen verschwitzt. Ich setze mich auf einen Barhocker und fange an, Patti Smiths »Because the Night« zu singen. Da sehe ich, dass Mel am Eingang steht. Wahrscheinlich kommt sie direkt aus dem Theater. Sie sieht mich so nüchtern, so prüfend an, dass es mich kurz aus dem Rausch herausreißt. Bevor ich die Kontrolle verliere, gucke ich schnell woanders hin. Und als ich wieder in ihre Richtung schaue, ist sie schon verschwunden.

Es ist nicht das erste Mal, dass sie uns zuhört, um sich dann still und leise aus dem Staub zu machen. Wahrscheinlich ist es besser so, denn wenn es irgendeinen Punkt gibt, an dem ich regelmäßig irrationaler handele, als ich es womöglich sonst schon tue, dann ist es nach Konzerten. Die Gefühle übernehmen ganz klar die Oberhand, und es gibt kein Morgen. Aber trotzdem versetzt es mir einen seltsamen Stich, dass sie weg ist.

Ich könnte jeden Abend auftreten – das wäre mein ganz persönliches Paradies. Selbst wenn dem regelmäßig die Trauer am nächsten Morgen folgt, darüber, dass es vorbei ist. Dann fühle ich mich immer verlassen, egal ob ich meine Band oder sonst wen um mich habe. Aber das geht vorbei, und es ist eben der Preis. Für jeden Rausch bezahlst du.

Mein letzter Freund hat sich getrennt, weil er eifersüchtig auf meine Band war. Er wolle auch mal was zu zweit machen, hat er gemeint, beschwerte sich, dass ich nie Zeit hätte, dass er immer nur die zweite Geige spiele. Ja, er hatte recht, die Band war wichtiger als er: Garlick gibt es seit zwei Jahren, und es ist die längste Beziehung, die ich bisher hatte. Wegen ihnen bin ich in Hamburg geblieben, als meine Eltern letztes Jahr nach San Francisco weitergezogen sind. Wegen ihnen und um hier noch Abi zu machen, aber wichtiger waren sie.

Wenn ich nach Hause komme, werde ich Mum anrufen. Bei ihnen ist dann Spätnachmittag, und wahrscheinlich wird sie in ihrem Atelier sitzen, um Bilder für ihre neue Fotoausstellung *Harbours* zu rahmen. Ich bin froh, dass ich sie besuche. Weihnachten ohne Kinder wäre zu traurig für sie, Weihnachten in Hamburg für mich zu leer. Später könnte ich in der Flora feiern, aber davor, zum Abendessen, sind sie doch alle in Itzehoe oder Pinneberg oder vielleicht auch Eimsbüttel.

Manchmal ist Hamburg zu klein, zumindest wenn man mal in London gelebt hat. Manchmal denke ich, ich hätte doch mit nach San Francisco gehen sollen. Okay, genau genommen wohnen meine Eltern in Berkeley, aber das ist auch nicht zu verachten: eine kleine Studentenstadt, garantiert auch mit linker Szene. Man könnte dort ohne den Winter leben. Es erstaunt mich immer wieder, dass Nico und ich in Deutschland hängengeblieben sind. Nur schade, dass wir das halbe Land zwischen uns haben – er wohnt in Freiburg.

Während er mit unseren Eltern nichts mehr zu tun haben will, telefonieren wir fast jede Woche miteinander. Er, der lange nur allein vor dem Computer hockte, ist mit Mitte zwanzig doch langsam auf die Idee gekommen, dass es hier draußen in der Welt etwas zu tun gibt. Er macht in Freiburg Radio, und er deutete auch etwas von einer RAF-Unterstützergruppe an, wechselte aber schnell das Thema, als hätte er sich verquasselt. Ich kenne das nur zu gut von ihm: dass er die Hand ausstreckt, um sie plötzlich wieder zurückzuziehen. Ich kann damit leben. Denn irgendwie schafft er es doch nicht wirklich, irgendetwas vor mir zu verbergen. Dafür kennen wir uns einfach zu lange.

Wir haben aufgehört zu spielen. Es wird laut geklatscht, und die Frau in der ersten Reihe strahlt mich an. Ich komme langsam zu mir und gehe hinaus, dann wieder, mit allen zusammen, hinein. Wir verbeugen uns. Mel sehe ich nicht mehr. Aber sie läuft mir ja nicht davon, denke ich lächelnd, während ich die Bühne endgültig verlasse.

# KAPITEL 2

*Mel*

Als ich die Treppen hochkomme, telefoniert Mona mit ihrer Ex. Ganz normal, das macht sie eigentlich ständig. Nur dass sie diesmal gleich auflegt, als sie mich zur Tür reinlässt. Ob ich noch Suppe will, fragt sie; ein Rest sei noch da.

Ich schüttele den Kopf, werfe meine Sachen über die Garderobe. Mona wohnt in einem Klinkerbau in Eimsbüttel, einer ruhigen Wohngegend nördlich vom Schanzenviertel, ziemlich genau seit wir zusammen sind, da war sie gerade frisch aus ihrer letzten WG ausgezogen. Zu viele Leute auf Arbeit, meinte sie, da brauche sie zu Hause ihre Ruhe.

Das Sofa hat sie aus ihrer WG mitgenommen, sozusagen als Abschiedsgeschenk. Leder, mit Platz für sechs Leute, selten ausgelastet. Ich schnappe mir ein Kissen und lege mich in eine Ecke, lächle, schaue zum Fernseher, da läuft die *Tagesschau*. Ob ich einen Tee will, fragt Mona aus der Küche. Natürlich will ich einen. Noch mal abhängen, noch mal fernsehen, noch mal in Monas Armen liegen, bevor ich morgen früh nach Gummadingen fahre.

Aber als sie in der Tür steht, mit einer steilen Falte zwischen den Augen, ist klar: Daraus wird nix. Wie sie auf mich zugeht, mit entschlossenen Schritten, ein Tablett mit

Tee und Keksen in den Händen, ist klar, dass sie reden will. Sie macht den Fernseher aus, schenkt mir Tee ein.

»Spuck's aus«, sage ich. Auf einmal bin ich wieder wach. Sie hat es also doch kapiert. Sammy hat irgendwas in meinem Zimmer liegen lassen. Oder – sie kennt mich eben einfach. Es fühlt sich gefährlich an, aber auch irgendwie aufregend.

Mona setzt sich ans andere Ende vom Sofa und guckt genervt. »Was denn?«

»Na, du telefonierst nicht weiter, wenn ich reinkomme, du machst den Fernseher aus und lässt das große Licht brennen. Ich bin doch nicht blöd. Du willst doch irgendwas bereden, oder?«

»Jetzt sei mal nicht gleich so aggressiv. Hattest du Stress auf der Arbeit, Süße?«

Ich mag es nicht, wenn sie mich Süße nennt. Und natürlich habe ich Stress auf der Arbeit, das ist doch immer so. Manchmal hasse ich es, echt. Ich will in meinem Bett liegen und Musik hören. Oder durch die Gegend laufen und Fotos machen, was weiß ich. Ich schüttele den Kopf. »Nee. Heimfahren. Weißt du doch, ist immer ätzend.«

Sie nickt. Ich habe ihr viel von Gummadingen erzählt. Dorthin begleitet hat sie mich nie. Das wäre für niemanden witzig. Ich komme ja schon zu ihr mit, das reicht.

»Und deinen neuen Neffen kennenlernen«, sagt sie.

Ich nicke zurück. Ja, das auch noch.

»Wird Harald auch da sein?«

Harald, mein bester Freund, der über zwanzig Jahre älter ist als ich, kommt auch aus Gummadingen. Als Teenager war er mit meiner Mutter zusammen. »Nee. Die bleiben hier, haben Besuch aus Berlin.« Muss ich wohl alleine klarkommen. Ich lächle schief. Ich werde bei meiner Schwester Bettina wohnen. Mit der ist es eigentlich wieder einigermaßen okay. Als ich mein Coming-out hatte, war sie nicht gerade hilfreich. Aber sie hat's akzeptiert. Das heißt, wir reden einfach nicht mehr darüber. Chantal, meine Freundin dort, ist dieses Jahr in Israel, im Kibbuz arbeiten. O Mann. Egal. Max, der mein erster und einziger Freund war, wohnt jetzt in Stuttgart in einem besetzten Haus. Vielleicht besuche ich den ja mal. Auf die Bahnfahrt freue ich mich jedenfalls. Ich nehme *On the Road* mit. Mal sehen, ob das auf Englisch geht. Ich habe ja mein kleines Wörterbuch dabei, und dick ist es nicht.

Mona schiebt ihre Füße gegen meine, handgestrickte Socken, kräftige Waden. Wenn wir Fußkämpfe machen, habe ich keine Chance, aber es sieht nicht nach einem Fußkampftag aus. Wir greifen gleichzeitig nach ihrem Tabak auf dem Tisch, wollen uns gegenseitig den Vortritt lassen, versuchen ein kleines Lachen. Sie dreht sich eine, gibt mir dann den Tabak rüber. Wir rauchen und gucken uns in die Augen. Ich bin immer noch aufgeregt. Bevor ich runterfahre, bin ich immer aufgeregt, und wie ich Mona ansehe, gefällt sie mir: ein bisschen wütend, hellwach, mit lebendigen Falten in den Augenwinkeln und auf der Stirn. Ich drehe mir auch eine, sie gibt mir Feuer, zieht selbst und lehnt sich zurück.

»Ich wollte fragen ... Okay, ich sag's einfach, aber bitte nicht erschrecken. Ich wollte fragen, ob du mit mir zusammenziehen willst.«

Mir fällt die Klappe runter. Wie automatisch ziehe ich an meiner Zigarette, schaue Mona an, dann einmal im Raum rundherum, ein karger Raum, der immer noch darauf wartet, wirklich eingerichtet zu werden. Als wäre die Wohnung hier eine Übergangslösung. Klar. Mona ist eigentlich keine Einzelgängerin. Ich habe ja auch noch nie allein gewohnt, davon abgesehen.

»Mona, wie – wie kommst 'n jetzt da drauf?«

»Muss ja nicht hier sein. Ich finde sowieso, wir sollten uns etwas Neues suchen. Etwas, wo wir zusammen einziehen, uns einrichten ...« Sie zuckt die Achseln.

Meine Zigarette glimmt. »Du weißt doch am besten, wie mies der Wohnungsmarkt ist. Und mit meinem unregelmäßigen Einkommen ...«

»Hey, das ist schon der zweite Schritt«, unterbricht sie mich. »Die Frage ist doch erst einmal, ob wir es überhaupt versuchen. Und es muss ja auch nicht sofort sein. Ich wollte nur mal grundsätzlich mit dir darüber reden.«

»Okay.« Ich drücke die Zigarette aus und drehe mir gleich die nächste. »Warum ausgerechnet jetzt?«

Sie zieht die Stirn kraus. »Warum nicht?«

»Ich meine, weißt du noch, gleich nach unserer ersten Nacht hast du gemeint: Zieh bei mir ein. Ich hab nur gelacht, und du hast nie wieder gefragt. Also, warum jetzt?«

Weil sie mit ihrer Ex telefoniert hat, die glücklich verheiratet ist, sozusagen, denke ich. Weil sie was gemerkt hat. Sie hat doch was gemerkt, aber damit muss sie schon selbst rausrücken.

Ihre Stirnfalten werden noch tiefer. Sie schiebt das Kinn

vor, und ich wünschte, sie würde die Stehlampe anmachen statt der gnadenlosen Deckenleuchte.

»Ich finde dieses Hin und Her einfach anstrengend. Und – ich würde es gern mal ausprobieren. Wir müssten unsere eigenen Wohnungen ja nicht unbedingt gleich aufgeben. Man könnte zum Beispiel erst mal für ein Jahr untervermieten.«

Ich schwinge meine Füße auf den Boden, ramme sie hinein. »Darf ich mal das kleine Licht anmachen?«

»Klar«, sagt sie. Und während ich die Stehlampe anknipse: »Genau das meine ich. Du benimmst dich hier immer noch wie Besuch. Ich – da wo ich bin, sollst du zu Hause sein, verstehst du?«

Ich mache das Deckenlicht aus. Das Problem ist: Ich wohne furchtbar gern in meiner WG. Also mit Sammy ist es gerade ein bisschen schwierig, aber davon abgesehen. Ich bin gern mit anderen zusammen. Aber mit meiner Freundin? Nur wir zwei, ganz allein? Geht man sich da nicht in kürzester Zeit auf die Nerven?

»Und bei dir, ich meine, seit diese Sammy bei euch wohnt …«, fährt sie fort. Dann macht sie eine Pause. Sie wartet, ob ich etwas sage, aber ich sage nichts, schaue nur auf den Boden. »Mel, die spielt sich da auf wie die Chefin, dabei seid ihr anderen doch schon länger da.«

»Sie haben mich überstimmt«, sage ich. Natürlich geht es um die Schlüsselgeschichte. Ich meine, Dörthe gibt Tobi auch keinen Schlüssel, das ist doch total logisch. Ich hab mich enthalten. Es gab keine, die dafür war, aber das interessiert Mona ja nicht. Mona hat ja nicht mal gefragt, ob ich will, dass sie einen Schlüssel hat. Sie ist da einfach von ausgegangen.

»Wie auch immer. Mel, ich weiß, vielleicht bist du noch zu jung …«

Das war mal wieder klar. Das Totschlagargument. »Ach Quatsch, das hat doch nichts mit dem Alter zu tun.«

»Sondern?«

Ich ziehe an meiner Zigarette, einmal, zweimal. »Ist eben vielleicht eher Typsache.«

»Du meinst, du bist nicht so der Typ zum Zusammenwohnen?« Ihre Worte triefen vor Ironie.

Ich zucke die Schultern. Bisher hat sich niemand beschwert. Harald war traurig, als ich ausgezogen bin, und in meiner WG wohnen alle gern mit mir zusammen. Aber nur so mit einer Person, also mit der Person, mit der man Sex hat? Überhaupt, der Sex: Dann liegt man ständig in einem Bett, ohne dass was geht. Ich meine, das soll doch was Besonderes sein.

»Weißt du, es könnte auch aufregend sein«, sagt Mona.

Ich denke an Sammy, wie sie die Augen aufgerissen hat, als ich oben ohne auf dem Bett saß, als sie reingeschaut hat. Und schnell wieder weg war, mit einem leisen »Entschuldigung«. Mitten in der Nacht ist sie dann los zum Flughafen. Ich habe sie gehört, aber ich bin nicht rausgegangen. Das ist jetzt schon fast eine Woche her. Was sie wohl gerade macht?

Bevor Mona auf meine Seite vom Sofa rutschen kann, drücke ich die Zigarette aus, stehe auf. »Ich glaube, ich muss noch mal raus.«

Sie rollt die Augen, verschränkt die Arme. »Mel, jetzt hau doch nicht schon wieder ab.«

Ich bin bereits auf dem Weg zur Garderobe, drehe mich aber noch einmal um. »Was heißt hier: schon wieder?«

Jetzt steht sie auch. »Na, das machst du einfach immer, wenn's ernst wird.«

Wir sehen uns in die Augen, kampfbereit. »Und deshalb sind wir seit drei Jahren zusammen?«

Sie fährt sich über die kurzen Haare, rudert zurück. »Hey, so hab ich's doch nicht gemeint. Aber – du tust immer so cool, und in Wirklichkeit traust du dich nur nicht. Du bist echt so ein Gewohnheitstier. Komm, lass uns zusammen spazieren gehen.«

Ich schüttele den Kopf, ziehe meine Stiefel an. Ich muss allein sein. Allein durch die Straßen laufen. »Sorry«, sage ich.

Alles Spielerische verschwindet aus ihrer Stimme. Ich weiß, dass ich zu schnell bin. Aber in mir dreht sich alles. Ich muss das erst mal selbst sortiert kriegen. Das kann man keinem Menschen zumuten. Sie legt eine Hand auf meinen Arm. »Hey, nicht jetzt. Nicht bevor wir uns eine Woche nicht sehen.«

Ich ignoriere sie, knöpfe meinen Mantel zu. Als ich fertig angezogen bin, umarme ich sie kurz. »Ich denk drüber nach, okay?«

»Wie lange?«, fragt sie über meine Schulter.

»Wenn ich zurückkomme, sage ich dir Bescheid. Reicht das?« Ich spüre ihren Atem im Nacken. Ich könnte sie jetzt küssen. Wir könnten es ohne Worte versuchen. Aber das wäre nicht fair.

»Rufst du mal an?« Sie lässt mich los. Öffnet die Wohnungstür. Es ist nicht so, dass Mona nicht ihren Stolz hätte, im Gegenteil.

»Klar ruf ich an«, sage ich und zögere. Ich will nicht durch diese Tür gehen. Ich drehe noch einmal um – ich habe meine Tasche auf dem Sofa vergessen.

Mona bleibt stehen, nur ihre Blicke folgen mir. »Wann?«

Ich hänge meine Tasche um; zum Glück habe ich nicht schon die Reisetasche mitgenommen. Ich hatte noch überlegt. »Übermorgen, okay?«

Ihre Stirnfalten sind kleine Canyons.

Als ich wieder an ihr vorbeigehe, nehme ich ihre Hand. »Morgen muss ich erst mal ankommen. Wir sind bei Mama und Jochen zum Essen eingeladen.«

Sie entzieht sich. Ihre Augen funkeln böse. »Schon klar.«

»Ich liebe dich«, sage ich zum Abschied. Sie antwortet nicht. Das ist doch total albern. Noch im Treppenhaus setze ich den Walkman auf: Bowie, »Ashes to Ashes«.

*Sammy*

Die Gäste, eine Uni-Professorin mit ihrer Partnerin und ein Ehepaar, das gemeinsam Krimis schreibt, sind gegangen, und Dad schläft. Sobald die Gäste aus der Tür waren, hat Mum das Licht gelöscht. Und er ist sofort auf dem Sofa eingenickt, während ich es mir dann zusammen mit Mum auf dem Flokati bequem gemacht habe. Aus der Küchennische duftet noch der Truthahn herüber, von dem nur ein paar Knochen geblieben sind. Auf dem Esstisch herrscht Chaos: Reste von Mums unvergleichlichem Apple Crumble liegen auf einem Porzellanteller, umgeben von Wein-, Sekt- und Wassergläsern, dazwischen verstreut Chips – Salt and Vinegar, Chicken Teriyaki, Cheese and Onion, ich liebe sie alle. Leider hatte ich nach Suppe, Hauptgang und Nachtisch kaum noch Kapazitäten frei. Was andererseits nicht weiter schlimm ist, denn ich habe ja noch eine ganze Woche Zeit, die Vorräte weiter zu plündern.

Wir sehen beide aus dem Fenster in die Dunkelheit. Sie haben ein Haus ganz oben am Hang, mit optimalem Licht für Mums Atelier. Wie immer haben sie es gut getroffen. Im Laufe der Ehejahre ist *House Hunting* zu einer von Mums Spezialitäten geworden. Der Himmel ist bewölkt. Nur ab und zu tauchen der schmale Mond oder einzelne Sterne auf, um dann schnell wieder zwischen den rasanten Wolken zu verschwinden.

»Komm, wir machen noch Kerzen an«, sagt Mum.

»Lass, bleib sitzen.« Ich drücke ihre Hand, stehe auf und zünde die roten Kerzen der Menora auf dem Fensterbrett an.

»Willst du noch Wein?«, fragt Mum. Sie lallt ein bisschen.

Ich schüttele den Kopf und schenke ihr ein. »Ich rauche einfach noch eine«, sage ich, zünde mir eine Zigarette an und reiche auch ihr eine. Als ich ihr Feuer gegeben habe, legt sie ihren Kopf auf meine Schulter und seufzt.

Hinter uns schnarcht Dad. Und irgendwo im Hintergrund läuft leise Joan Baez. Im künstlichen Kamin flackern kleine Flammen.

»Jetzt erzähl mir doch noch einmal ausführlich, wie es mit Nico war«, bittet Mum irgendwann.

Dad hat sie unterbrochen, als sie beim Nachmittagstee fragte. »Häng ihm doch nicht ständig nach«, sagte er verärgert und wechselte das Thema.

»Im September, als ich auf dem Weg nach Italien war, haben wir uns in einer Strauße im Kaiserstuhl getroffen«, erzähle ich.

»Ich dachte, er wohnt in Freiburg«, unterbricht sie.

»Mum, ich war auf der Durchreise. Hörst du mir nicht zu? Wir haben zusammen gegessen und einen Spaziergang durch die Weinberge gemacht. Er ist gesund, und er hat Freunde und sogar eine Freundin.«

Sie beugt sich zu mir. »Aber was macht er, Sammy?«

Ich zucke die Achseln. »Politkram. Sie planen Dinge, über die er nicht reden kann.«

»Aber das ist doch Quatsch. Dad und ich waren früher auch ständig demonstrieren. Wer, wenn nicht wir, soll das verstehen?«

Ich weiß ja auch nichts. »Vielleicht ist es etwas Illegales. Eine Hausbesetzung oder so.«

»Meinst du, er ist militant?«

Ich nehme es stark an. Er hat das angedeutet, ohne dass wir es vertieft hätten. Wenn sich Gräben zwischen uns auftun, nehmen wir uns an der Hand und gehen woandershin. Und da ich es nicht weiß, sondern nur vermute, sage ich Mum natürlich nichts. Sie macht sich sowieso schon viel zu viele Sorgen um ihren Sohn.

»Nein, Mum, das glaube ich kaum.« Ich zwinge mich zu

einem Lächeln. »Und er sieht gesund aus. Also nicht, als ob er etwa auf H wäre.« Ich zögere kurz, aber die Lüge muss sein. »Ich soll dich grüßen.«

Sie strahlt. »Wirklich?«

»Ich wollte es nicht sagen, als Dad dabei war.«

Mum hat Tränen in den Augen. Nico war immer ihr Ein und Alles. Als er nach Heidelberg zog, war sie untröstlich, obwohl sie natürlich nichts dagegen einwenden konnte. Er wollte ja studieren. Ständig rief sie ihn an, und nie war er da. Dad und sie haben sich deswegen richtig gestritten.

Bis Nico den Studienort gewechselt hat. Da hat er dann komplett aufgehört, sich zu melden. Nicht mal mehr eine Adresse hatten wir. Als ich kurz danach ausgezogen bin, habe ich ihm meine neue Adresse an die Heidelberger WG geschickt. Irgendwie hat ihn die wohl erreicht, und seitdem telefonieren wir fast jede Woche und treffen uns zwei oder drei Mal im Jahr. Trotzdem habe ich seine aktuelle Wohnung nie gesehen, da hat Mum schon recht. Ich weiß nicht, ob es von seiner Seite Absicht ist, aber das ist auch nicht so wichtig.

In Freiburg selbst haben wir uns letztes Frühjahr getroffen, in dem Café gleich neben dem Radio, bei dem er mitarbeitet. Er nennt sich jetzt Rio und scheint sich wenig Gedanken um unsere Eltern zu machen. Nach allem, was er mir erzählt hat, kann ich es verstehen. Aus seiner Sicht sieht das so aus: Da war der unnahbare Vater auf der einen Seite und auf der anderen eine Mutter, die ihn nicht loslassen wollte, ihm ständig zu nahe trat. Obwohl ich denke, dass er Letzteres früher durchaus genossen hat.

Nico war Mums bester Zuhörer, ihr Vertrauter, der Goldjunge.

Gerade auch durch die Umzüge waren wir als Kinder sehr eng, aber in der Pubertät hat sich das geändert. Ich war damals wilder als er, und zugleich hatte ich das Gefühl, dass er mich nie wirklich ernst nahm. Aber seit ich die Einzige in der Familie bin, mit der er noch Kontakt hat, ist es anders. Wir sind uns wieder wichtig geworden. Und inzwischen hört er mir zu. Im Strandcafé, wie das Café neben dem Radio heißt, redeten wir über alles Mögliche: über meine WG und meine Band, seine Radiosendungen und Demonstrationen. Später haben sich dann auch zwei Genossen dazugesellt. Einer von ihnen war einmal in der Flora, schwärmte richtiggehend davon, der andere war einfach nur zurückhaltend, schweigsam, aber ein sympathischer Mann.

Das nächste Mal trafen wir uns dann in Rostock-Lichtenhagen bei der Antifa-Demo nach den Pogromen dort. Eingehakt wie ein altes Ehepaar sind wir im schwarzen Block mitgelaufen. Das war stark. Das war gut. Und ganz erstaunlich, denn früher drehte sich bei Nico eigentlich alles um Computer, Stephen King und Karate. Karate hat er beibehalten, aber davon abgesehen geht es ihm inzwischen glücklicherweise mehr um andere Menschen. Ernst ist er dabei trotzdem, das wird er wohl immer bleiben.

»Weißt du, er ist jetzt politisch engagiert und hat darüber endlich mal Freunde. Das hast du dir doch immer gewünscht, oder?«, fällt mir als Trost für Mum ein.

Sie legt den Kopf zurück, sieht in die Kerzen. »Hat er noch seine langen Locken?«, fragt sie verträumt.

»Ja«, sage ich, »nur dass sie inzwischen ziemlich verfilzt sind. Mum, irgendwann wird er sich schon wieder melden. Er hat eben gerade andere Prioritäten. Schickt ihr ihm noch Geld?«

Mum legt einen Finger auf die Lippen und schielt zu Dad. »Ich – ja. Nur: Euer Vater darf es nicht wissen. Er sagt, wenn der Kerl meint, er komme ohne uns klar, dann soll er das auch beweisen. Aber weißt du, es tut uns doch nicht weh.«

»Er ist richtig sauer, oder?«, frage ich.

Sie zuckt die Schultern. »Er hat's einfach nicht verwunden«, meint sie, nimmt eine Haarsträhne von mir zwischen die Finger und zwirbelt sie. »Seine Freundin hast du nicht kennengelernt?«

»Nein«, sage ich. »Er hat mir nur ein Foto gezeigt.«

»Ist sie hübsch?«, fragt Mum und kichert albern.

»Keine Angst. Nicht so hübsch wie du«, sage ich.

Sie zieht an meiner Strähne, bis ich mich wehre. Wir boxen uns ein bisschen und lachen. »Und du, Schatz?«, fragt sie.

Ich nehme meine Zigarette aus dem Aschenbecher und ziehe daran, schüttele den Kopf und starre in die Kerzen, bis sie verschwimmen. »Das wird sowieso wieder nichts«, sage ich.

Mum drückt meinen Arm. »Halt die Ohren steif, Sammy. Irgendwann wird's schon werden«, sagt sie. Die Winkel ihres riesigen Mundes wandern nach oben und formen sich zu einem breiten Lächeln.

Mum und Nico, das ist wirklich ein seltsames Kapitel. Eines, das er vermutlich erst einmal abschließen will. Ich habe keine Ahnung, ob er irgendwann wieder mit ihr reden wird. Ich habe keine Ahnung, ob das mit der Liebe bei mir irgendwann klappt. Manchmal fühlt es sich an, als sei ich das erste Mal überhaupt verliebt. Bei Nico ist es jedenfalls so: Die Freiburgerin ist seine erste Freundin. Bis in unsere Wohnung hat es jedenfalls kein Mädchen geschafft. Sowieso wäre in Mums Augen einfach keine gut genug für ihn gewesen.

Heute Mittag war ich mit Mum in ihrem Atelier. Da hängt eine Serie von ihm, die sie vor fast zehn Jahren gemacht hat: Nico am Strand, nur mit einer Badehose bekleidet, die ersten Haare auf der Brust, das Muttermal auf der linken Hüfte. Auf manchen Bildern verdecken seine Locken das Gesicht vollkommen. Auf manchen lächelt er sie fast anzüglich an. Mutter hat viel mit verschiedenen Graden von Schärfe gespielt. Auf den ersten Bildern ist nur der Hintergrund verschwommen. Am Ende der Serie ist auch er selbst nur noch schemenhaft wahrnehmbar. Er sieht sehr androgyn aus. Nein, so ist er nicht mehr. Inzwischen geht er sogar klettern, als »Kämpfer für die gute Sache«, wie er es genannt hat. Mit wachsender Verachtung für das bohemistische Leben seiner Eltern. Hart wie Kruppstahl, würde Dad abfällig kommentieren.

Nico hat mir erzählt, dass er überhaupt keinen Alkohol mehr trinkt. Opium für das Volk. Nur ohne Zigaretten komme er noch nicht klar, meinte er, aber die benebeln wenigstens nicht den Verstand. Er kam mir fremd vor. Nicht wegen dem Trinken – ich trinke ja selbst fast nichts. Nein. Aber das, was mich bei manchen Rotfloristen nervt, war bei ihm mehrfach potenziert: ein übertriebener Ernst, eine Verbissenheit, eine Absolutheit, mit der ich nichts anfangen kann. Wie soll man denn Leute für eine gerechtere, schönere Welt gewinnen, wenn man so wenig Spaß hat? Da singe ich lieber.

»Ich geh dann mal ins Bett«, sage ich. »Soll ich dir noch einen Wein einschenken?«

»Gerne, Schatz«, meint sie, und als ich aufstehe: »Gib mir noch einen Kuss.«

Ich tu's, auf die Stirn. Sie hält mich zurück. »Sammy, er war der schönste Junge, oder?«

Ich halte die Luft an. »Ja, und jetzt ist er ein schöner Mann«, sage ich.

»Du hättest ein Foto machen sollen«, stellt sie fest.

Endlich mache ich mich los und schüttele den Kopf. »Mum, man kann die Leute nicht einfach so fotografieren, wenn man sie ewig nicht gesehen hat.«

Jedenfalls ist es nicht meine Art. Ich weiß, dass sie das anders sieht. Einige ihrer besten Fotos sind ohne das Wissen der Abgebildeten entstanden. Ihrer Meinung nach kommt die wahre Schönheit eines Menschen oft erst dann zum Vorschein, wenn er sich unbeobachtet fühlt. Und die wahre Schönheit ist das, wonach sie sucht. »Mach dir keine Sorgen«, tröste ich sie. »Irgendwann meldet er sich schon wieder.«

Ich lege Mum noch eine Decke über die Beine und verschwinde ins Gästezimmer, dessen Fenster zum Wald hinausgehen. Eines davon reiße ich auf, und ich setze mich auf den Sims. Ich atme tief durch und versuche, in der Dunkelheit zu sehen. So dunkel ist es zu Hause nie. Zu Hause, wo heute niemand ist. Mel, Mel, Mel sitzt jetzt in einem engen Eigenheim oder bei ihrer Schwester auf der Bude, in der süddeutschen Provinz.

Meine ersten Jahre habe ich ja auch in Heidelberg verbracht, aber ich erinnere mich nur noch an Details. Eine vermooste Terrasse, der Tag, an dem Nico mit dem Fußball die Scheibe der Nachbarn zertrümmert hat, mein Lieblingsbaum – eine Korkenzieherweide neben der Garage. Wie Nico sich das Bein gebrochen hat und wir ihn gepflegt haben. Wie Mum mir beigebracht hat, Pfannkuchen zu machen. Das war etwas Besonderes, denn wenn Mum kocht, ist sie in ihrem Element. Sie vergisst dabei alles um sich herum, und eigentlich teilte sie ungern ihr Reich mit mir.

Nach Heidelberg kam die Ostküste, Amherst, wo sie eine riesige Küche hatte. Und dann London. Später Hamburg. Kleinere Küchen. Aber die Ordnung war immer dieselbe; alles hatte seinen Platz. Und immer sind sie in Blau und Weiß gehalten.

Ich könnte auch mal wieder nach Süddeutschland fahren. Mums Mutter lebt noch in Karlsruhe, aber sie haben kein besonders gutes Verhältnis. Oma hätte es lieber gesehen, wenn Mum Karriere gemacht hätte, statt so früh Mutter zu werden. Komisch eigentlich – auf dem Weg zu Nico hätte ich bei Oma vorbeischauen können, aber auf die Idee bin ich gar nicht gekommen. Womöglich hätte ich auch ihr noch Rede und Antwort darüber stehen müssen, was Nico so treibt. Ich schätze, das habe ich tunlichst vermieden.

Ein Kauz ruft. Ich habe Lust auf Schokolade, aber nicht genug, um noch einmal ins Wohnzimmer zurückzukehren. Dad hat immer irgendwo welche versteckt.

An Mel verwirrt mich diese Gleichzeitigkeit von Zerbrechlichkeit und sprühender Energie. Einer Energie, die irgendwie gebremst ist. Vielleicht täusche ich mich ja auch. Vielleicht braucht sie ihren Anker. Ich würde sie wegspülen, mitreißen, hinabstürzen, vielleicht. Vielleicht auch nicht. Als ob das mein Problem wäre. Sie ist doch älter als ich, und der erste Kuss, auf der WG-Party, kam eindeutig von ihr. Von hinten hat sie ihren Arm um meine Taille gelegt und sich vom Nacken bis zum Mund vorgeküsst. Während ich nur die Augen schloss und genoss. Eine Gänsehaut kriecht die Strecke entlang, die ihre Lippen nahmen.

Es hat keine Zukunft. Zum einen ist sie vergeben, zum anderen wohnen wir zusammen, was alles noch verkompliziert. Man sollte das nicht riskieren. Aber trotz aller Gegenargumente sehne ich mich furchtbar danach, ihr nah zu sein, sie in den Armen zu halten. Das Meer zwischen uns hilft da nicht, im Gegenteil. Ich kenne die Sehnsucht, aber diesmal fällt mir noch nicht mal ein Lied dazu ein.

Und sie fängt früher an. Nicht bei ihrem Körper, sondern bei dem Wunsch, mit ihr zu reden, stundenlang, über Musik und Bücher, über Fotos, Kunst. Ich frage mich, worüber sie überhaupt mit Mona redet. Soviel ich weiß, liest die höchstens Krimis. Ob sie mit Mona über Krimis diskutiert? Krimis sind viel zu logisch für Mel. Und Mona ist so furchtbar bodenständig. Vielleicht bin ich doch ausnahmsweise, ein einziges Mal zur Heimlichkeit bereit, zur Verlogenheit, zum doppelten Spiel. Wenn sie anders nicht zu haben ist, ist es besser als nichts. Und eigentlich, realistisch gesehen, hat es ja schon begonnen.

Also tue ich es, hier im Freien, auf dem Fensterbrett. Mit meinen Fingern krieche ich in mich hinein und stöhne aus mir heraus. Dabei stelle ich mir eine splitternackte Mel vor, mit ihren kleinen runden Brüsten, die sich mir entgegenstreckten, als ich sie am Abend vor dem Abflug endlich mal wieder oben ohne gesehen habe. Ich glaube nicht, dass es Zufall war. Immerhin hat sie ja gesagt, als ich geklopft habe. Ich fasse meine Brüste an, aber es ist kein Ersatz. Vielleicht hätte ich doch nicht gleich wieder kehrtmachen sollen. Ich stelle mich hin, lache – in mich hinein und in die Nacht hinaus – und bewege mich immer schneller, bis zum Höhepunkt. Dann ebbt es ab, und der Atem beruhigt sich. Nur die Sehnsucht ist immer noch da. Ich rieche an meinen Fingern, ziehe ein T-Shirt über. Schließlich lasse ich mich auf das riesige Bett mit der violetten Satinbettwäsche sinken. Für mich allein ist es viel zu groß.

*Mel*

Die Abstände zwischen den Straßenlaternen werden größer, dazwischen breiten sich dunkle Flächen aus. Der Rand der Siedlung, außer Reichweite der Schneeschipper, hier knirscht es bei jedem Schritt. Ich laufe von einem Lichtfleck zum nächsten, dabei ist es nicht mal fünf. Herr Brunner senior kommt mir mit seinem Beagle entgegen. Wir grüßen kurz, ich renne weiter.

Biege in den Weg ein, der zwischen Wiese und Wald verläuft, nach einem Kilometer links abbiegt, ein Stück ins Tal geht, dort, am Bach entlang, zurückführt. Oder man nimmt noch mal eine Abzweigung, durch kleine Äcker, hinter der Schule entlang, aber die Schule brauche ich jetzt nicht, das ist mir zu viel. Nein, auch nicht durch den Wald, aber nicht weil Tina gesagt hat, das wäre zu gefährlich. Sondern – ich weiß nicht – ich hab mich an den Weitblick gewöhnt. Ich brauche den Himmel. Aus dem dicke Flocken schneien. Sonst ist alles still. Und die Tränen sind weg.

Eine Leere breitet sich aus in mir, in diese Stille hinein. Ich atme sie aus, mit jedem Schritt. Die Feuchtigkeit dringt durch die Kleider, ich habe nicht mal den Walkman dabei. Ich habe mich von Mona getrennt. Am Telefon. Das ist Scheiße, ich weiß, aber anders hätte ich es nicht gepackt.

Als ich im Zug saß, wurde es mir klar. New Model Army auf den Ohren, die Landschaft raste vorbei, ich dem Süden zu, während der Abschiedsschmerz an mir zerrte. Das ist normal, der Abschied von der Stadt, die Angst, dass ich vielleicht nie mehr zurückkomme, setzte ein, aber diesmal ging sie weiter, lief durch die Glieder und sagte: *Weg, weg, weg*. Und das »weg« tat weh, richtig tief, wie eine Wunde, die blutet. Und es war nicht zu stoppen. Plötzlich war klar: Es gibt kein Zurück mehr.

Als ich ankam, bin ich erst einmal mit Tina zu Mama gefahren. Die hat es jetzt richtig schick mit ihrem Jochen, muss man schon sagen, für die Gegend hier so ziemlich das

Geschmackvollste, was man kriegen kann, direkt am Fluss. Den hört man und sieht man, wenn man im Wohnzimmer sitzt. Außer der Kamin prasselt, übertönt ihn, zwischen freigelegten Balken.

Davor lag ein Wolfshund herum, Mama streichelte ihn, während sie erzählte: dass sie mit ihm jeden Tag zwei Stunden spazieren gehe, sie arbeite ja kaum noch, also nur ein bisschen in Jochens Praxis, vielleicht zehn Stunden in der Woche. Und wie sie das alles genieße. Und das Leben sei ja so kurz. Hedi hat Brustkrebs. Chemo, seit drei Monaten, die Hälfte sei um. Da werde es einem wieder klar, meinte Mama, man lebt eben nur ein Mal. Und das dann lieber richtig. Langweilig werde ihr nicht. Das glaubte ich ihr sofort.

Sie ist ruhiger geworden, auch wenn sie immer noch nicht zuhören kann. Aber in ihrer Welt, der kleinen, wohligen, hat sie sich gut eingerichtet, glaube ich. Auch im direkten Wortsinn.

Furchtbar langweilig fand ich das aber, wie sie erzählte, was sie alles gekauft hat, welche Möbel, welche Teppiche und was es gekostet hat auch noch. Unsummen. Von einem Schrank dort könnte ich ein Jahr leben. Tina wahrscheinlich auch. Aber egal. Außerdem knutschen sie immer noch, Jochen und Mama, also muss es doch Liebe sein. *Strange* war es trotzdem irgendwie. Bei den eigenen Eltern will man eben nicht so direkt über das Intimleben informiert werden.

Ja, da saß ich mit Tina und habe Glühwein getrunken, das heißt, sie nicht, sie musste ja fahren. Und der Schmerz war immer noch da, aber irgendwie auch nicht real – das war eben eine andere Welt. Ich glaube, das Südlichste, wo Mona mal war, war Hannover. Nein, Dresden, das Hygienemuseum. Für die ist das hier alles Bayern, aber mit ihrem Hang zum Landleben würde sie es vielleicht sogar schön finden.

Den Kamin jedenfalls würde Mona lieben. Ihre Eltern haben einen Ofen. Vielleicht saß sie schon zu Hause am Ofen und trank heiße Schokolade. Mona, dachte ich, Mona. Aber weiter konnte ich nicht denken. Sondern erzählte: von Bühnenbildern und eitlen Schauspielern und aufgekratzten Schauspielerinnen und meiner WG. Hier sind das alles Geschichten, mehr nicht, wie die aus Tinas Friseursalon. Es kommen kaum Männer drin vor, aber das fällt niemandem auf; nach der Liebe fragt mich keiner. Auch Tina nicht, die als Einzige Bescheid weiß, theoretisch jedenfalls. Von Mona oder anderen habe ich ihr nie erzählt. Ich glaube, ihr ist das recht so; sie wollte ja nie wirklich wissen, dass ich lesbisch bin. Also schwieg ich. Sie selbst ist schon lange Single, hat sie mir erzählt. Tina konzentriert sich auf die Arbeit, schmeißt den Salon jetzt zusammen mit Katja, und sie ist mächtig stolz darauf. Aber still. Gestern war sie richtig still, komisch irgendwie. Und heute ging sie dann noch mal arbeiten.

Als ich vorhin allein in der Wohnung saß, alles ordentlich, alles an seinem Platz, frisch und farbig, wie Tina, schien doch der ganze Raum nur voll von ihr: Mona, Mona. Die Trägheit, die auf mir ruhte, schien ihre zu sein, fast wie gelähmt kam ich mir vor, und wieder Tränen, und sie wusste es noch gar nicht, das war nicht fair.

Also habe ich sie angerufen, bevor sie nach Hause fährt. Jetzt sitzt sie womöglich gerade in ihrem alten Käfer, das war ja Quatsch, gestern, die Idee, dieses Bild mit dem Ofen, sie ist doch noch in Hamburg, wollte heute Eierlikör für ihre Mutter machen. Ja, Mona, dachte ich, wird zu Hause Trost finden, das ist echt so bei Mona, vielleicht ist es genau der richtige Zeitpunkt für sie. Was für ein Quatsch. Einen richtigen Zeitpunkt gibt es nicht, und für sie schon gar nicht. Sie will mich doch. Und wie ich ihre Stimme hörte, so ängstlich und leise, von Anfang an, hätte ich es fast nicht hinbekommen.

»Was ist das zwischen uns?«, hat sie gefragt.

»Vertrauen und Geborgenheit«, meinte ich.

»Und? Und? Und ...«

Mehr fiel mir nicht ein.

»Klar, das reicht nicht«, sagte sie, »wenn du das so siehst.«

Wir schwiegen beide. Dann weinte sie. Ich hasse es, wenn Mona weint. Ich wollte sagen: Ich liebe dich. Aber es kam mir nicht über die Lippen. Stattdessen sie: »Okay, es ist also aus.«

Auch ich war kurz davor zu heulen, aber ich hab's zurückgehalten, solange sie am Telefon war. Schon lange habe ich mich nicht mehr so scheiße gefühlt. Das letzte Mal womöglich hier, in Gummadingen, mit Max und Katja und dem ganzen Kuddelmuddel damals. Also, passt schon. Haben wir es hinter uns gebracht, ohne dass es in der Wohnung hängt, in der WG-Küche womöglich oder in der Frauenkneipe, wo es alle mitbekommen, oder im Camelot, wo ich so gerne tanze, und danach kann man nie mehr hin, ohne daran zu denken. Das muss man dann noch sehen, wer wann wohin geht, aber jetzt haben wir ja eine Pause, sowieso. Habe ich doch super hinbekommen.

»Mach's gut«, hab ich noch gemeint. Sie legte auf, ohne Abschied.

Dann liefen mir die Tränen, endlich, aber nebenher habe ich schon die Klamotten gewechselt. Die Füße wollten los, und so hatte ich ruckzuck den Jogginganzug und die Laufschuhe an, den Schlüssel in der Hosentasche, die Tür – *bang!* – ins Schloss gefallen. Seitdem ist da ein Loch in meiner Brust, aus dem Luft entweicht. Seit einer Stunde vielleicht. Andererseits, das Irre ist: Die Müdigkeit ist weg. Seit Wochen, eigentlich schon seit dem Herbst war ich müde, immer wieder, vor allem wenn ich in Monas Armen lag. Und ich dachte lange, das tut mir gut. Ich dachte, ohne Mona würde mir der Boden unter den Füßen wegbrechen, aber jetzt tragen mich die Füße, keine Ahnung wohin, und es ist so, als wäre wieder alles möglich.

Es hat gebrodelt, die ganze Zeit. Irgendwo tief drin brodelt es, fängt was Neues an. Zuallererst hier, mein Körper, ganz allein. Er pocht, der Atem sticht, die kalte Luft kratzt in der Lunge, aber das ist gut. Sogar hier zu sein ist gut, auf dem ausziehbaren Sofa in Tinas Wohnzimmer zu schlafen, in ihrer gelben Badewanne zu liegen, nachher vielleicht, bevor sie kommt, bevor wir zu Papa gehen. Selbst den Abend bei Papa werden wir rumkriegen, denke ich, werde langsamer, laufe die letzten Schritte, den Berg hinauf, sehe Bettinas Terrassenhaus, die Wohnung im vierten Stock, von Weitem, da brennt schon Licht. Sie hat Feierabend, wir haben noch ein Stündchen zu zweit, auch gut. Sie wird nicht nach Mona fragen. Niemand hier. Vielleicht ruf ich morgen mal Harald an. Ich könnte auf dem Rückweg in Stuttgart haltmachen. Oder ich mache keines von beidem.

Mein Vater und seine Frau Marga haben das volle Programm aufgefahren, klar: Weihnachtsbaum bis an die Decke, selbst geschlagen, Kerzen überall, Berge von Geschenken, geschnitzte Krippe, die Glocke zur Bescherung und Weihnachtslieder. Wolfgang geht schon in die Schule, erste Klasse, war beim Krippenspiel einer von den Hirten, trägt noch sein Kostüm, fragt: »Warum warst du nicht da, Tante Melanie?«

Bettina grinst mich an. »Wir haben uns verquatscht«, sagt sie. Ja, gemütlich war das, in ihrer Küche bei Kakao und Plätzchen. »Tut mir leid – ich bin schuld.«

Wolfgang lehnt sich bei ihr an, er ist schon müde. Bettina passt oft auf ihn auf, hat sie erzählt. Bevor Julius kam, hat Marga halbtags im Vertrieb einer Schraubenfirma gearbeitet. Jetzt ist sie wieder zu Hause. Julius schläft schon oben. Er ist erst drei Monate alt. Diesmal war es anscheinend einfacher mit der Geburt und allem. Hat eben nur ewig gedauert – Bettina hält mich auf dem Laufenden – sie wollten ja schon seit Jahren ein zweites Kind, und jetzt, endlich, und dann auch noch ein zweiter Junge, da war Papa natürlich glücklich, nachdem er es jahrelang mit zwei Töchtern aushalten musste. Egal.

Komisch, dieses Haus. Mein Zimmer ist jetzt Wolfgangs,

voll mit Ritterburg, Autos, Lego, Kinderbett – nur mein Schrank ist noch da, wo er immer stand. In Bettinas Zimmer stehen jetzt Wiege und Wickelkommode, alles ist voll mit Babykram.

Es gibt Nachtisch. Bratäpfel, Vorsicht – heiß! Wolfgang pustet. Bettina blickt in die Runde, zögerlich, schüchtern fast. Es ist zu warm hier und zu dunkel, nur die Kerzen brennen. Marga steht auf dieses schummrige Licht, ich schlaf gleich ein. Der Schmerz ist tief in den Magen gewandert, der jetzt ganz warm und voll ist, tröstlich irgendwie. Er zwickt nur ein bisschen in der Nach-dem-Essen-Trägheit.

»Einen Sekt noch? Machst du diesmal mit?«, fragt Papa Bettina, neckt sie ein bisschen; sie hat heute noch keinen Alkohol getrunken. »Ihr lauft doch nach Hause.«

Bettina hüstelt. »Nein«, sagt sie. »Ich muss euch etwas sagen.«

Wolfgang legt sein Kinn in die Hand. Er sieht irgendwie altklug aus, schaut sie konzentriert an. Ich auch. Vorhin, als wir allein waren, da hatte sie auch schon so einen komischen Ausdruck, so ein nachdenkliches Gesicht. Jetzt, wo ich's mir überlege – ich war ja so mit Mona beschäftigt – ich hätte fragen sollen, was los ist. Zu spät.

»Ich bin schwanger«, erklärt sie.

Ich schaue sie an. Ihre Unterlippe zittert. »Pfff«, entfährt es mir.

Bettina lacht überdreht.

Papa fällt die Kinnlade runter.

»Wie schön«, sagt Marga, mit einem Lächeln, das irgendwie so was unnatürlich Heiliges hat. Als wäre das per se eine frohe Botschaft.

»Aber – wer ist der Vater?« Papa wieder.

»Das sage ich nicht«, meint Bettina und lächelt. Ihr Lächeln ist echt. Ihr macht keiner was vor. »Und er wird's auch gar nicht erfahren.«

»In welchem Monat bist du denn?«, fragt Marga zart.

»Im vierten«, sagt Bettina.

Ich rechne nach. Vor vier Monaten war Ende August. Da war Bettina mit Olga in Italien.

»Okay«, sage ich. »Dann kriegst du es also.«

Eine Welle von Empörung rollt auf mich zu, aus Margas und Papas Richtung. Bettina lächelt immer noch, leicht ironisch jetzt, vielleicht auch verschmitzt, lächelt mir mitten ins Gesicht.

»Klar kriegst du's. Sorry«, sage ich. Das ist mir jetzt fast peinlich.

Marga schenkt Bettina ein Glas von Wolfgangs Kinderpunsch ein. »Darauf sollten wir doch erst recht anstoßen«, sagt sie, vorsichtig, mit einem Seitenblick auf Papa.

Widerwillig öffnet der den Sekt, schenkt uns ein, hebt das Glas. Ach, du Scheiße. Bettina. Mit Kind, ohne Mann. »Ja«, sage ich, proste ihr zu, überlege kurz, umarme sie dann, ganz lange, und gebe ihr einen Kuss auf den Hals. »Du schaffst das«, flüstere ich ihr zu.

Sie nickt, ihre Haare kitzeln, sie hält sich an mir fest. Und tatsächlich bin ich richtig stolz auf meine große Schwester.

Heather wollte mir ihren Lieblingsort zeigen. Also lotste sie mich hinaus aus Castro und den Hügel hinunter. Im Auto liefen Babes in Toyland, deren CD Heather nach dem Konzert gekauft hatte. Ein großartiges Konzert war das gewesen: laut und chaotisch, überfüllt mit unzähligen hippen, tollen Frauen, die bis zum Umfallen getanzt hatten, *Crowdsurfing* machten. Ein Mann im Rock und seine Partnerin in schwarzem Lack und Leder, Lesben in bunten Hippie-Röcken wie ich heute – es gab alles, und am liebsten hätte ich sie alle kennengelernt. Doch ich stand seitlich, am Rand, habe Händchen gehalten, mitgewippt und zugeschaut. Denn immerhin kenne ich Heather.

Sie hat muskulöse Oberarme und einen knackigen Hintern, trägt Hosen, die recht tief hängen, und ein enganliegendes T-Shirt, unter dem sich ihre Titten so klar abzeichnen, dass es fast schon obszön ist. Sie hatte mich am Tag zuvor im Café angesprochen. Seit Ewigkeiten hatte ich das erste Mal wieder einen Rock an: ein samtrotes Hippie-Teil, das Mum mir vor Urzeiten genäht hat, und eine blaue Bluse mit Pailletten. Ich fühlte mich darin ein bisschen fremd, aber ihr hat es offensichtlich gefallen. Was ich so lange da rumsäße, fragte sie mich, ich müsse einfach aus Europa sein. Sie selbst ist erst im Herbst aus Würzburg zurückgekommen, wo sie ein Auslandssemester gemacht hat. Ihr Deutsch ist charmant, mit einem Hauch Bayerisch – sie kann sogar das rollende R. Trotzdem sind wir bald wieder ins Englische verfallen.

So verging der Tag, dem eine Nacht bei ihr folgte. Sie wohnt in einem winzigen Zimmer in einer Dreier-WG, von der ich allerdings nicht viel mitbekommen habe, denn wir sind direkt ins Bett gegangen. Wir haben das neueste Spielzeug von *Good Vibrations*, dem Sexshop im Mission District, ausprobiert. Und ich war aufgeregt. Aber ich verlor mich immer nur kurz im Sex. Ständig kamen mir Gedanken an Mel dazwischen. Eigentlich hätte ich das alles hier lieber mit ihr erlebt. Andererseits wusste ich ja nicht, ob es je so weit kommen würde, und so küsste ich Heather noch wilder, biss sie zart und leckte sie schließlich, bis sie kam. Was ein bisschen seltsam war, weil sie mir dieses Latexteil gab, das sich Lecktuch nennt. Vielleicht lag es daran, jedenfalls blieb ich cool, was Heather zum Glück nicht störte.

»Hast du Hunger?«, fragte sie danach sanft und ging in die Küche, um uns Sandwiches zu machen, während ich träge im Bett lag und in den Alison-Bechdel-Comics stöberte, die auf dem Boden verstreut waren.

Der nächste Tag verging mit morgendlichem, trägem Sex, einem ausgedehnten Spaziergang und Besuchen in diversen Cafés, Buch-, Comic- und Plattenläden. Natürlich hatten wir beide schon Karten für Babes in Toyland. Obwohl Heather, wie sie sagte, nicht ihr größter Fan ist, aber die ganze Szene sei da, klar müsse man da hin. Als die Ladies dann nach drei Zugaben endgültig die Bühne verließen, hatte sie keine Lust, noch zur Disco zu bleiben. Ich hatte das Gefühl, dass ich ihr irgendwas schuldig war, ohne dass ich genau hätte sagen können, was oder warum. Also ging ich mit ihr. Wir kurvten eine Weile durch die Stadt, fuhren den Hügel hinauf und fanden einen Parkplatz in einer Seitenstraße. Heather stieg aus, kam um das Auto herum und nahm meinen Arm. Es gebe keine Eile, betonte sie. Bis Mitternacht, also noch eine satte Stunde, hätten sie geöffnet.

Als wir in den City Lights Bookstore eintreten, werden wir von der Buchhändlerin im Vorraum freudig begrüßt. Es scheint ganz so, als wäre Heather hier Stammgast. Dann gehen wir eine Treppenstufe hinauf in den ersten Raum, der bis zur Decke mit Büchern vollgestopft ist. Überall stehen Hocker, auf denen Leute sitzen und lesen. An den Wänden hängen Bilder von den Beatniks, die hier ein- und ausgegangen sind, und es gibt jede Menge Zeitschriften und unglaublich viele Fanzines. Ich würde mich gern in Ruhe umsehen, aber leider bin ich nicht allein. Heather nimmt mich an die Hand und flüstert, als seien wir in der Kirche, dass das Beste noch komme. Herrlich ist diese Stille, während die Bässe noch in meinem Bauch wummern.

Heather sprüht Graffiti. Auf dem Spaziergang heute hat sie mir jede Menge Murals gezeigt: Wandmalereien in leuchtenden Farben, viele davon von Einwanderern aus Mexiko, die ganze Geschichten erzählen.

Dann waren wir noch in der Galerie einer Freundin von ihr im Castro. Ihr Geld verdient sie als Bedienung in der Pizzeria im Erdgeschoss, und so hat sie ihre Siebdrucke alle auf Pizzakartons gemacht. Einen davon, einen Mann mit Sombrero und Gitarre, hat sie mir geschenkt. Zwischendrin habe ich meine Eltern angerufen. Das war seltsam, ein bisschen kam ich mir wie ein Teenager vor. Aber sie sollten sich keine Sorgen machen.

Selbst auf der schmalen Holztreppe, die wir nun hintereinander hochgehen, lässt Heather meine Hand nicht los, was mich zunehmend nervös macht. Die Affären, die ich mit Männern hatte, verliefen meistens so, dass man sich spätestens nach dem Frühstück verabschiedete. Ich bin heute Morgen gern bei Heather geblieben. Es ist toll, die Stadt von ihr gezeigt zu bekommen, und ich verbringe gern auch eine zweite Nacht mit ihr. Aber ich finde langsam, sie verhält sich mehr wie eine Freundin als wie eine Affäre, und das gefällt mir nicht. Auf keinen Fall soll sie sich in mich verlieben. Denn ich bin schon verliebt. In jemand anderen. Andererseits weiß Heather ja, dass ich hier nur zu Besuch bin. Ich habe ihr nichts versprochen.

Wieder denke ich an Mel, die mir vielleicht die lesbischen Spielregeln vermitteln könnte. Soweit ich das sehe, sind die Lesben hier stärker mit den Schwulen vernetzt. Für Heather ist Aids ein großes Thema. Sie hat da schon Demos mitorganisiert. Ich habe ihr vom lesbisch-schwulen Filmfestival in Hamburg erzählt, dem ersten in Europa, sie von *Frameline* in San Francisco, das noch älter ist. Ich würde jetzt gern mit Mel in einem dunklen Kino sitzen. Ich weiß nicht, was ich an der Hand von Heather tue. Aber sie hält sie so fest, dass es unhöflich wäre, mich loszureißen.

Wir landen in einem weiteren Raum voller Bücherregale, der durch die Dachgiebel etwas kleiner ist als der untere. Die Beleuchtung hier ist schwächer, und wir sind ganz allein inmitten einer Menge Lyrik von Verlagen, deren Name ich noch nie gehört habe. Uns umgibt ein Meer von Texten, die darauf warten, gelesen zu werden. »Das hier oben ist der absolute Geheimtipp«, flüstert Heather. Endlich lässt sie mich los, um zielsicher ein Buch aus dem Regal zu ziehen, dessen Autorin mit M anfängt. »Soll ich dir was vorlesen?«, fragt sie.

Ich weiß nicht, wie ich nein sagen soll, ohne sie zu beleidigen, also sage ich ja, während mir klar wird, dass ich unbedingt noch einmal allein hierher muss. Vorsichtshalber verschränke ich die Arme, während sie ein Gedicht liest, in dem es um die Revolution geht und um das, was danach kommt, um freie Liebe und die großen Vorbilder, eine Ode an Emma Goldman. Danach erzählt sie mir, dass sie die Lyrikerin kennt, sodass es vollends unmöglich wird, irgendwelche Kritik anzubringen, zum Beispiel, dass es viel zu kitschig ist und ich solche großen Würfe nicht mag, dass ich meine, in der Kunst sollte man sich auf Konkretes beschränken und von dort aus ins Allgemeine driften, wenn man überhaupt das große Ganze angehen will. Meistens ist davon eher abzuraten.

Heather lächelt, für meinen Geschmack ein bisschen zu herzlich. Plötzlich ist mir der Raum zu warm und zu eng für uns zwei. Dann sieht sie auf meine verschränkten Arme hinunter und versteht. Das Lächeln verschwindet.

»Du hast genug von mir«, sagt sie in scharfem Ton.

»Nein, ich bin einfach nur müde«, lüge ich.

Ihre Stimme wird rau, sie flüstert in mein Ohr: »Hast du es schon mal an einem öffentlichen Ort gemacht?«

»Ja«, sage ich. Beispielsweise mit Robert auf der Behindertentoilette im Zug von Heidelberg nach Hamburg, fällt mir ein, aber das erzähle ich ihr nicht. Stattdessen bringe ich nur eine lahme Ausrede vor, nämlich dass ich mich mal wieder bei meinen Eltern blicken lassen sollte.

Jetzt sind auch ihre Arme verschränkt. »Ist okay«, zischt sie. »Ich bleibe noch hier.«

Heather dreht sich weg und schaut konzentriert auf ein Bücherregal.

»Tschüs und – danke«, erkläre ich ihrem Rücken. Sie antwortet nichts, und so gehe ich langsam die Treppe hinunter und an der Buchhändlerin vorbei hinaus.

Nach einem langen Fußmarsch steige ich in Mums Auto. Erst auf dem Highway fällt mir ein, dass es anständig gewesen wäre, sie wenigstens nach ihrer Telefonnummer zu fragen.

Aber wenn ich ehrlich bin, ist es mir auch egal. In drei Tagen fliege ich schon wieder zurück. Ich höre Nirvana und rauche, den Ellenbogen lässig im heruntergekurbelten Fenster. In keinem anderen Land macht mir das Autofahren so viel Spaß wie in den USA. Keine Frage, die Amis haben zu viele Waffen. Aber dafür scheint das Auto als mörderisches Gerät weniger im Vordergrund zu stehen als in Deutschland. Und sie haben Geschwindigkeitsbegrenzungen. Auch darauf stehe ich. Die Lichter rasen links und rechts vorbei, Kurt Cobain singt und ich mit ihm. Für den Moment braucht es nicht mehr als seine Stimme, das Lenkrad in der Hand, das Dröhnen des Motors, die Straße und die Sterne.

# KAPITEL 3

*Mel*

»Magst du noch einen?«, fragt Harald.

Ich nicke, und er schiebt einen Pfannkuchen auf meinen Teller. »Aber den nehme ich süß«, sage ich. Mit Apfelmus, Zucker und Zimt, wie als Kind. Pilze und Schafskäse hatte ich schon genug. Über dem Tisch hängt eine verstaubte Glühbirne – daran hat sich mit Helens Einzug nichts geändert –, die Nachtspeicherheizung ist schon fast zu warm. Harald ist barfuß, das ist auch wieder übertrieben. Ich habe schwarz-rot gestreifte Socken an, die mir Tina gestrickt hat, ihr Weihnachtsgeschenk. Tröstlich, irgendwie. Alles ist sehr tröstlich hier. Die Fahrt war furchtbar, ich habe sicher die Hälfte davon durchgeheult. Und ich wollte auf keinen Fall nach Hause. Weiß ja gar nicht, ob da jemand ist. Sam jedenfalls nicht. Die würde mir jetzt gerade noch fehlen. Egal. Also habe ich Harald gefragt, ob ich kommen kann. Helen ist noch in München, bei ihrer Schwester, aber davon abgesehen sei die Gästematratze sowieso immer für mich frei, meinte er, das wisse ich doch. Er hat recht: Das weiß ich. Aber ich wollte es noch einmal hören.

»Und was hast du Weihnachten gemacht?«, frage ich ihn.

Er gibt wieder Teig in die Pfanne. Es zischt. »Ich habe mit Jan im Blue Velvet Bier getrunken.«

Der Pfannkuchen ist dünn, ich esse ihn zusammengerollt. Das Apfelmus quillt heraus. »Echt?«, frage ich. »Ich dachte, ihr hattet Gäste?«

Er tut noch mehr Butter in die Pfanne. »Helen hat mit ihren Freundinnen am 24. Frauenabend gemacht. Wir haben dann erst am 25. alle zusammen groß gegessen.«

»Und Gina?«

Er lacht. »Gina ist mit Max zu ihren Eltern gefahren. Jan ist dann am 25. nachgefahren, aber am 24. macht er immer irren Umsatz, hat er ihr gesagt. Damit kommt er durch.«

Ich verziehe das Gesicht. Jan ist ein ganz schöner Macker, wenn du mich fragst. Als sein Sohn vor vier Jahren auf die Welt kam, hat er einfach so weitergemacht wie zuvor mit dem Nachtleben, das gleichzeitig seine Arbeit ist: Kneipe und Band. Gina ist ein paar Jahre zu Hause geblieben, hat Druck gemacht, dass er mehr Kohle ranschafft. So ist er schließlich vom Barmann zum Wirt aufgestiegen. Inzwischen macht sie wieder ab und zu was als Illustratorin. Solange Max im Kindergarten ist natürlich nur. Logisch.

»Was stimmt«, verteidigt Harald ihn. Jan ist sein bester Freund, da kommt nix zwischen. Vor drei Jahren hat Jan das Blue Velvet übernommen, wo er seit Ewigkeiten arbeitet. Harald ist Stammgast, auch klar. Ich gehe nur mit ihm zusammen hin. Die sind alle uralt da, alte Männer die meisten, aber nett. Zu mir sowieso, ich bin ja quasi Tochter des Hauses.

»Seid ihr Silvester auch dort?«, frage ich.

»Nee, wir machen hier 'ne Party. Du bist natürlich herzlich eingeladen. Ich wusste ja nicht, dass du in Hamburg bist. Was meinst du?« Sein Pfannkuchen ist fertig. Er wirft ihn auf den Teller, schwenkt eine Schöpfkelle Teig nach und setzt sich mir gegenüber. Dann langt er über den Tisch, wuschelt mir durch die Haare, zieht eine Grimasse. Ja, ich sehe immer noch verheult aus, ich weiß.

»Mal sehen«, sage ich, stippe mit dem Finger den Apfelbrei auf. »Das wäre vielleicht gar nicht so schlecht.«

Eine Weile hören wir Billy Bragg zu, wie er »Accident Waiting to Happen« singt. Harald isst. Ich kümmere mich um den letzten Pfannkuchen.

»Komisch«, bemerke ich. »Egal wie viel ich esse, irgendwie fühle ich mich immer noch so leer. Kennst du das?«

Er nickt.

»Dabei hab ich ja sie verlassen. Irgendwie dachte ich nie, dass ich jemanden verlassen würde. Du warst immer derjenige, der gegangen ist, oder?«

Er schiebt sich einen Bissen Pfannkuchen in den Mund. »Ehrlich gesagt, ich hab's nie wirklich geschafft. Bin immer so lange weggeblieben, bis sie es selbst ausgesprochen haben. Außer bei deiner Mutter.« Ein trauriges Lächeln.

Wir haben nie mehr darüber geredet. Dabei haben wir uns ja nur deshalb kennengelernt, weil Harald eines Morgens in unserer Küche saß. Der erste Mann, nachdem Papa Mama verlassen hatte. Ihre Jugendliebe, die auf einmal wieder aufgetaucht war. »Ich hab's gehört«, sage ich, lasse den letzten Pfannkuchen auf meinen Teller gleiten, mache den Herd aus. Mona hat zu den Pfannkuchen immer Schwarzwurzeln gemacht und dann beides im Ofen mit Käse überbacken.

»Nee, oder?« Harald rauft sich lachend die Haare, steht auf, holt den Tabak.

Ich schiebe die Harald-Erinnerungen über die Mona-Erinnerungen. Das war nicht mein Drama, aber heftig war es trotzdem. Ich hatte Mama vorher noch nie so erlebt. Irgendwie war sie auch toll, so ohne Umschweife wütend. »Was denkst denn du? So wie ihr geschrien habt? ›Nein, ich kann deine Freunde nicht leiden! Diese Scheißspießer hier, die wollte ich nie wieder sehen!‹«, mache ich ihn nach.

Er grinst schüchtern, guckt mich nicht an dabei, kratzt stattdessen die letzten Reste vom Teller – Pilz-Sahnesoße, er ist bei salzig geblieben. Dann schiebt er den Teller zur Seite und dreht zwei Zigaretten. Es ist ihm einfach nicht abzugewöhnen. Als könnte ich nicht selber drehen.

Ich gucke ihm zu. Er macht sie dicker als ich. »Ihr habt euch schon ziemlich gern gemocht, oder?«

Er nickt. »Ach, weißt du«, meint er dann. »Ich liebe sie immer noch. Also auf eine Art weiß ich nicht, ob man damit wirklich aufhört. Ein Stück bleibt einfach. Aber es gab keinen Weg.«

Keinen Weg. Vielleicht ist es das, überlege ich. Es gibt keinen Weg mehr mit Mona. Ist das so? Dass man zusammen ist, um sich mehr zu trauen, mehr zu erleben, statt sich einzuschränken, damit es passt? Aber dann muss es ja immer irgendwann vorbei sein. Denn alles wird ja irgendwann zum Kompromiss. Ich wollte das nicht. Hat Papa damals zu Tina gesagt, und sie fand das total daneben.

»Weißt du noch, wie sie uns hier besucht hat?«, frage ich Harald. Wir lächeln. Ich habe Mama mein Zimmer überlassen und auf dem Sofa im Wohnzimmer gepennt. Ich glaube, sie war echt schockiert. Nicht wirklich von der Wohnung, eher von allem außen rum, sobald man aus der Haustür tritt: die Obdachlosen, die Junkies, die Sextouristen, aber auch einfach die Nachbarinnen, die Transen, die Mama gleich mitgegrüßt haben. Zugeprostet haben sie ihr. Im Haus unten ist ja eine Kneipe, wo sie von morgens bis abends sitzen und Bier trinken.

»Dass alle grüßen, findest du doch an Gummadingen so toll«, habe ich gemeint und Harald dabei zugezwinkert. Das sei aber ein gewaltiger Unterschied, blaffte Mama mich an: »Die sind hier doch alle nicht normal!«

»Weil sie kein Eigenheim und keinen Jahreswagen haben, ist es das?«, hat Harald zurückgeschossen, und schon waren sie wieder im schönsten Gerangel. Mann, Mann, wie die sich angezickt haben, Harald und sie. Wie ein Ehepaar nach der Scheidung.

Ich nehme die Zigarette, die Harald mir hinhält. Irgendwann, als wir in einem Café an der Elbe saßen, auf dem Rückweg von Blankenese, wo Mama dann endlich mal positiv ins Staunen kam, hat Harald drei Zigaretten gedreht und eine davon Mama angeboten. Die hatte bis dahin immer die Nase gerümpft, wenn wir zwei geraucht hatten.

»Komm, Vera«, hat er gesagt, mit seinem jungshaften Grinsen. »Ich weiß doch, dass du manchmal rauchst. Keine Sorge: Hier kennt dich keiner.«

Sie hat gelächelt, und als er ihr Feuer gab, war da kurz ein Blitzen zwischen ihnen, wo ich dachte: Wenn die jetzt allein wären, wäre alles drin, wenn du mich fragst. Obwohl

Mama schon lange mit Jochen zusammen war und er mit Helen, wobei das noch nicht fest war.

»Warum gehen diese Dinge vorbei?«, frage ich ihn.

Er nimmt meine Hand, und mir rollt eine Träne die Wange hinunter.

»Damit was Neues kommen kann«, sagt Harald. »Und, wie gesagt, irgendwas bleibt immer. Ich meine, ohne Vera hätte ich doch dich nie kennengelernt.« Er lässt meine Hand wieder los und zieht an seiner Zigarette, schaut dem Rauch hinterher. »Weißt du, ohne Vera wäre ich wahrscheinlich gar nicht mit Helen zusammengezogen.«

»Wieso?« Ich blase den Rauch nach oben, über Haralds Kopf.

»Weil ich danach das erste Mal dachte, ich will mich entscheiden. Oder vielleicht habe ich's mir auch das erste Mal zugetraut.«

Ich wische mir übers Gesicht. Es ist feucht, bald müssen die Tränendrüsen leer sein. »Hey, hättest du dir das vorstellen können: Mona und ich in einer Wohnung?«

Ohne zu zögern, schüttelt er den Kopf. Von mir aus hätte er ruhig ein bisschen zögern können.

»Warum nicht?«, frage ich.

Er zieht noch ein paarmal an seiner Zigarette, ehe er antwortet. »Hey, sollen wir was rauchen?«, fällt ihm ein. »Ich hab was da.«

Das haben wir ewig nicht mehr gemacht. Weil Mona gar nicht kifft und ich meistens mit ihr hier war. Ich nicke.

Während er baut, sieht man, wie es hinter seiner Stirn arbeitet. Als er den Joint anzündet, ist er fertig mit Denken.

»Vielleicht weil ich es mir selbst in deinem Alter nie hätte vorstellen können. Aber vielleicht auch …« – er sieht mir in die Augen und reicht mir den Joint rüber – »Ich wusste, dass du sie irgendwann verlassen würdest. Und seit letztem Sommer habe ich eigentlich darauf gewartet.«

Meine Stirn kräuselt sich. Ich ziehe kräftig, schmecke dem süßen Gras auf der Zunge nach, spüre, wie der Rauch die Kehle runterkriecht, wie es warm wird. Joe Jackson, denke ich. Wir müssen als Nächstes Joe Jackson hören.

Harald schaut mich an, so was wie eine Entschuldigung steht in seinem Gesicht. »Nee, nicht dass ich's mir gewünscht habe. Aber das lag in der Luft.«

»Okay«, sage ich, ironisch, obwohl ich es ihm abnehme. »Gut, dass wenigstens du nicht überrascht bist. Weißt du, ich war's nämlich.«

Er nimmt den Joint zurück. »Tut mir leid, so war es eben. Du weißt doch: Ich bin alt und weise.«

»Und – hilft es?«, frage ich. Harald ist jetzt Mitte vierzig.

Er bläst an mir vorbei, Richtung Fenster. Sicher guckt er raus, was die Nachbarn machen. Harald weiß über alles Bescheid. Wenn hier in der Straße ein Verbrechen passieren würde, müsste man ihn auf jeden Fall befragen. Weil er doch tagsüber mehr zu Hause ist als andere. Und immer alles im Blick hat, der Spinner. »Ach, ich glaube schon«, meint er schließlich.

Mir schwindelt ein bisschen. Es ist schön. »Die Jugend war nicht die beste Zeit?«, kommt mir dann in den Sinn.

Er schüttelt den Kopf. »Auf gar keinen Fall.«

Joe Jackson singt in meinem Kopf. Bis ich die Platte

auflege, das dauert zu lang. Eigentlich schade, die Musik durch Worte zu unterbrechen. »Du meinst, irgendwann hört man auf, Scheiße zu machen?«

»Nein. Hoffentlich nie. Aber man weiß, dass es vorbeigeht. Und andererseits, dass eben etwas bleibt. Ich meine, früher, da habe ich mich mit Leuten verkracht, und ich dachte, das war's, für immer. Und fünf oder sechs Jahre später standen wir doch wieder zusammen auf der Bühne. Oder auch nur im Supermarkt an der Kasse. Und du hast diese Geschichten erlebt, mit so vielen Menschen, und letztlich, egal wie scheiße die geendet haben: Ein Stück von diesem Leben habt ihr euch geschenkt. Und das ist nie wieder rückgängig zu machen.«

Mein Kopf hat sich auf den Tisch gelegt. Ich sehe Harald von unten an. Er hat sich mindestens drei Tage nicht rasiert. »Du bereust nichts?«, frage ich.

Er reicht mir den Joint noch mal rüber. Ist aber kaum noch was drin. Ich richte mich mühsam auf. »Doch. Dass ich manchmal zu schnell abgehauen bin. Dass ich immer dachte, ich bin nicht gut genug. Aber«, er hebt seine Arme theatralisch, lässt sie vor der Brust niedersinken und faltet sie zusammen. Sobald ihm was peinlich ist, wird er Schauspieler. Das heißt, eigentlich ist er's sowieso die ganze Zeit. »Wenn irgendwas anders gelaufen wäre, ein Steinchen verschoben wäre – wer weiß, was das alles nach sich gezogen hätte? Und da, wo ich jetzt bin, gefällt es mir. Sogar ziemlich.«

Er lehnt sich zurück. Ich klatsche Applaus, und dann kriegen wir einen Kicherflash. Ich stehe auf, gehe durch den

Vorhang ins Wohnzimmer, lege endlich Joe Jackson auf. Fläze mich dort auf das Sofa. Harald kommt hinterher, lässt sich neben mich fallen und gibt mir eine Flasche Bier in die Hand. »One more time. One more time. Say you're leaving, say goodbye«, singen wir.

Seine Füße liegen auf dem Couchtisch. Schmale, haarlose Füße. »Warum hast du keine Strümpfe an?«, frage ich, als das nächste Lied kommt.

Er wackelt mit den Zehen. »Weil mir keiner welche strickt.«

Ich nehme einen tiefen Schluck. Er schwebt auf der gleichen Wolke wie ich. »Harald, vergiss es.«

»Nein, nein, du doch nicht«, wehrt er ab, lacht, streckt mir sein Bier zum Anstoßen hin.

Ich ignoriere ihn und trinke. »Wer dann? Helen, oder was?«

Er tut es mir gleich. »Nee, das müsste schon 'ne Mutter sein«, meint er.

»Na, dann stehen die Chancen aber schlecht«, gebe ich zu bedenken.

»Wahrscheinlich.« Er nickt und hebt seine Flasche. Diesmal stoße ich an. »Auf die Liebe!«

»Okay, auf die Liebe.« Wir prosten uns zu. Und das erste Mal, seit ich mit Mona telefoniert habe, geht es mir irgendwie gut. Tief innen beruhigt es sich. Ich bin satt und mir ist schwindelig und bin nicht ganz hier. Vielleicht kann man das nicht wirklich Ruhe nennen, aber eine Ahnung davon kehrt langsam zurück. Dass man irgendwo hingehört und einem das niemand nehmen kann. Dass ich irgendwann mal so alt sein werde wie Harald. Und gern an den Abend zurückdenken werde. Und dass wir uns dann womöglich, hoffentlich immer noch sehen, egal wo man dann wohnt. Es muss ja nicht ständig sein. Neben Mona ist er der Mensch, den ich in den letzten Jahren am häufigsten freiwillig gesehen habe. Wenigstens das kann gern so weitergehen. Aber vielleicht werde ich ja gar nicht in Hamburg bleiben.

Dann doch zu Hause, führt ja kein Weg dran vorbei. Die Haustür schließt schon wieder nicht. Die Treppen hoch durch das dreckige Treppenhaus. Wie ich dieses dreckige Treppenhaus liebe! Das ganze Haus hier ist voller WGs. Mein Herz klopft, als ich die Wohnungstür aufschließe. Im Flur ist Licht, Sammys Tür ist zu. Mensch, Mel, beruhige dich. Die ist noch in Amerika. Es riecht nach Kräutertee; das muss Dörthe sein. In meinem Zimmer ist es eiskalt. Gerade will ich die Heizung aufdrehen, als das Telefon klingelt.

Das kann ich jetzt gar nicht brauchen. Dörthe geht ran. Ich winke ihr zu, mache meine Anlage an. Da steht sie schon in der Zimmertür. »Das dritte Mal heute«, flüstert sie und verdreht die Augen, hält mir den Hörer hin.

Mona. Noch mehr Herzklopfen, kalter Schweiß. Die Schonzeit ist vorbei. »Hey, Mel, du hast dich nicht mehr gemeldet …«

»Ich bin gerade erst angekommen.« Ist nur halb gelogen, zum Glück. O Mann.

»Wie war's noch?«, fragt sie bemüht entspannt.

»Okay.«

Sie wartet. Ich muss aufs Klo. Nur: Bis dahin reicht die Schnur nicht. Ich habe keine Lust, mit ihr zu sprechen. Ehrlich, ich habe jetzt genug geheult. Und ich habe ihr nichts zu sagen.

»Mel, so geht das nicht.«

Die Schnur ist total verheddert. Die Zimmertür geht nicht richtig zu. »Was?«

»Ich will dich noch mal sehen.« Es klingt eher wie eine Drohung als nach Sehnsucht.

Ich wühle in den Platten, hole Chumbawamba aus dem Regal. Letztes Frühjahr waren die in der Fabrik in Altona und wir mit der ganzen WG in der ersten Reihe. Ein toller Abend.

Ich habe damit gerechnet. Aber nicht so bald. Warum kann das nicht warten? »Klar.«

»Mel?«

Die Platte zwischen den Händen, den Staub runterpusten. Habe ich viel zu lange nicht mehr gehört. Ich lege sie auf, lasse den Plattenteller anlaufen, putze noch mal richtig. Wenn wir hier fertig sind, höre ich mir die ganze Platte an, von vorne bis hinten, beide Seiten.

»Ich bin nur kurz in Hamburg. Morgen Nachmittag fahre ich mit den anderen an die Ostsee.«

Weiß ich ja. Klar, Silvester. Vorher noch reinen Tisch machen. So ist das bei Mona: hat alles seine Ordnung.

Bei ihr im Hintergrund Melissa Etheridge. »Lass uns uns noch mal treffen. Bitte. Ich lade dich zum Frühstück ein.«

Mir zieht sich alles zusammen. »Morgen um zehn im Café Klatsch«, schiebt sie nach.

Okay, nicht privat. Ich atme auf. »Um zehn?«, frage ich.

»Hast du überhaupt Lust?«, fragt sie.

Also Lust auf keinen Fall, was für eine Frage. Aber ich bin es ihr schuldig, ich weiß.

»Ja, klar. Bis dann, Mona. Sorry. Ich muss erst mal auspacken und alles.«

Hier ist der Schnee nur noch grauer Matsch. Ein paar einzelne Jogger sind unterwegs, wie ich. Es ist noch vor acht. Scheiße, ich hab keine fünf Stunden geschlafen. Ein kleiner Mischling ist nicht angeleint, kommt mir entgegen, dreht um und rennt ein Stück mit. Dabei ist das hier eigentlich ein hundefreier Park. Ich frage mich, zu wem der gehört. Er guckt mich aus dem Augenwinkel an, irgendwie prüfend.

»Hey, geh zu Mama«, sage ich und laufe ein bisschen schneller. Ein Typ kommt mir entgegen, schon das zweite Mal in meiner ersten Runde. Das heißt, der ist fast doppelt so schnell wie ich, aber ist ja auch egal. Dabei ist er voll alt. Okay, wenn ich so alt bin, jogge ich jeden Morgen. Und zwar in aller Ruhe. Ausgeschlafen, gesund. Ohne Beziehungschaos.

Dörthe hat auch gemeint, das scheint keinen Sinn mehr zu haben. Es sei doch ganz schön lange gutgegangen; das solle ich mal bedenken. Drei Jahre. Die Zeit, die man hatte, so nehmen, wie sie war. »Zerrede nicht alles im Nachhinein«, hat sie gesagt. »So war das bei Knut und mir: dass man am Schluss alles schlechtgemacht hat, damit man den Absprung schafft. Das ist echt scheiße. Mach das nicht, Mel. Lass dich da gar nicht erst drauf ein.«

Tobi lag schon in ihrem Bett. Mit dem ist sie erst ein paar Monate zusammen, davor war sie ein Jahr Single. Weil das mit Knut so scheiße auseinanderging, meint sie. Da habe sie echt erst mal die Schnauze voll gehabt. Ich hatte eigentlich den Eindruck, dass sie ganz gut drauf war in ihrer Single-Zeit. Man muss ja nicht ständig mit jemandem zusammen sein. Ich glaube, ich will erst mal mit niemandem zusammen sein. Vielleicht bin ich nicht wirklich der Typ dafür.

Im Sommer habe ich hier mit Mona Backgammon gespielt. Wenn ich sie mal herlocken konnte. Mona wollte ja immer raus aus der Stadt. Boberger Düne, Harburger Berge, das Moor, die See, mit ihrem kleinen Auto. Ich heule ein bisschen. Irgendwie war es manchmal langweilig, aber so träge langweilig, so angenehm. Wie ein Sommer, der zu lange dauert. Das hat man hier oben ja selten. Aber der letzte Sommer war so, echt. Der Hund hat jetzt ein Eichhörnchen gesehen und saust ihm hinterher. Ein zugehöriger Mensch ist immer noch nicht zu sehen.

»Nicht!«, rufe ich in seine Richtung. Eichhörnchen sind immer noch meine Lieblingstiere, glaub ich. Seehunde finde ich auch gut. Mann, ist das albern. Noch eine Runde, ich laufe am Tor vorbei. Ich werde das alles fotografieren, jeden Winkel dieses Parks. Demnächst habe ich ja Zeit. Ich bin ja jetzt Single. Und Papa hat mir zu Weihnachten eine Canon F1 geschenkt.

Alles ist bunt und voller Menschen. Über der Straße hängen rote Lampions, die Dächer sind geschwungen und reich verziert. Am einnehmendsten aber ist der Geruch, der an jeder Ecke wechselt, zwischen Ingwer, Knoblauch, Fett und Räucherstäbchen. Man hört fremde Sprachen, die ich großenteils nicht kenne. Angeblich soll Kantonesisch die vorwiegende sein. Ich habe mir zum Abschied von meinen Eltern einen Nachmittag in Chinatown gewünscht. Davor haben wir noch eine Galerie besucht. Hier wollen wir natürlich essen.

»Eigentlich müsste es in Hamburg auch eine Chinatown geben«, merkt mein Vater an. Mama und er gehen eingehakt; sobald sie ihr Domizil verlassen, in dem jeder seinen eigenen Bereich hat, rücken sie zusammen. Als wollten sie sich der Außenwelt nur gemeinsam stellen. Mir fehlt Nico. Ich werde ihn heute Abend anrufen, um ihm von Heather und Mel zu erzählen. Hoffentlich ist er zu Hause.

»Die gab es mal. Aber dann haben die Nazis die Chinesen deportiert«, weiß ich. »Das war ganz in der Nähe der Reeperbahn.«

»Ich finde, wir sind lange genug herumgelaufen«, meint meine Mutter und steuert auf das nächstbeste Restaurant zu. Ich glaube, es ist so gut wie jedes andere, und füge mich, auch wenn ich lieber noch ein bisschen geguckt hätte. An meinem Nachmittag müsste eigentlich ja ich das Tempo bestimmen dürfen. Aber am letzten Tag werde ich mich nicht streiten, und sie haben immerhin noch etwas gut: Als ich von Heather zurückkam, waren sie ganz entspannt – keine Spur von Theater.

Meine Eltern lieben es, gut zu essen, und sie können währenddessen auch locker über nichts anderes reden als das, was auf ihren Tellern und später in ihren Mägen ist. Und so werden unsere Suppen verglichen, wobei meine mit Haifischflosse eindeutig gegenüber Pilzen oder Nudeln gewinnt. Das hätte ich allerdings auch schon vorher sagen können.

Ob ich mich auf zu Hause freue, fragt Mum, während wir auf die Klöße warten. Es gibt mir einen Stich. Ich hatte mir fest vorgenommen, nicht daran zu denken. Selbstverständlich funktioniert das so nicht, und je näher die Heimreise rückt, desto weniger – Mel. Spätestens seit ich hier bin, weiß ich, dass ich richtig in sie verliebt bin. Natürlich habe ich sie kein einziges Mal angerufen, denn so teure Telefonate führt man nur mit seiner Liebsten. Eine einzige Karte habe ich ihr geschrieben. Ich habe versucht, sie unverbindlich zu halten, mit »Hi« und »Bis dann«, mit wenigen Sätzen. Auch die WG hat eine bekommen. Vielleicht war schon die Tatsache, dass ich Mel noch einmal separat geschrieben habe, verdächtig. Aber irgendwie ist es mir auch egal. Ich nehme an, dass Mel zumindest Dörthe sowieso schon alles erzählt hat. Interessant wäre, wie ihre Version der Geschehnisse klingt.

»Ich freue mich schon, aber vor allem bin ich aufgeregt«, sage ich.

»Wieso?«, fragt Mum.

»Weil es mich erwischt hat. Und zwar richtig, fürchte ich.«

»Deine Mitbewohnerin?«, fragt Mum.

Dass sie sich daran erinnert, ist schon viel. Es freut mich. »Ja. Aber sie hat eine Freundin.«

»Okay, das sind erschwerte Bedingungen«, meint Mum.

Dad hält sich raus. Und da kommen auch schon die Klöße, gefüllt mit Schwein, Krabben und Bohnen. Eine Bedienung in traditioneller Kleidung, freundlich und effizient, stellt alles in die Mitte. Ich glaube, das hier ist ein Touristenladen. Aber vielleicht sind sowieso alle Läden hier im Viertel für Touristen konzipiert; es schmeckt jedenfalls trotzdem. Wir fischen die Knödel mit Stäbchen aus den Körben und wälzen sie in unseren Schälchen in Sojasoße.

Köstlich, denke ich. Und frage mich, ob ich womöglich ausziehen muss, wenn das so weitergeht. Ich weiß nicht, wie lange ich es noch aushalte, mit Mona in der Küche und vor allem in Mels Bett. Aber andererseits wohne ich gerne dort. Ich wohne gern mit Dörthe und Suzanna zusammen, es geht ja nicht nur um Mel. Wir hatten eine Affäre, und ich habe mich ein bisschen verliebt. Darüber werde ich schon hinwegkommen. Denn Mel Mona auszuspannen kommt überhaupt nicht infrage. Ich werde mich weiterhin ablenken – im Februar kommen sowieso erst mal die Aufnahmen für unsere Platte. Da werde ich gar keine Zeit haben, an sie zu denken. So werden die Gefühle weniger werden und irgendwann ganz verschwinden. Wichtig dafür ist nur, Abstand zu halten. Weil es für reinen Spaß einfach zu ernst ist für mich.

In meinem Bauch bildet sich ein Knoten. »Ich kann das nicht. Ihre Freundin liebt sie abgöttisch. Ich dagegen kann ihr doch gar nichts versprechen.«

»Wart's ab«, sagt Mum. »Vielleicht kommt es ja ganz anders, als du denkst.«

Mir fällt ein Knödel von den Stäbchen. Zum Glück sind die Tischdecken hier aus Papier und werden sowieso nach jedem Gast gewechselt. Also ist wenigstens das nur halb so schlimm. Ich nehme ihn wieder auf, ziehe ihn durch die Sojasoße und esse. Er schmeckt hervorragend. Dad ist vollkommen in sein Essen vertieft. Er hat die Augen nur halb geöffnet.

»Welche schmecken dir am besten?«, frage ich ihn.

»Schwein«, meint er. »Eindeutig. Aber die anderen sind auch gut.«

Unsere Hauptgänge kommen. Papa hat sich an die Hühnerfüße gewagt. Da habe ich mich nicht rangetraut, und so habe ich Fisch bestellt. Mama bekommt Schwein. Ob Mel mich nicht doch auch ein bisschen vermisst? An der Ostsee mit ihrer Freundin plus anderen entspannten Frauen? Da wird sie anderes im Kopf haben als mich. Sie wird tief durchatmen und ausspannen. Und falls sie vorher an mich gedacht haben sollte, wird sie mich spätestens dort vergessen. Sie wird einfach den Moment genießen, gemeinsam mit Mona, Hand in Hand, und sie werden Rote Bete und norddeutschen Kartoffelsalat mit zu viel Mayonnaise und womöglich ein Salzwiesenlamm essen. Ich habe keinen Hunger mehr, wenn ich daran denke. Aber ich rufe mich zur Vernunft, zwinge mich, trotzdem Fisch und Reis zu essen. Am Nebentisch schmatzen sie, wie es in China üblich ist. Es macht sicher Spaß, aber ich traue mich nicht, es selbst auszuprobieren. Was meine Eltern wohl davon halten würden?

Inzwischen ist Mum ebenfalls verstummt. Ich frage mich, was sie damit meint, dass alles anders kommen könnte. Ich würde sie gern fragen, aber vermutlich ist das nur eine Floskel, die sie so dahergesagt hat, ohne sich viel dabei zu denken. Und ich meine wieder, etwas Tiefgründiges hineininterpretieren zu können. Mama bestellt Reiswein für alle, ohne uns vorher zu fragen.

*Mel*

Ich mache Kreuze auf die Karte zum Bestellen, so macht man das hier: ein Zettel mit allem, was es gibt, mit Kästchen dahinter, ein Stift; auf den Tischen stehen Christrosen, und es ist ganz schön voll: Pärchen, beste Freundinnen, Mütter und Töchter. Alle wollen das Jahr noch zu einem guten Abschluss bringen. Immerhin, im Café muss man einigermaßen entspannt bleiben, sonst wird das hier echt zu peinlich. Bisher kenne ich niemanden, aber da kommt sicher bald jemand. Immer kommt irgendjemand, den ich kenne.

Mona hat einen neuen Mantel an, Rot und Schwarz kariert, muss ihr jemand geschenkt haben. Nach einem Muttergeschenk sieht's aber nicht aus. Und ihre Haare sind passend frisch gefärbt, Henna. Sie nickt mir zu und hängt erst mal den Mantel an die Garderobe.

Geht dann an die Bar und bestellt dort einen Tee, Kamille mit Zimt, ich weiß. Der Typ, dem das Café gehört, umarmt sie. Vor Ewigkeiten, während ihres Studiums, hat Mona hier gearbeitet, und alle paar Monate versucht er sie zu überreden zurückzukommen. Keine Ahnung, ob er das ernst meint.

Als Mona sich mir gegenüber hinsetzt, ist es eng in meiner Brust und trocken in meinem Mund. Ich schiebe den Zettel hin und her, den ich fertig ausgefüllt habe. »Hallo«, sage ich. Sie sieht müde aus, aber nicht zerstört. Nicht so, als ob sie jetzt tagelang geheult hätte oder so, meine ich.

Ich lehne mich zurück. Sie bietet mir eine Zigarette an, ich schüttele den Kopf. Ihr Tee kommt. Und wir reden, ganz normal, über die Familien: über Monas Bruder, seine Frau, die beiden Kinder. Über Bettinas Schwangerschaft und den Rest der Bagage. Manchmal lachen wir ein bisschen oder versuchen es zumindest.

Als Mona mit ihrem Müsli fertig ist und ich mit Honig- und Marmeladenbrötchen, bestellen wir beide noch einen Saft.

»Mel, ich hab mir das überlegt«, sagt sie. »Also, erst mal: Am Telefon, das geht gar nicht. Das war eine richtig miese Nummer. Aber ich habe verstanden. Ich werde meine eigenen Pläne verfolgen: Ich ziehe aufs Land.«

Das Pärchen neben uns nimmt sich an den Händen, sieht sich tief in die Augen und macht sich auf den Weg nach draußen. Eigentlich wäre ich auch lieber spazieren gegangen, aber irgendwie ist es doch zu kalt. Und Mona findet in der Stadt spazieren gehen ja sowieso albern.

»Wohin denn?«, frage ich. Der Kellner stellt uns zwei Gläser hin, frisch gepresst, leuchtendes Orange.

»So konkret ist es noch nicht«, sagt sie. »Allein auf keinen Fall. Im Wohnprojekt von Jutta wird vielleicht etwas frei. Ich ziehe nicht morgen um. Aber im nächsten Jahr, das habe ich mir vorgenommen.«

Ich nicke. Und drehe mir eine, während sie mir ihren Rauch ins Gesicht bläst. »Ist doch gut«, sage ich.

»Mel, jetzt guck mich doch mal an.«

Meine Augenbrauen ziehen sich zusammen. Natürlich schafft sie's länger. Wahrscheinlich kommt das von ihren Kampfsportübungen: zielen, innehalten, konzentrieren, treten, aber nur in die Luft. Ja, Mona, ich weiß, du hast die klarsten blauen Augen der Welt, aber das ändert doch nichts. *Deine blauen Augen machen mich so sentimental.*

»Bist du dir wirklich sicher? Ich meine, kannst du mir das ins Gesicht sagen: Es ist aus.«

»Ach komm, das ist doch Quatsch.«

»Jetzt sag das doch mal: Mona, es ist aus.«

Die Mutter am Nebentisch legt Geld auf den Tisch und steckt ihrer Tochter noch einen Zwanziger in die Tasche. Das Kind bedankt sich.

»Hey, es tut mir leid«, setze ich an. »Und ich kann dir auch nicht genau sagen, warum. Irgendwie – ist das Leben weitergegangen, und wir haben uns entfernt. Oder vielleicht hab auch nur ich mich entfernt, ich weiß es nicht.«

»Kannst du mal mit dem Gesülze aufhören? Ob es aus ist, sollst du sagen. Ob du mich nie wieder küssen willst.« Sie starrt mich gnadenlos an, als wäre ich so 'ne kleine Maus, die sie nicht in ihr Loch zurücklässt.

Jemand kommt aus der Toilette. Ich müsste auch mal.

Nach der Zigarette. »Darum geht's doch nicht«, sage ich. Was sie offenbar nur noch wütender macht.

»Doch«, poltert sie. »Genau darum geht's. Hör mal, Mel, so einfach kriegst du mich nicht los. Kann ja sein, dass ich dir zu eng auf die Pelle gerückt bin. Kann ja sein, dass du andere Frauen attraktiv findest oder was weiß ich, was dir fehlt. Aber das kann ich doch nicht riechen. Also, wenn du was ändern willst an unserer Beziehung, dann hätte ich das gern besprochen. Und wenn du dich wirklich trennen willst, dann auch. Einfach nur abhauen, das mache ich nicht mit. So scheiße war's doch nicht zwischen uns, oder? War das etwas, was man einfach so wegwirft? Ohne dass man auch nur versucht, es zu retten?«

Ich nehme den letzten Zug von meiner Zigarette. Sie starrt mich immer noch an. Ich versuche wieder, ihren Blick zu halten. Nein. Das ist wie Erpressung. Der Boden hier ist vollkommen verdreckt, aber bei dem Wetter ist das ja kein Wunder. Wahrscheinlich putzen sie jeden Abend, doch das hält nicht lange vor. »Nein, natürlich nicht«, sage ich und drücke die Zigarette aus. »Es tut mir leid.«

»Da hab ich nichts von. Ich will, dass du mir sagst, was los ist. Und dass wir zusammen überlegen, ob wir das hinbekommen oder eben nicht mehr.« Sie beugt sich vor, in meine Richtung. Ich spüre ihren Atem an der Wange, er zieht vorbei. »Wir sind doch keine Teenager mehr!«, sagt sie. »Mel, wir haben eine Geschichte.«

Das hier ist irgendwie nicht real. Mona ist ganz weit weg, und ich muss fast lachen, wie laut ihre Stimme ist und wie hart. Das kommt nicht bei mir an. Ich bin woanders. Alles ist anders, und ich kann das nicht erklären. Ich muss allein sein. Ich muss schlafen. Ich habe ja kaum geschlafen. Der Morgen ist mein Feind. Am Morgen kommt immer alles hoch. Ich werde jetzt einfach jeden Tag joggen gehen. Das hilft. Wie kann man nur die Parks nicht mögen? Die Parks sind doch das Allerschönste.

»Mel?« Mona rüttelt an meinem Arm. Ich ziehe ihn weg, ducke mich unter ihrem Blick. »Ich gehe jetzt. Ich treffe mich um zwölf mit Sabine. Am Mittwoch bin ich wieder da, ab Donnerstag arbeite ich. Ich werde mich nicht mehr bei dir melden. Aber ich warte. Ich erwarte von dir, dass du dich meldest, verstanden? Wenn du dir überlegt hast, wie du es mir erklären kannst. Danach kannst du von mir aus gehen, wohin du willst.«

Sie steht auf und sie geht, ohne Eile. Jeder Schritt mit ihren schweren Stiefeln knallt auf dem Boden. Sie verabschiedet sich nicht, weder von mir noch vom Wirt. Ich sehe ihr nach, ohne sie aufzuhalten.

# KAPITEL 4

*Mel*

Habe ich die Tür nicht zugemacht? Ich stehe total durchnässt im Flur. Es ist sechs Uhr früh oder so, auf jeden Fall ein neues Jahr, 1993. Alles dreht sich noch, vom Tanzen und vom Trinken und von einem Joint, und Sammys Tür ist offen. Ich habe gestern einmal reingeguckt, um zu sehen, ob noch alles da ist. Ob es echt ist. Okay. Aber das war nur ein kleiner Spalt, den ich dann gleich wieder geschlossen habe. Eigentlich bin ich mir total sicher – egal – ich schau rein.

Und da liegt Sammy, auf dem Bauch, in voller Montur, auf ihrer Matratze, der Rucksack gleich daneben, auf dem Boden. Ihr Mund steht offen, ihre Augen sind geschlossen, ihr Gesicht liegt auf einer Hand, von den Locken verdeckt. Als wäre sie direkt vom Flugzeug ins Bett gefallen.

Das Karussell bleibt stehen, und die Zeit dazu. Der schmale Lichtstrahl vom Flur malt einen Streifen von ihrem Jackett über ihren Hals, knapp an der Wange vorbei. Ich ziehe meine Schuhe aus, schleiche zur Garderobe, werfe den Mantel über Dörthes, hänge mich unter den Wasserhahn in der Küche und trinke, ungefähr einen Liter. In der Küche stehen leere Bierflaschen rum, keine Unmengen, nur ein paar. Kann sein, Dörthe und Suzanna haben sich hier warmgetrunken, bevor sie losgezogen sind. Oder ein Willkommensdrink für Sammy, aber dann hätte sie es vielleicht auch noch geschafft, sich auszuziehen.

Ich streiche mir die Strähne aus dem Gesicht, gehe aufs Klo und gucke mein Spiegelbild an. Ganz schön blass, ganz schön daneben sehe ich aus. Was erwartet man? Essen bei Harald und Helen, mit einem Haufen verrückter Schauspieler, Frauen und Männer, die im Wohnzimmer getanzt haben, eine WG-Party zwei Häuser weiter, für die man sich eigentlich ganz in Weiß kleiden sollte, was viele auch getan hatten, und am Ende die Flora, wo ich die meisten traf, nur nicht Dörthe und Suzanna. Wo waren die nur? Immerhin ist Silvester. Ihre Türen sind geschlossen. Ich bin die Letzte, geschafft! Ich bin eben Single. Und schlafe morgen, solange ich will, vielmehr heute. Ab morgen arbeite ich wieder im Café in der Schanze. Erst im Februar gibt es dann vielleicht einen Assi-Job bei Doris. Scheiße, das neue Jahr fängt an, und ich habe keinen Plan. Ich schüttele den Kopf, strecke mir selbst die Zunge raus.

Und dann gehe ich noch mal zurück zu Sammy, ganz leise, und betrachte sie. Sie hat sich nicht gerührt. Ich knie mich neben sie, hebe den dunklen Schopf, küsse sie auf die Wange, ganz leicht, atme vorsichtig ihren Duft ein. Sie seufzt, und ich ziehe ihre Decke hoch, über die Schulter. Um danach ihre Tür hinter mir zuzuziehen und in mein Zimmer zu gehen. Um mich auszuziehen. In mein Hochbett zu klettern. Mich auf den Bauch zu legen, die Wange auf der Hand. Mein Atem stockt. Ich ermahne mich, weiter zu atmen. Alles dreht sich wieder, weitet sich zu einem gewaltigen Wirbelsturm aus. Der sich nur noch um ein einziges Bild dreht: das Foto, das ich nie machen werde. Die schlafende Sammy, es wäre nicht fair. Und außerdem wäre es dann nicht mehr meins. So, in meinem Kopf dagegen, gehört es mir ganz allein.

*Sammy*

Suzanna rührt das Chili, während ich den Salat schnipple. »Na, wie hat dein Jahr angefangen?«, fragt sie.

»Im Flugzeug«, sage ich. Ich habe mit meinem Nachbarn, einem sehr angenehmen, höflichen Anzugträger aus London mit wunderschön britischem Akzent gepflegt einen Sekt getrunken. Der Pilot wünschte uns allen per Funk ein frohes neues Jahr, und die Stewardessen sagten, es gäbe ein Getränk umsonst. Das ganze Flugzeug hat sich zugeprostet, und ich fand das alles überraschend feierlich. Es war schön, zum Jahreswechsel zwischen den Kontinenten zu schweben, und als wir kurz darauf gelandet sind, wäre ich am liebsten in London geblieben. Immerhin sechs Jahre habe ich dort gewohnt. Ich muss dieses Jahr auf jeden Fall mal wieder hinfahren. Das war mein erster Vorsatz fürs neue Jahr.

»Und du?«, frage ich Suzanna.

»Ich war auf einer Party bei einer Freundin. Nichts Besonderes. Ich finde Silvester sowieso total überbewertet. Als müsste das *die* Party des Jahres sein, und dann ist es eben nur durchschnittlich oder vielleicht sogar langweilig.«

»War es denn langweilig?«

»Nee, das jetzt nicht direkt.«

Dörthe kommt mit einer Penny-Tüte in der Hand herein. Sie ist diejenige, die organisiert hat, dass wir endlich mal wieder alle zusammen essen. Sie erklärte, das sei sozusagen eine verspätete Neujahrsfeier im Kreis der Familie.

Die erste Woche habe ich hauptsächlich an der Uni verbracht, genauer gesagt in der Bibliothek und im Café Creisch. Am Abend haben wir zum Glück oft geprobt. Gegessen habe ich meistens in der Mensa, was ein ziemlicher Kulturschock ist, wenn man von meinen Eltern zurückkommt. Immer wenn ich bei Mum und Dad war, brauche ich danach eine Zeit der Entwöhnung von ihrem guten Essen. Insofern hat Dörthe natürlich recht: Wir sollten einfach öfter kochen. Aber in der WG klappt es eben höchstens mal am Wochenende. Werktags scheint keine die Zeit und die Muße dafür zu haben. Und vielleicht haben nicht einmal alle überhaupt das Bedürfnis; bei Mel zum Beispiel wäre ich mir da nicht sicher. Obwohl gerade sie es nötig hätte, denn sie ist viel zu dünn.

»Ich habe Fertigpudding gekauft«, sagt Dörthe. »Hab heute keine Lust zum Kochen.«

»Mit Sahne? Ist doch super«, sagt Suzanna. Es folgt eine Runde von Begrüßungsumarmungen. Wir wohnen jetzt seit einem Jahr zusammen; für mich ist es meine zweite WG. In der ersten musste ich schon nach vier Monaten wieder ausziehen, weil es reingeregnet hat. Anfangs war es nur ein kleines Rinnsal in einer Ecke der Küche, am Ende hatten wir auf dem ganzen Stockwerk Eimer und Töpfe aufgestellt, und wenn es regnete, fühlte ich mich wie beim Zelten. Dabei war über uns noch ein Dachboden. Dort war schon lange alles feucht. Der vierte Handwerksbetrieb, der sich den Defekt ansah, versicherte dem Hausbesitzer, man könne das richten, ohne das Dach komplett neu zu decken, und natürlich hat man sich dazu entschlossen, genau diesem Unternehmen den Reparaturauftrag zu erteilen. Angesichts dieser wenig verheißungsvollen Aussicht hatten wir derweil beschlossen, komplett auszuziehen.

Nico und Mum haben beide Asthma, und jedes Mal, wenn wir umzogen, wurde peinlichst darauf geachtet, dass es nirgendwo in der Wohnung feucht war. Ich selbst war davon nicht betroffen, oder noch nicht, so genau konnte man das nie wissen, und insofern wäre ich auch ausgezogen, wenn die anderen geblieben wären. Ich hatte das Glück, dass eine Kommilitonin mir erzählte, dass hier etwas frei wurde. Wie ich inzwischen von Dörthe erfahren habe, waren sie und Suzanna gleich dafür, mich zu nehmen. Mel dagegen wollte sich noch andere Frauen ansehen, aber sie wurde von den anderen beiden überredet.

»Was ist mit Mel?«, fragt Dörthe jetzt, während sie den Tisch deckt. Sie stellt nicht einfach nur Geschirr und Töpfe hin, sondern bemüht sich immer auch um Atmosphäre. Manchmal stellt sie Blumen auf den Tisch. Heute sind es Kerzen. Sie lässt das Wachs in die Ständer tropfen, um dann die neue Kerze festzupfropfen – Gemütlichkeit ist Dörthes Metier. Sie kommt von einem Bauernhof aus dem Westfälischen, wo die Großmutter mit im Haus wohnte und den ganzen Tag kochte und backte. Dörthe hat vier Geschwister, sodass ihre Großmutter immer Abnehmer für ihre Produkte fand. Inzwischen haben Dörthes ältere Geschwister ihr schon Urenkel beschert. Insofern ist dort die Welt weiter in Ordnung. Dörthe kann ich mir in dem Szenario schlecht vorstellen, aber andererseits hat sie doch etwas mitgenommen von ihrer Oma, und das ist durchaus angenehm.

»Wahrscheinlich ist sie wieder fotografieren«, meint Suzanna.

»Wie – fotografieren?«, rutscht es mir heraus, und die beiden blicken mich irritiert an.

»Hast du das noch nicht mitbekommen? Ihr Vater hat ihr eine Canon F1 zu Weihnachten geschenkt. Mann, das ist ihr ganzer Stolz. Seitdem macht sie eigentlich nichts anderes mehr, wenn sie nicht gerade im Café jobbt.«

Ich zucke die Achseln – wobei mir klar ist, dass ich die Gleichgültigkeit nur ungenügend spiele, aber einen Versuch ist es wert – und gebe noch eine Prise Zucker in die Salatsoße. »Mir hat sie noch nichts davon erzählt, aber wir haben uns auch kaum gesehen«, sage ich. Wie ich darüber nachdenke, wird mir klar, dass wir uns noch kein einziges Mal allein in einem Raum aufgehalten haben, seit ich aus den USA zurück bin. Noch nicht einmal für die Postkarte hat sie sich bedankt.

Da geht die Wohnungstür. Zuerst höre ich den Schlüssel, dann wird die Tür mit der Schulter aufgestemmt und am Ende mit dem Fuß wieder zugeknallt. Das ist eindeutig Mel. Bevor sie zu uns stößt, rennt sie zuerst noch in einem Affentempo ins Bad. Ich kenne niemanden, der sein Geschäft so schnell erledigt wie sie, Männer eingeschlossen. Dann kommt sie mit geröteten Wangen in die Küche. Ich nehme an, dass draußen immer noch ein kalter Wind braust. Ich war das letzte Mal heute Morgen außer Haus, um Milch und Brötchen zu holen. Danach habe ich den ganzen Tag mit einem Stapel Sekundärliteratur zu *The Scarlet Letter* im Bett verbracht, um für meine aktuelle Hausarbeit zu recherchieren. Ich lasse den Kopfsalat abtropfen und mische ihn mit Tomaten und Gurken. Am Ende werfe ich noch eine Dose Mais dazu; ein paar Blätter fallen auf den Boden.

Mel sieht noch dünner aus als sonst und läuft zielstrebig an mir vorbei, direkt zum Tisch, wo sie sich neben Dörthe auf das Sofa fallen lässt. Ihr Lächeln streift mich auf dem Weg nur hastig.

»Na, wen hast du heute beobachtet?«, fragt Dörthe.

Mel lacht nervös. Ich stehe mit dem Rücken zu ihr, aber sehe sie direkt vor mir, wie sie Dörthe in die Seite boxt, während ich an die Wand starre und den Salat weiter wende. Suzanna stellt das Chili auf den schweren Holztisch, den Dörthe aus der Wohnung ihrer Oma mitgenommen hat, als die ins Altersheim gezogen ist.

»Ich war doch nur spazieren«, sagt Mel.

»Und wo?«, fragt Dörthe.

»Auf dem Ohlsdorfer Friedhof.«

»Ach nö, so schlimm?«, meint Dörthe, halb spöttisch, halb liebevoll, gerade so empathisch, wie Mel es noch abkann, ohne schreiend davonzulaufen. Als ich mich umdrehe, hat Dörthe einen Arm um Mel gelegt, die sich wohlig bei ihr anschmiegt.

»Wieso schlimm?«, fragt Suzanna. »Das ist doch schön da.«

Bevor ich mich zu ihnen setze, hole ich erst einmal den Tabak heraus. Dann schnappe ich mir einen der Küchenstühle, setze mich verkehrt herum darauf, mit den Ellenbogen auf der Lehne. »Was ist schlimm?«, frage auch ich.

»Du bist echt zu viel unterwegs. Du kriegst ja rein gar nichts mehr mit«, meint Dörthe, lässt Mel los und dreht sich ebenfalls eine. Wir teilen hier sozusagen alles.

Der Tabak macht die Runde. Jede dreht sich eine, und Mel schweigt sich weiter aus. Als ich dann einer nach der anderen Feuer gebe, schüttelt Dörthe den Kopf. »Also echt jetzt – muss ich das hier aufklären?« Mel zuckt nur die Schultern, und so eröffnet mir Dörthe: »Mel hat sich von Mona getrennt.« Sie guckt Mel an, die ihren Blick nun endlich ein kleines Stück hebt und zurückschaut. »Das ist doch kein Geheimnis, oder?«, fragt Dörthe.

Mel nuschelt: »Nee, natürlich nicht.«

»Anyway: Everybody knows!«, sagt Suzanna, legt die Stirn in Falten und lacht. Als ich meine Zigarette anzünde, zittert meine Hand ein bisschen. Mel schenkt mir immer noch keinen Blick. Stattdessen guckt sie wahnsinnig konzentriert auf den dünnen Stängel, der zwischen ihren Lippen klemmt. Ich glaube, ich kenne niemanden, der so dünne Zigaretten dreht wie sie.

Mein Herz klopft schneller. Natürlich hätte ich mir das eigentlich schon denken können. Wieso sollte sie sonst am Silvestermorgen alleine in der Küche auftauchen und die ganze letzte Woche, sobald sie zu Hause ist, in ihr Zimmer verschwinden, wenn sie nicht gerade stundenlang in der Badewanne liegt? Aber auf die Idee bin ich einfach nicht gekommen. Und ich verstehe auch jetzt nicht ganz, warum es ihr dann so schlecht geht. Wenn sie doch diejenige ist, die gegangen ist. Dazu hat sie ja niemand gezwungen. Aber vermutlich kann ich da einfach nicht mitreden, denn bisher hat meine längste Beziehung kein halbes Jahr gedauert.

»Okay«, sage ich. »Dann brauchen wir wohl eine Flasche Wein.«

»Gute Idee«, sagt Suzanna. Ich gehe zur Speisekammer und hole den Rioja, den wir letztens bei Edeka gekauft haben.

Nach dem Essen ziehen wir in Suzannas Zimmer um. Sie hat zu Weihnachten einen Videorekorder bekommen, und wir gucken *Down by Law.* Suzanna ist großer Jim-Jarmusch-Fan. Sie hat im Nebenfach Filmwissenschaften und will eine Hausarbeit über ihn schreiben. Sie sitzt mit Dörthe und Mel auf dem alten Ledersofa. Mel, in der Mitte, hat ihren Kopf auf Dörthes Schulter gelegt. Ich habe mir eine Decke übergeworfen und belege den einzigen Sessel in diesem Raum. Meine Füße ruhen auf einem Überseekoffer, der als Tisch dient.

Ich lausche der schönen Musik, sehe Tom Waits dabei zu, wie er von seiner Freundin rausgeworfen wird. *Not the shoes!* Dann sitzt der DJ auf der Straße, zwischen seinen Platten, die die Ex aus dem Fenster wirft. Natürlich kenne ich den Film schon, aber ich könnte ihn noch ewig oft sehen. Das heißt mindestens so oft, bis ich die Dialoge auswendig kann. Er trägt mich davon, zum Glück. Ich versuche, einfach nicht in Mels Richtung zu gucken, das traute Familienidyll zu ignorieren; bei John Lurie läuft es auch nicht viel besser. Ich hätte lieber noch eine Weile geplaudert. Schon in den zwei Wochen mit meinen Eltern gab es für meinen Geschmack viel zu lange Phasen des Schweigens und dass es mit Mel hier gerade so weitergeht, gefällt mir überhaupt nicht. Ich denke, wir sollten uns endlich einmal zu zweit unterhalten. Aber gut, wenn schon glotzen, dann das hier.

Auf dem Bildschirm sind sie inzwischen alle im Knast gelandet: Zack, Jack und Roberto. Der fröhliche Italiener, der die ganze Zeit damit beschäftigt ist, Englisch zu lernen, ist der Einzige, der wirklich etwas ausgefressen hat. Und da sind immer wieder diese Brüche, dieser Grenzgang zwischen Witz und Traurigkeit. *Das Leben ist traurig und schön. Hau ab.* Es ist weniger perfekt als *Stranger than Paradise*, wo jede Einstellung wie eine Postkarte aussah. Und es ist nur eine Frau dabei: diejenige, die mit Roberto tanzt. Sie kommt erst später. Den Bechdel-Test besteht der Film also nicht, aber das stört mich nicht besonders. Was Mel wohl mit dem Fotografieren vorhat? Auch darüber könnte man reden, statt hier zu sitzen und zu glotzen.

Ich bin mit Dunkelkammern aufgewachsen. Mum hatte immer schon eine, egal wo sie gerade wohnte. Ich mag den Geruch nach Essig. Mir fällt Mum ein, noch vor einer Woche, zwischen Jugendbildern von Nico in ihrem Atelier. Als wäre die Zeit stehen geblieben. Irgendwas stört mich an all ihren Fotos, egal um welches Thema sie sich drehen, aber am meisten wohl bei den Porträts: Sie sind einfach zu unscharf. Sie verklären ihr Motiv. Und fokussieren sich zugleich nur darauf, ohne den Hintergrund auszuleuchten oder eine Geschichte zu erzählen. Mein Gott, wir haben in London gelebt, in dieser pulsierenden, faszinierenden Stadt, und sie hat nur ihren Sohn fotografiert. Das werde ich nie verstehen. Nun sind die Jungs im Film ausgebrochen, unterwegs in den Sümpfen von Louisiana, erst zu Fuß, dann mit einem Boot, das ein Leck hat. Ich wäre auch gern auf Reisen. Hamburg ist zu klein. Diese Weite der Landschaften in Amerika gibt es in Deutschland einfach nicht, vielleicht ja nirgends in Europa. In meinem Bauch zieht es, vom Magen hinunter, bis zwischen die Schenkel, so stark, dass es beinahe wehtut.

Immer wenn ich den Aschenbecher benutze, beschwert sich Suzanna, dass ich im Bild bin, bis ich ihn schließlich bei mir auf die Lehne stelle. Jetzt ascht Suzanna zu mir herüber. »Willst du nicht zu uns kommen?«, fragt sie, während Roberto und Nicoletta tanzen – sie haben ihr Glück gefunden. »Wir können noch ein bisschen zusammenrücken.«

»Nein danke«, sage ich und versinke noch tiefer in meinem Sessel.

Als der Film aus ist, baue ich zum Einschlafen noch einen Joint für alle. So wanken wir anschließend in unsere Zimmer, wo ich noch Sekundärliteratur zu Hawthorne auf die Matratze ziehe. Ich muss kichern, denn jetzt noch zu arbeiten wäre natürlich vollkommen hoffnungslos. Aber meinen Wecker stelle ich vollkommen ironiefrei – ich werde morgen auf jeden Fall zum Virginia-Woolf-Seminar gehen, ganz egal, wie müde ich bin. Ich werde jetzt sofort schlafen, und dann reicht das auch, noch fast acht Stunden. Was sollte ich sonst schon tun? Ganz sicher besuche ich sie nicht in ihrem Zimmer. Nur weil sie jetzt Single ist, muss sie meine Gefühle noch lange nicht erwidern. Was für eine absurde Idee.

Ich gehe zu meinem Schreibtisch, grinse Nico an, der mich von einem Automatenfoto herunter ernst anblickt. Ich habe keine Ahnung mehr, wie ich zu dem Bild gekommen bin. Womöglich habe ich es aus seinem Zimmer mitgehen lassen, als er ausgezogen war. Auf jeden Fall ist es kein Foto, das Mum gemacht hat, und wahrscheinlich wollte ich es genau deshalb. Daneben steht ein Schwarz-Weiß-Foto von Mum und Dad in den Sechzigern, silbern gerahmt, sie mit Hochfrisur und er in einem schicken Anzug. Das ist ihr Verlobungsfoto. Und dann gibt es noch etwas Brandaktuelles: ein Bandfoto von Garlick in der U-Bahn.

Ich mache das Licht aus, setze mich in den kleinen Erker, der mich an England erinnert – auch dass es hier zieht wie Hechtsuppe, passt da ganz hervorragend –, und gucke auf die Straße hinaus. Es schneit, und an der roten Ampel steht ein einsamer Lastwagen. Plötzlich schießt ein Sportwagen um die Ecke. Er rutscht ein Stück und kommt gerade noch rechtzeitig zum Stehen, bevor er auf die andere Fahrbahn geschlittert wäre. Ich bekomme jedes Mal Herzrasen, wenn ich so was sehe. Dabei ist weit und breit kein Mensch in Sicht, selbst im Imbiss gegenüber ist es leer. Heute ist es allen zu kalt da draußen.

Ich höre das Klopfen erst, als es ziemlich laut ist, denn ich sehe weiter aus dem Fenster und bin gar nicht wirklich da. Dann fahre ich hoch und sage: »Ja?«

Mel hat ein Männerhemd an, das ihr fast bis zu den Knien reicht. Darunter trägt sie ihre graue Jogginghose. Unsicher bleibt sie in der Tür stehen. Ich winke sie herein und rutsche auf die Seite, sodass Platz auf dem Fensterbrett ist, schlinge die Arme um die Knie, lege den Kopf darauf und sehe ihr entgegen.

Sie schleicht auf Wollsocken über die Holzdielen, bis sie hinter mir steht, und ich drehe mich wieder weg. Während wir beide gemeinsam hinausgucken, wandert ihr Arm vorsichtig auf meine Schulter. Minutenlang sehen wir den Schneeflocken dabei zu, wie sie durch die Luft wirbeln und eine immer dickere Schicht auf der schwarzen Ampel bilden, beobachten die vereinzelten Autos, die, nun zum Glück allesamt langsam, die Straße entlangkriechen.

Im Fenster gegenüber geht ein Licht an, und eine Frau, die ich öfter dort sehe, taucht auf. Sie raucht gern am Fenster, genauso wie ich, aber heute sieht sie nur kurz auf die Straße hinunter und zu mir herüber. Wir winken uns zu. Dann schließt sie die Vorhänge.

»Sollen wir noch einen Spaziergang machen?«, fragt Mel in mein Ohr, und ihre Stimme klingt irgendwie heiser.

Ich muss lachen, und sie lacht mit. Wir lachen uns fast kaputt, und dann springe ich auf, packe sie an den Schultern und schubse sie sanft, das Fliegengewicht, das sie ist. Rückwärts stolpert sie auf meine Matratze zu, lässt sich fallen und zieht langsam die Socken aus, ohne mich aus den Augen zu lassen. Ich gehe zurück, um die roten Samtvorhänge zu schließen. Stille breitet sich aus, als ich langsam auf sie zugehe. Jetzt ist es dunkel. Ich glaube, sie sitzt mit nackten Füßen auf meinem Bett, aber ich weiß es nicht.

Das Einzige, worüber ich mir sicher bin, ist Mels Atem. Er ist so präsent, dass es schon beinahe unheimlich ist. Ein und aus, ein und aus. Also gehe ich langsam weiter in ihre Richtung. Verweile dann noch einmal auf dem Weg, um Klarheit zu gewinnen. Ich beuge mich hinunter und suche den Tabak, der dort, neben dem Bett, irgendwo auf dem Teppich liegen muss. Aber bevor ich ihn finden kann, nimmt Mel schon meine Hand und küsst sie. Sie riecht süßlich, und sie ist gierig. Ihr Atem geht schneller, als sie mich zu sich zieht und mit der Stirn mein Sweatshirt hinaufschiebt. Mit ihrem Mund wandert sie bis zu meinen Achseln, küsst mich, schlängelt sich mit ihrer Zunge in die kleine Höhle hinein. Es kitzelt. Ich winde mich, um sie in den Hals zu beißen. Ich brauche eine kurze Pause. Ich kann das hier einfach nicht fassen. Sie hört nicht auf zu lecken. Aber irgendwie schaffe ich es trotzdem, ihr das Hemd aufzuknöpfen. Ich mache die Stehlampe neben dem Bett an. Mel blinzelt.

Wir beobachten uns dabei, wie wir uns ausziehen: sie sich, ich mich. Ihr Körper ist schlaksig, kantig, größer als meiner, aber zugleich wirkt er unglaublich zerbrechlich. Dann küsst sie mich auf den Mund, schlängelt sich mit ihrer Zunge in ihn hinein. Und unversehens ist sie überall: auf mir und unter mir und in mir. Und etwas, das, wie mir scheint, schon sehr lange genau darauf gewartet hat, explodiert. Etwas, das sich langsam und leise eingeschlichen hat. Etwas Neues, Wildes, das zugleich ganz fest in mir verankert ist. Womöglich gehörte es schon immer zu mir und hat nur darauf gewartet, von ihr erweckt zu werden. Auch sie bäumt sich auf. Ich will sie schreien hören, aber sie schreit in ein Kissen hinein.

»Ich liebe dich«, sage ich endlich, als wir danach erschöpft nebeneinander liegen. Und dabei löst sich ein Knoten in meiner Brust. Ein kleiner Luftzug bahnt sich seinen Weg durch die Vorhänge zu unserem Bett und zaubert eine Gänsehaut auf meinen Nacken. Ich habe mir nicht die Zeit genommen, die Handtuchrollen auf das Fensterbrett zu legen. Mel greift über mich hinüber zu meinem Tabak und dreht, auf dem Rücken liegend, einen ihrer dünnen Sticks. Höflich schiebt sie mir die erste Zigarette in den Mund, um danach die zweite für sich zu drehen.

»Das sagst du jetzt«, meint sie, freundlich, warm, keineswegs verletzt, aber eindeutig ironisch, klebt das Blättchen zu und lässt sich von mir Feuer geben.

Ich lege meinen Kopf auf ihren Bauch, ihre Hüftknochen stehen hervor. Jemand müsste öfter für sie kochen. Jemand müsste dafür sorgen, dass sie nicht vergisst zu essen, denke ich, während wir schweigend rauchen. Als wir fertig sind, drückt Mel die Stummel aus. Schließlich schiebt sie mich von ihrem Körper herunter und meint leise: »Ich gehe dann mal lieber rüber.«

Als sie aufsteht, halte ich sie an den Beinen fest, krieche dazwischen und küsse mich von den Fesseln über die Knie und Schenkel nach oben. Sie bleibt stehen und öffnet sich.

Während sie ganz leise stöhnt, küsse ich sie, so tief ich kann. »Ja«, sagt sie und hält meinen Kopf. Sie zerwühlt meine Haare immer schneller, krümmt sich, bittet mich, nicht aufzuhören. Und daran denke ich auch gar nicht. Ich mache weiter, bis ich all ihren Saft getrunken habe. Sie sinkt auf meinen Schoß, und ich halte sie fest. Gern würde ich noch ihre kleinen Brüste lecken, aber ich habe die Lage richtig eingeschätzt: Jetzt hat sie genug. Sie sucht ihre Sachen zusammen und zieht sich an. Zum Abschied küsst sie mich noch einmal auf die Hand, legt sie danach sanft auf dem Leintuch ab und deckt mich zu. Sie zieht die Decke bis über meine Schultern. Ich liebe dich, denke ich wieder und sehe ihr hinterher, bis sie die Tür schließt. Schnell schlafe ich ein, ihren Geschmack in meinem Mund, ihren Geruch in meiner Nase.

*Mel*

Der Tag ist jung, ich habe noch Zeit. Erst in zwei Stunden muss ich ins Café. Momentan schlafe ich schlecht und wache früh auf. Horche nachts, wann Sam nach Hause kommt, gehe morgens mit Herzklopfen in die Küche, aber da ist sie nie. Sie schläft grundsätzlich länger als ich; da sind ja die Bandproben, die lange gehen, und davon abgesehen ist sie wohl einfach ein Nachtmensch. Nur ein Mal, vorgestern, kam ich später als sie. Sie schlief schon, als ich sie geküsst habe, ausnahmsweise.

Ich steige aus dem Bus, mache den Mantel zu. Zwischen den Knöpfen schlüpft kalter Wind herein, ich renne los. Eiskalt ist es heute. Wer weiß, wenn das so weitergeht, machen hier bald die Buden auf – Alstereisvergnügen. Vorher muss ich unbedingt raus, die Stille genießen, fotografieren. Die Alster ist zugefroren, dieser riesige See. Diese Weite inmitten der Stadt. Die ersten Schritte auf dem Eis, Pulverschnee, nur vereinzelte Spuren. Die Canon F1 hängt schwer am Hals, jetzt bloß nicht stolpern.

Ich würde Sammy gern glauben, dass sie mich liebt. Aber dass sie das sagte, war einfach der Situation geschuldet, die vielleicht nur ein Ausrutscher war; seitdem hat sie keinen Annäherungsversuch mehr gemacht. Und sie wäre dran, letztes Mal bin ich ja mit vollem Risiko in ihr Zimmer rein. Es war schön. Womöglich zu schön. Vielleicht war es etwas, was einmalig bleibt, weil einen alles, was danach kommt, nur enttäuschen würde.

Aber das ist auch egal, jetzt bin ich hier. Jetzt gilt es, ein Bild zu finden, das den Zauber dieses Morgens abbildet. Da sehe ich sie. Sie wirkt so jung, als müsste sie noch in der Schule sein. Vielleicht schwänzt sie ja. Dreht ihre Runden, nimmt Anlauf, und dann: die erste Pirouette. Ich glaube nicht, dass ich das Mädchen einfach so fotografieren kann. Das wäre indiskret. Aber stören will ich sie auch nicht. Also gucke ich ihr zu. Und als sie mich sieht, winke ich. Hebe den Fotoapparat hoch, zeige darauf, und sie nickt. Schlägt ein paar Haken, extra für mich, dreht sich um sich selbst, verbeugt sich. Ich knipse, mit langer Belichtung, sodass es nachher Streifen geben wird, die Bewegung mit im Bild ist.

Am Ende gehe ich hin und bedanke mich bei ihr.

Sie ist ganz rot im Gesicht, das von Kräusellocken eingerahmt ist. Ich habe einen Schwarz-Weiß-Film drin, das ist gut. Fast bedaure ich, dass ich sie von Nahem sehe. Sie ist älter, als ich dachte. Sogar älter als ich.

»Soll ich dir Abzüge schicken?«, frage ich. Doch sie schüttelt den Kopf. Und weg ist sie.

Es ist noch zu früh für die Arbeit; das Café öffnet ja erst um elf. Und auch Harald wird noch schlafen, aber das ist mir egal. Da, direkt am Rande des Wassers, steht eine Telefonzelle, und ich habe sogar Kleingeld dabei. »Ich bin immer für dich da«, hat er gesagt, als ich hierher zog, und damals habe ich ihn oft beim Wort genommen.

»Mel? Bist du's?«, fragt er.

Ich schaue aufs Eis. Ein Mann mit einem Hund läuft vorbei. »Woher weißt du das?«

»Um die Uhrzeit ist es entweder meine Mutter oder du, und mit meiner Mutter habe ich erst vorgestern telefoniert. Ist alles in Ordnung? Wie geht es dir?« Es klappert am anderen Ende der Leitung. Als ob er eine Tasse aus dem Schrank nimmt.

»Habe ich dich geweckt?«, frage ich.

»Nicht direkt«, meint er. »Ich lag nur noch ein bisschen rum. Was macht deine wilde Mitbewohnerin?«

Dass er schon so fit ist, habe ich nicht einberechnet. Ich wollte eher ein gemütliches Telefonat. »Hast du schon rausgeschaut?«, frage ich. »Die Alster ist zugefroren.«

»Nein. Jetzt ja. Hier ist alles weiß. Und du bist schon unterwegs?«

»Ich habe schon Fotos gemacht.«

Ich sehe regelrecht, wie er den Kopf schüttelt. Höre, wie er den Hörer zwischen Schulter und Kinn klemmt, um sich eine zu drehen. Ich tue es ihm gleich.

Er leckt über das Blättchen. »Ja, und habt ihr inzwischen geredet? Hat die Gute mal Stellung bezogen?«, fragt er dann, klickt mit dem Feuerzeug.

»Sie geht mir aus dem Weg. Ich sehe sie kaum.«

Langsam zieht er an seiner Zigarette. »Mel, lass ihr Zeit. Ich kenne das, ich bin doch auch ein bisschen so wie sie. Leuten, die sich nicht gern festlegen, muss man Zeit lassen, sonst rennen die ruckzuck davon. Und dir tut es vielleicht auch ganz gut, wenn du das mit Mona erst mal verdaust. Hast du dich denn jetzt mal bei der gemeldet?«

Ich rauche und schaue auf den See. Vereinzelt wagen sich auch andere auf das Eis. Ich könnte allmählich mal zur Bushaltestelle gehen. Was soll ich Mona schon sagen? Dass es aus ist, weiß sie doch schon. »Nein.«

»Schätzchen, du musst das wirklich machen. Du bist kurz davor, dich in eine andere Frau zu verlieben!«, sagt er eindringlich.

»Bin ich nicht.« Ich rolle die Augen, auch wenn er das nicht sieht.

Er lacht. »Mach dir doch nichts vor. Außerdem: Reden musst du so oder so. Mit Mona zuerst. Versprochen?«, insistiert er.

Langsam nervt er mich. »Ja, Papa.«

Er bleibt stur. »Ich meine es ernst.«

»Harald, es ist früh am Morgen«, gebe ich zu bedenken.

»Sorry, aber du hast mich angerufen«, meint er mit einer gewissen Schärfe.

»Du hast ja recht«, lenke ich ein. Kurz herrscht angespannte Stille.

»Ich muss langsam mal los, zur Arbeit«, sage ich.

»Sehen wir uns morgen im Blue Velvet?«, fragt er.

»Ja, klar«, sage ich. »Ich komme. Bis dann.«

Ich hänge den Hörer ein, gehe hinaus und nehme die letzten Züge meiner Zigarette. Dann stecke ich die kalten Hände in die Taschen und gehe langsam Richtung Haltestelle.

*Sammy*

Der Mann neben mir raschelt mit seiner Tüte und holt ein belegtes Brötchen heraus. Wie man ausgerechnet Leberwurst mit in die Bibliothek nehmen kann, ist mir ein Rätsel. Vielleicht erklärt es sich durch die Unhöflichkeit der Deutschen, die nicht bei Worten aufhört. Das Problem ist wahrscheinlich, dass er gar nicht auf die Idee kommt, dass der Geruch irgendjemanden stören könnte. Die Frau vor mir dreht sich um und rümpft die Nase. Aber ich habe keine Lust, mich mit ihr zu solidarisieren, und schaue stattdessen aus dem Fenster. Die Amerikanistik ist im dritten Stock dieses Hochhauses, und es ist gut und beruhigend, hier einen Stammplatz in der fünften Reihe zu haben, und zwar ganz rechts, also direkt am Fenster. Inzwischen habe ich das meiste Material für die Hausarbeit über *The Scarlet Letter* zusammengetragen. Ich werde alles aufschreiben und dann zu Hause abtippen. Denn dort zu arbeiten ist momentan ganz und gar unmöglich. Wenn Mel nicht gerade im Café arbeitet, richtet sie sich im Dachboden, direkt über meinem Zimmer, eine Dunkelkammer ein. Ihr zuzuhören, wie sie dort oben herumstiefelt, macht mich noch verrückt.

Seit wir Sex hatten, haben wir uns nicht mehr anständig unterhalten. Auch geküsst haben wir uns nicht mehr. Ich habe mit Nico telefoniert, und er hat mir zugestimmt: Sie ist dran, denn ich habe ihr gesagt, dass ich sie liebe. Was soll ich noch tun? Ich werde sie nicht besuchen, ich werde sie nicht zwingen zu reden und ich werde sie erst recht nicht küssen. Ich werde gar nichts machen. Ich warte ab, bis sie so weit ist – bis sie sich entschieden hat, ob sie mit mir zusammen sein oder auch nur eine weitere Nacht mit mir verbringen will oder das Bedürfnis hat zu reden.

Im Laufe des Lesens ist Pearl in den Mittelpunkt gerückt, und ich werde über sie schreiben: über Pearl als Tochter, als Fremde, als Verkörperung des Buchstaben A. Wie sie ihre Mutter von der Rolle der Sünderin befreit, indem sie selbst zum Stein des Anstoßes wird, warum sie als feministische Leitfigur gesehen werden kann, egal ob Hawthorne sich im Grab umdrehen würde.

Ich sehe alles klar vor mir, und ich habe auch schon ein Inhaltsverzeichnis erstellt. Eigentlich müsste ich nur das, was ich denke, in die Kapitel packen – Zitate habe ich sowieso mehr als genug –, aber dann will da wieder kein einziger Buchstabe aufs Papier. Ich glaube, man nennt das Schreibhemmung.

Ich male ein A, in Schwarz, weil ich Rot nicht dabeihabe. Kreise es ein. Anarchie. Mir fällt Nico ein. Dienstags kocht er in der Volxküche im Strandcafé in Freiburg. Seit einigen Monaten ist er Veganer. Ich würde ihn gern einmal länger dort besuchen, aber ich weiß ja noch nicht einmal, ob er mich in seiner Wohnung haben will. Wer hätte gedacht, dass wir uns einmal im selben kulturellen Umfeld bewegen würden? Als Nico noch zu Hause wohnte, war ihm Politik herzlich egal. Damals glaubte ich eher, er würde Jura oder Ingenieurwissenschaft studieren, nicht zuletzt um später viel Geld zu verdienen. Wenn ich versuchte, mit ihm über irgendwas Politisches zu diskutieren, hat er mich ausgelacht. Seine Einstellung war, kurz zusammengefasst: Man kann ja sowieso nichts ändern. Was mich natürlich noch mehr angestachelt hat. Ich weiß nicht, wie es kam, dass er seine Meinung geändert hat. Eine Frau war es nicht. Im Grunde ist es mir auch egal. Hauptsache, es ist so.

Ich habe heute Abend wieder Probe. Das passt mir gut, denn es bewahrt mich davor, darauf zu warten, dass Mel nach Hause kommt. Gestern Nacht hat sie mich geküsst, bevor sie ins Bett ging. Sie dachte, ich schlafe, aber in Wirklichkeit war ich hellwach. Sie gab mir einen trockenen Kuss auf die Wange, und dann flüsterte sie: »Träum was Süßes.«

Letztendlich kommt die Einleitung am Schluss, aber ich muss sie trotzdem stets zuerst schreiben, um mich zu orientieren. Ich beginne: *Hawthorne verbot seiner Tochter zu schreiben. Das sei nichts, was Frauen zugedacht sei. Doch heute, knapp hundertfünfzig Jahre später, nehme ich mir die Freiheit, über* The Scarlett Letter *zu schreiben, genauer gesagt über Pearl, die uneheliche Tochter der Protagonistin Heather. Und zu behaupten: Dieser Text kann feministisch quergelesen werden.*

Danach stockt der Fluss. Ich überlege, ein Zitat von Simone de Beauvoir einzufügen, an das ich mich nicht richtig erinnere. Ich habe einen ganzen Stapel von Zitaten, doch der liegt zu Hause. Also tue ich, was außerdem immer hilft: Ich rauche eine Zigarette. Am Tisch vor der Glastür sitzen schon ein paar Bekannte. Es sind immer dieselben, die sich hier um den Aschenbecher versammeln, eine davon auch die Amerikanistik-Bibliothekarin, eine ältere Dame mit Schmetterlingsbrille. Wir nicken uns zu. Und schweigen. Als Nächstes könnte ich die vielen Zitate aus *The Scarlet Letter* den verschiedenen Kapiteln zuordnen. Das ist einfache Handwerksarbeit, zu der ich mental noch in der Lage sein sollte. Ärgerlicherweise habe ich den Textmarker vergessen, fällt mir ein. Dann muss ich wohl mit Nummern arbeiten.

Als ich nach Hause komme, ist die Wohnung leer. Einsam blinkt der Anrufbeantworter auf dem dunklen Flur. Mein Herz klopft schneller, als ich auf Wiedergabe drücke und Monas Stimme höre. Sie fragt, ob Mel ins Camelot kommt, wo sie Samstag Geburtstag feiert. Ein bisschen fühle ich mich so, als hätte ich ein fremdes Tagebuch gelesen. Gerade will ich zur Garderobe gehen, als das Telefon klingelt. Nachdem ich beschlossen habe, dass das jetzt nicht schon wieder Mona sein kann, nehme ich ab.

»Hallo, ist da Sammy?«, fragt eine Männerstimme. Sie klingt gehetzt, und ich kenne sie nicht.

Ich antworte trotzdem. »Ja, das bin ich.«

Er räuspert sich. »Hast du einen Bruder, der Rio heißt?«

»Ja«, sage ich nach einer kurzen Pause. Ich nehme an, es tut nichts zur Sache, dass sein echter Name Nico ist. Wir haben doch alle unsere Spitznamen. Mein Herz klopft. Das hier klingt nicht gut. »Ist ihm was passiert?«, frage ich.

»Nein«, sagt der Typ verärgert, als hätte ich ihm etwas unterstellt. Dann, nach einer kurzen Pause: »Und wie heißt ihr mit Nachnamen?«

Ich mache das Licht in meinem Zimmer an. Leider reicht die Schnur nicht ganz bis zur Matratze, also bleibe ich stehen. »Was soll das denn werden. Bist du von den Bullen?«

Er lacht verächtlich. »Das nun gerade nicht.«

»Okay, es ist ja kein Geheimnis. Wir heißen Lehman.«

»Das ist interessant«, meint der Typ, etwas langsamer, weniger panisch, sondern nun eher ironisch. »Vielen Dank auch.«

Und er legt einfach auf.

*Sammy*

Dörthe steht am Herd und macht Pasta mit Gemüse. »Willst du auch was?«, fragt sie.

Seit dem Anruf gestern habe ich ein flaues Gefühl im Magen. Davor war es nur ein dumpfer Ton, tief im Innern, seit es mit Mel nicht weitergeht, seit sie mich in der Luft hängen lässt. Jetzt ist es die ganze Zeit da, aber etwas essen muss ich ja trotzdem. »Gern«, sage ich also.

»Dich sieht man ja in letzter Zeit auch nicht gerade oft hier«, sagt sie ein bisschen genervt.

»Ja? Findest du? Das kann schon sein«, erwidere ich ausweichend.

Dörthe schüttet die Nudeln ins kochende Wasser. »Hast du viel zu tun oder ist es was anderes?«

Ich decke den Tisch. »Ja, ich habe viel zu tun – ich schreibe eine Hausarbeit in Anglistik, und mit der Band nehmen wir ja im Februar eine LP auf.« Ich schaue sie an, während ich Besteck aus der Schublade hole. »Sind wir nur zu zweit?«, frage ich. Sie nickt. »Den Rest hat dir Mel doch sowieso schon erzählt«, schiebe ich hinterher.

Dörthe dreht sich um. »Nee. Die ist fast so verschwiegen wie du.«

Das wundert mich, denn normalerweise sind die beiden ziemlich dicke. Ich hätte gedacht, dass unsere gemeinsame Nacht zwischen ihnen schon lang und breit diskutiert wurde, aber anscheinend ist es Mel zu peinlich oder zu unwichtig oder zu kompliziert. »Wir hatten was miteinander«, erkläre ich und komme mir dabei furchtbar verklemmt vor. »Und seitdem gehen wir uns aus dem Weg.«

Dörthe holt zwei Bier aus dem Kühlschrank. »Hab mir schon fast so was gedacht. Nach dem WG-Abend?«

Ich nicke und setze mich auf das Sofa.

»Oje, bitte kein Pärchenstress in der WG«, meint Dörthe, während sie das Gemüse rührt. Am Ende tut sie dann meistens Currypulver dazu, was selten wirklich passt. Vor allem wenn man trotzdem Parmesan drüberreibt, aber den kann ich ja dann weglassen.

Ich drehe mir eine Zigarette. »Ich hatte mir auch geschworen, nie etwas in der WG anzufangen.«

Dörthe probiert die Spaghetti. »Aber wo die Liebe hinfällt ...« ist alles, was ihr einfällt. Und das ärgert mich. Ihre Stimme trieft vor Ironie.

Schön wär's, denke ich, von mir aus schon, aber man nimmt mich ja nicht ernst. »Na, das muss sich erst noch weisen.«

In dem Moment kommt Suzanna herein. Sie gibt erst Dörthe, dann mir ein Küsschen auf die Wange. »Besprecht ihr zwei wichtige Dinge, oder was?«

Ich schüttele den Kopf und hole noch einen Teller, und dann sitzen wir alle um den runden Tisch und warten, dass die Nudeln fertig werden. Eigentlich müssten sie längst weich sein, denke ich, sage aber nichts. Beim Kochen ist es besser, man lässt jede ihr eigenes Ding machen. »Ich sorge schon dafür, dass es keinen Stress gibt«, sage ich noch abschließend zu Dörthe. »Versprochen.« Ich hoffe, dass ich Wort halten kann. Es war eine schöne Nacht. Man könnte fast sagen: eine gigantische Nacht. Und wenn es für Mel kein Anfang von etwas war, sondern nur ein Ausflug, dann werde ich versuchen, damit zu leben. Es wäre einfach nur schön, wenn ich irgendwann wüsste, woran ich bin.

Suzanna versucht zu lächeln, doch es wirkt irgendwie angestrengt. »Warum sollte es Stress geben?«

Dörthe füllt das Essen auf. »Wart's mal ab«, meint sie.

»Die muss erst noch die Sache mit Mona verdauen.«

Suzanna entspannt sich und grinst nun echt. »Ach so, es geht um Mel!«

»Ja, es geht um Mel«, sage ich, versuche, tief durchzuatmen. Lieber wäre mir gewesen, erst mit einer von ihnen allein zu reden, nicht nur über Mel. »Kann schon sein, dass es an Mona liegt. Aber sie könnte wenigstens irgendwas zu mir sagen.«

»Hey, Mona hat eh nicht zu ihr gepasst«, sagt Dörthe, während sie endlich die Spaghetti abgießt. »Die wollte die Liebe fürs Leben – das war doch nichts für Mel. Und dann noch ihr Landfimmel? Vergiss es.«

»Aber die Sicherheit, die sie hatte, die kann ich ihr nicht geben«, wende ich ein.

Dörthe grinst mich vielsagend an. »Das lass mal Mels Problem sein.«

»Und was macht die Uni?«, fragt Suzanna.

»Ich bin fleißig. Und du?«

Suzanna sieht mich mit schmalen Augen an, mit fast so etwas wie einem Vorwurf im Gesicht. »Ich bin mehr in der Flora als an der Uni.«

Und da wäre noch mein anderes Problem. »Hat eine von euch eine Ahnung, wer mich wegen meinem Bruder angerufen haben könnte?«

Die beiden schauen sich an wie ertappt. »Was für ein Anruf?«, fragen sie betont unschuldig.

Ich erzähle. Ich bin wütend. Ich bin sicher, sie wissen Bescheid. Irgendwie redet hier niemand mehr offen mit mir.

»Ich weiß nichts Genaues. Aber ich glaube, der Anruf

kam aus der Flora. Die werden dich schon informieren –«, versucht Dörthe abzuwiegeln.

Ich unterbreche sie. »Was soll die Geheimniskrämerei?«

Suzanna springt ein. »Wir wissen eben nicht …«

»Was ist mit ihm?«

Dörthe schaut Suzanna fragend an, Suzanna zuckt die Schultern. Schließlich erklärt Dörthe: »Er soll ein Spitzel sein, der jetzt nach zwei Jahren aufgeflogen ist. Und da werden eben seine Verbindungen gecheckt …«

Das geht mir alles ein bisschen zu schnell. »Wie, was?«

»Die Details weiß ich auch nicht. Er war in der RAF-Unterstützergruppe, in der Vokü und im Radio Dreyeckland in Freiburg aktiv.«

»Ich weiß, na und?«, frage ich.

»Um da Infos zu sammeln«, erklärt Suzanna.

»Das kann nicht sein«, entfährt es mir. »Gibt es Beweise dafür?«

»Wie gesagt, da musst du andere fragen. Komm halt zur Vollversammlung«, schlägt Suzanna vor.

»Und selbst wenn es stimmt, was hab ich damit zu tun? Was haben die Hamburger überhaupt damit zu tun?« Die beiden halten sich an ihren Gabeln fest und schauen auf ihre Teller. Mir ist der Appetit vergangen. Selbst wenn es stimmt … Wäre das möglich? Dass er mir nur deshalb zugehört hat? Dass er ein Profi darin war, Informationen zu sammeln, um sie weiterzuleiten, damit sein Geld zu verdienen, allen eins auszuwischen? Wenn ich es mir so überlege, muss ich leider zugeben, dass es nicht auszuschließen ist. Ich dachte, ich hätte nun, endlich, das erste Mal meinen

Bruder durchschaut, aber womöglich ist es genau andersrum. Das wäre schrecklich.

»Du hast immerhin regelmäßig Kontakt zu ihm gehabt«, gibt Dörthe zu bedenken.

Mir reicht's. Was für einen Kontakt ich zu meinem Bruder habe, geht sie überhaupt nichts an. »Und was steht darauf für 'ne Strafe?«, platze ich heraus.

Ich habe es ironisch gemeint, aber natürlich kommt es bei ihnen vollkommen falsch an – wobei sich die Frage stellt, was in dieser Situation nicht falsch wäre. Jedenfalls schauen sich die beiden wieder vielsagend an. Es sieht nicht so aus, als wären sie bereit, mich einzuweihen.

»Toll«, sage ich also nur, nehme meinen Teller und verziehe mich zum Essen in mein Zimmer.

*Mel*

Als ich komme, tobt im Camelot der Bär. Es ist fast zwei, also Hochbetrieb. Eigentlich ist das nicht Monas Zeit, und es ist auch nicht Monas Musik. Auch ich stehe nicht wirklich auf House, aber, hey, es ist unsere Lesbendisco. Mona sitzt mit zwei Freundinnen in einer schummrigen Ecke, jede mit einem Glas Sekt vor sich.

Also hole auch ich mir eines an der Bar und stiefele langsam rüber, mein Paket unter den Arm geklemmt.

Als ich an den Tisch trete, huscht ein Lächeln über Monas Gesicht, das sie schnell wieder einfängt. Wir umarmen uns unbeholfen. Auf meinem Mantel sind ein paar Schneeflocken hängen geblieben. »Sorry, ich bin ganz nass«, sage ich.

»Schön, dass du noch gekommen bist«, murmelt sie mir in den Nacken.

»Ist doch klar, Mona«, sage ich, und es klingt irgendwie heiser. Dabei habe ich mir vorgenommen, ihr keine falschen Hoffnungen zu machen. Aber wenn ich sie in den Armen halte, ist das eben doch sehr anders, als wenn man sich das zurechtlegt, rein theoretisch.

Die anderen rücken zur Seite, der Platz neben ihr wird frei. Ich ziehe meinen Mantel aus und lege das Geschenk vor sie auf den Tisch. Sie betrachtet es in Ruhe: das silberne Papier, die rote Schleife. Knüpft vorsichtig erst das Geschenkband auf, knibbelt dann den Tesafilm sorgfältig vom Papier. Der silberne Rahmen lugt heraus, Querformat, sie dreht den Rahmen um, streift das Papier vollends ab. Auf der linken Hälfte ist ein großes Bild von der Schlittschuhläuferin, mitten in der Drehung, rechts zwei kleinere, auf denen sie langsam zum Stehen kommt, untereinander angeordnet. Alles in Schwarz-Weiß – eine der ersten Arbeiten, die ich in meiner kleinen Dunkelkammer entwickelt habe. Mona lehnt das Bild an die Blumenvase. Alle gucken.

»Wow«, sagt Monas Freundin Dorit.

»Hast du das selbst gemacht?«, fragt Mona.

»Klar«, sage ich. Dabei ist es ja gar nicht klar, fällt mir ein. Sie weiß ja nichts von meiner neuen Canon, von meiner Dunkelkammer, von meinen Ausflügen. Und von Tekla, mit der ich bis eben noch im Café saß, nachdem meine Schicht zu Ende war. Tekla ist Fotografin und macht viel

Kulturkram für die Zeitungen, Veranstaltungshinweise, Künstlerporträts. Ich kenne sie schon lange, weil sie das Thalia Theater als Stammkunden hat. Mit ihrer Assistentin läuft es nicht gut, sagte sie, nachdem wir uns über Gott und die Welt unterhalten hatten, und hat mich vielsagend angeschaut. Erst auf dem Weg hierher habe ich kapiert, dass es eigentlich eine Frage war.

»Ich – ich probiere gerade herum.«

»Dafür ist es aber schon ganz schön gut«, sagt Lou, die andere Freundin.

Ich zucke die Achseln.

»Kennst du sie?«, fragt Mona und nickt Richtung Pirouettendreherin, den Mund schiefgezogen.

Ich schüttele den Kopf. »Aber ich habe sie gefragt«, schiebe ich hinterher.

»Wir haben demnächst Jubiläum im Treff«, sagt Mona. »Hättest du Lust, ein paar Porträts von den Obdachlosen zu machen? Vielleicht wird ja sogar eine kleine Ausstellung daraus. Wir haben das schon länger angedacht, und wenn ich jemanden hätte, die das konkret machen kann ... Viel Geld haben wir natürlich nicht. Aber man könnte einen Antrag stellen. Einzelleistungen werden ja immer eher bewilligt.«

»Vergesst nicht, euren Sekt zu trinken«, unterbricht Lou.

Wir stoßen an. Mona umarmt mich noch einmal. »Vielen, vielen Dank«, sagt sie. Die Gläser der anderen sind inzwischen leer, und sie ziehen ihre Jacken an, verabschieden sich.

Während Mona sie noch umarmt, gehe ich auf die Tanzfläche. Eigentlich ist man dafür hier: um zu tanzen, die schönen Frauen um sich herum anzusehen, in der Menge unterzutauchen, die Zeit zu vergessen. Ich bin schon mittendrin, als Mona neben mir auftaucht. Ich hebe die Augenbrauen. Keine Ahnung, wann ich sie das letzte Mal habe tanzen sehen. Und nicht nur das, sie sieht mich an dabei. Verschränkt ihre Arme hinter dem Kopf. Man kann das nicht anders beschreiben als sexy.

»Willst du noch etwas trinken?«, fragt Mona, als wir auf dem Weg zurück in die Nische sind. Ich zögere kurz. Weiß, dass ich jetzt gehen sollte. Aber sie hat Geburtstag, also nicke ich. Sie biegt zur Bar ab und besorgt uns beiden einen Mojito. Unser Getränk. Und so sitzen wir in der Ecke, stoßen an und trinken. Monas Hand wandert auf meinen Schenkel, ich lasse sie. Und wir erzählen: von meinen Fotoexperimenten, von den Vorbereitungen für das Jubiläum im Treff, von Monas Umzugsplänen. Bei Lou in ihrem Ahrensburger Wohnprojekt wird zu März etwas frei. Mona zögert noch, wegen dem langen Arbeitsweg. Sie hätte eine eigene Wohnung mit Teeküche, aber es gäbe einen Gemeinschaftsraum mit Küche zu acht und einen großen Garten. Ich finde, das passt zu ihr. »Du könntest dir endlich eine Katze anschaffen«, sage ich.

»Die haben sie schon.« Ihre Augen flackern.

»Ach!« Ich lache. »Und – ist sie schwarz mit einem weißem Fleck auf der Brust?«

Mona fängt an, mit ihrer Hand über meinen Schenkel zu streicheln, und langsam wird es mir doch zu viel. »Nein, getigert«, sagt sie.

»Na, man kann nicht alles haben«, erwidere ich und stehe auf. »Sollen wir mal?«

Sie nickt lächelnd.

Einmal über die Ampel und auf die freie Fläche, die weiß schimmert. Die Lichter der Reeperbahn im Rücken, laufen wir über das verschneite Heiligengeistfeld, meine Hand in Monas Manteltasche. Natürlich habe ich keine Handschuhe dabei. Wie immer, denkt sie wahrscheinlich. Die Flocken tanzen vor unseren Nasen herum. Mitten auf dem Platz bleiben wir stehen und fangen sie ein, lassen sie auf unseren Zungen zergehen. Ich erinnere mich daran, wie ich das immer mit Bettina gemacht habe, als wir noch klein waren. Bettina, die jetzt schon im fünften Monat ist. Die muss ich auch mal zurückrufen.

Als Mona sich mir zuwendet und unsere Münder sich treffen, scheint es zuerst wie gewohnt, auch vermisst, so wohlig. Aber als sie sich tiefer in mich versenkt, gibt es mir einen Stich, und es fühlt sich falsch an. Ganz falsch. Das hat sie einfach nicht verdient.

Ich weiche zurück, halte sie, ein Stück von mir, noch an den Schultern fest.

Herausfordernd sieht sie mich an, mit dieser Wut im Blick, wie schon bei unserem Frühstück im Café. Eigentlich liebe ich diese Wut an ihr. Nur dass sie sich nach all den Jahren das erste Mal gegen mich richtet tut weh. Das war nicht vorgesehen.

Sie hält sich an ihrer großen Tasche fest, in der das Bild steckt. »Was ist wirklich los bei dir?«, fragt sie.

»Ich bin verliebt«, antworte ich.

Das habe ich noch niemandem gesagt. Ich habe es auch nirgends aufgeschrieben oder so. Nichts. Ich glaube, ich habe es, bis eben, noch nicht einmal gedacht. Aber als es raus ist, senkt sich eine sanfte Wärme in mir nieder, und auf einmal bin ich mir ganz sicher.

»Sam?« Monas Stimme ist jetzt messerscharf.

Ich nicke.

Ihre Augenbrauen ziehen sich zusammen. »Nee, Mel, das ist jetzt nicht dein Ernst.«

Ich nicke wieder, und diesmal senke ich den Blick nicht als Erste.

»Weißt du – jede andere. Aber ausgerechnet diese eingebildete Kuh. Und in deiner eigenen WG …« Sie hält inne, fängt dann an zu laufen.

Ich gehe mit, muss mich sputen, um Schritt zu halten.

»Wie lange geht das schon zwischen euch?«, fragt sie.

»Das ist doch jetzt egal«, sage ich.

Ein Giftpfeil trifft mich von der Seite direkt ins Auge, grün und grell. »Nein, ist es nicht.«

Mein Herz klopft, und ich gebe es zu, weil es irgendwie erleichternd ist. Obwohl es nichts bringt, niemandem, und das weiß ich schon, während ich es noch ausspreche, aber da ist es bereits zu spät. »Das erste Mal geknutscht haben wir Ende November, wenn du es genau wissen willst. Aber während ich mit dir zusammen war, haben wir nie …«

»Ach, komm. Die ist doch nicht mal wirklich lesbisch.« Sie macht eine Pause, schüttelt den Kopf. »Das ist jetzt echt nicht wahr. Mit mir ist dir das zu eng, und dann bist du ausgerechnet mit deiner Mitbewohnerin zusammen.«

»Wir sind nicht zusammen«, protestiere ich.

»Nein, ihr seid ganz offen und frei.« Sie lacht verächtlich.

Wir sind am Ende des Heiligengeistfelds angekommen, am Gehsteig. Wir stehen uns gegenüber, und ich sehe sie an. Mir läuft eine Träne runter, aber meine Stimme ist fest. »Mona, ich hab's ihr noch nicht gesagt.«

Sie tritt von einem Bein auf das andere. »Was?«

»Das, was ich dir eben gesagt habe.« Kurz blickt Mona auf. Ich drücke ihren Arm. Sie funkelt zurück, immer noch böse, aber auch ein bisschen ratlos. »Tschüs«, sage ich leise.

Ihr Blick verfolgt mich, bohrt sich in meinen Rücken, bis ich an der Tanke ankomme. Ich gehe hinein, um mir neuen Tabak zu kaufen.

# KAPITEL 5

*Sammy*

Mitten in »Get out« öffne ich die Augen. Der Qualm steht in der Luft. Schon wieder ist eines der beiden Lichter kaputt, und die leeren Bierflaschen müssen dringend zum Getränkehändler zurückgebracht werden. Kim hat einfach aufgehört zu spielen. Wie nicht anders zu erwarten, ist ihr mal wieder eine Saite gerissen. Ich liebe den Klang ihrer zwölfsaitigen Gitarre, aber manchmal wünschte ich wirklich, sie würde einfach eine ganz normale E-Gitarre spielen. Etwa in jeder zweiten Probe reißt ihr eine Saite, und zum Stimmen braucht sie mindestens doppelt so viel Zeit wie früher.

Tracy legt die Schlagzeugstöcke aus der Hand, lehnt sich auf ihrem Hocker zurück und zündet sich eine Zigarette an. Diana ergreift derweil die Gelegenheit, einen Strukturierungsvorschlag zu machen: »Sam, so geht das nicht. Also live vielleicht, aber ganz sicher nicht für die Platte.«

Ihre Worte dringen noch nicht richtig bis zu mir durch. Bei »Get out« bin ich immer bei meinem zweiten Freund Tom. Wir waren nur ein paar Monate zusammen. Dann habe ich mich getrennt, weil er mir zu depressiv war. Letzten Sommer ist er von einem Auto überfahren worden. Der Fahrer hat sich einfach aus dem Staub gemacht, und so wird man nie herausfinden, ob Tom mit seinem Leben gespielt hat oder tatsächlich der Fahrer die Schuld trägt, denn Augenzeugen gab es keine. In dieser Nacht in einem Wohnviertel von Edinburgh war sonst niemand unterwegs. Ich verschränke die Arme, um mich zu sammeln. »Was ist denn das Problem?«

»Na, du breitest dich da viel zu lange aus. Wenn du das auf Platte hörst, schläfst du ein. Sing das mal halb so lang, dann machen wir einen Break, und dann – Tracy, vielleicht ein Schlagzeugsolo?«

Dass jemand einschlafen könnte, während ich »Get out« singe, ist eine vollkommen lächerliche Vorstellung. Aber wir sind eine demokratische Band, und auch wenn ich alle Songs schreibe, bin ich natürlich nicht die Bandleaderin. »Also gut. Kim, bist du dann mal fertig?«

»Hey, kein Stress, okay?«, brummt Kim, die unter ihren langen blonden Haaren kaum zu sehen ist.

»Oder willst du auch ein Solo?«, fragt Tracy und lacht.

Schließlich probieren wir Dianas Version aus. Für mich ist es eine ziemliche Umstellung. Ich muss die Augen offen halten, um mich mit den anderen abzustimmen. Ich werde entscheiden müssen, wie lange der Refrain geht, und die Improvisation wird wegfallen. Aber vielleicht ist das so, wenn man eine Platte macht, vielleicht ist das professionell. Und tatsächlich ist Diana für die Struktur zuständig. Davon habe ich keine Ahnung. Also spielen wir das Lied noch drei Mal in der neuen Version und nehmen es auf. Es wird abgenickt, von mir nur mit halbem Herzen, aber es wird Zeit, dass sich langsam ein Bild von dem ergibt, was unsere Platte sein wird, denn in zwei Wochen gehen wir ins Studio.

Später sitzen wir bei Getränken um den vollen Aschenbecher, den Kim, die einzige Nichtraucherin, irgendwann leert, und reden uns die Köpfe heiß. Denn es gilt auch noch, sich für ein Cover, einen Titel und ein Bandfoto zu entscheiden. Die Bilder liegen auf einem großen Stapel in der Mitte.

»Wir haben diese geilen Bandbilder in der U-Bahn«, meint Tracy, während sie die Fotos zum hundertsten Mal auf dem Tisch ausbreitet. »Das hier, die Köpfe, der Rest abgeschnitten, oben das Abteil, guck mal, mit einem Smiley-Graffiti dahinter. Da sehen wir gut aus, und gleichzeitig wirkt das wie ein Schnappschuss. Ich finde, das wäre ein super Cover.«

»Und wie soll das gute Stück dann bitte schön heißen?«, frage ich. Ich finde Cover mit der Band darauf eitel und doof. Auf keinen Fall will ich in einem Plattenladen den Käufern entgegengrinsen. Und das Foto ist nicht charmant, sondern unprofessionell. Ich sehe aus, als ob ich gekifft hätte, und womöglich stimmt das sogar. Das geht doch wirklich niemanden etwas an.

»Was weiß ich, vielleicht ›Get out‹?«, schlägt Tracy vor.

»›Why Work‹ ist der Hit, den alle kennen«, wirft Diana ein.

»Leute, wir heißen Garlick!« Ich weiß, es ist mehr ein Grummeln als Sprechen. Heute ist einfach nicht mein Tag. »Und ich hab euch das schon mal gesagt: ›Eat up‹ und eine abgefahrene Illu aus diesem alten Kochbuch …« Ich wühle das Bild aus dem Stapel hervor.

»Du weißt doch gar nicht, was mit den Rechten ist. Das können wir uns sicher nicht leisten«, sagt Kim.

»Die sind längst abgelaufen«, stelle ich richtig.

»Ich finde, es sieht gut aus«, meint Kim, während sie das Bild in die Hand nimmt.

»Aber es hat null mit uns zu tun. Wir haben ja nicht mal ein Lied übers Essen«, protestiert Tracy.

»Hey, das ist doch eine super Idee: Ich schreibe euch einen Anti-Diät-Song«, sage ich. Und tatsächlich schwirren schon die ersten Textzeilen durch meinen Kopf. Bei vielen Songs läuft es so, dass ich zuerst einen Titel habe und der Rest darauf folgt.

»Jetzt mal im Ernst: Visuell stellt man da null Verbindung her. Das würde dir kein Werbemensch durchwinken«, argumentiert Diana.

»Und was haben wir mit Werbemenschen zu tun?«, meine ich.

»Aber irgendwie müssen sie uns doch erkennen.« Tracy wieder. Sie glaubt an den großen Durchbruch.

»Du bist echt verzweifelt, oder?«, frage ich.

»Haha.« Diana legt ihr eine Hand auf den Arm und guckt mich böse an. Wie immer ist sich die Rhythmusfraktion einig.

Mir fällt auch nichts weiter dazu ein. Nur: »Also ich lege keinen Wert darauf, erkannt zu werden.«

»Leute, in zwei Wochen sind wir im Studio, und das Ding sollten wir schon parallel in Druck geben. Können wir vielleicht einfach mal eine Entscheidung treffen?«, fragt Kim.

»Pfff«, meint Tracy.

»Du hast ja recht«, sage ich. »Lass uns abstimmen.«

Kim steht auf und stellt sich an die Tafel, die hier herumsteht und öfter von uns benutzt wird. »Es gibt zwei Vorschläge. Sehe ich das richtig?«

Letztendlich stimmt Kim mit mir, und so steht es zwei gegen zwei.

»Wir brauchen noch Außenstehende«, meint sie.

Ich finde, man kann es auch übertreiben mit der Demokratie. »Du meinst mit Stimmrecht oder als Beratung?«

»Wer soll das denn sein? Unser Fanclub?« Tracys Stimme trieft vor Ironie.

»O ja, lass uns unseren Fanclub fragen«, meint Kim und spielt mit ihren Haaren.

»Ich meine das ernst.« Diana setzt sich zu uns.

Eigentlich finde ich es gar keine schlechte Idee. »Okay.«

»Kann vielleicht jede noch fünf Leute fragen?«, meint Diana.

»Einfach irgendwelche Leute?«, fragt Tracy wieder.

Kim möchte langsam zum Ende kommen, und das verstehe ich gut. »O Mann«, sagt sie, »das kann ja wohl nicht so schwer sein. Natürlich Leute, die uns kennen. Andere Bands, eure WGs, den Labelfuzzi, den Tracy kennt, und so weiter. Können wir das vielleicht alle bis Mittwoch machen und danach entscheiden?«

»Ja, und dann haben die eine Stimme oder wir lassen uns überreden oder was?« Diana steht auf und packt ihren Bass ein.

»Wir können ja auch eine Münze werfen.« Tracy ist konstruktiv wie immer.

»So weit kommt es noch«, sage ich und hole meine Jacke.

»Finde ich 'ne witzige Idee«, meint Diana.

Ich drücke schon die Klinke, als es mir herausrutscht. Ich hatte das gar nicht geplant. »Jedenfalls, wenn das Bandbild aufs Cover kommt, muss mein Gesicht weg. Das mache ich nicht mit.«

»Das meinst du jetzt nicht ernst, oder?« Kim ist stinksauer.

Ich drehe mich noch einmal um und sehe sie alle der Reihe nach an. »Doch.«

Sie starren mich mit offenen Mündern an. »Aber du stehst doch immer vorne und machst die Show.«

»Eben deshalb«, erkläre ich. »Das reicht.«

Auch Kim ist aufgestanden. Sie sieht aus, als würde sie mich gleich tätlich angreifen. »Nee, Sam, das glaube ich jetzt nicht. Dir ist schon klar, dass das vollkommen undemokratisch ist?«

Irgendetwas kocht in mir hoch. Mel ist Samstag mit einem riesigen Geschenk zu Monas Geburtstag gegangen. Dörthe und Suzanna organisieren eine neue Telefonnummer, damit Nico mich nicht mehr erreicht; ich hatte dabei nichts mitzureden. Sie haben versprochen, dass sie mir Bescheid geben, ob und wann ich in der Vollversammlung der Flora angehört werde. Und jetzt das hier. Es reicht. »Es gibt ein Recht auf das eigene Bild«, sage ich.

»Was glaubst du eigentlich? Dass das Cover auf die *Bravo* kommt, oder was?«, meint ausgerechnet Tracy, die insgeheim genau darauf hofft.

»Du bist echt behämmert«, stellt Diana fest, während

auch sie ihre Sachen packt. »Und wenn ich sage, ich lege mein Veto gegen Knoblauch ein, weil der stinkt?«

»Tracy, das ist jetzt aber echt albern«, meint Diana und streckt uns eine Schachtel Zigaretten hin.

»Auch nicht alberner …«

Bis auf Kim nehmen wir alle eine. »Gibt es vielleicht noch einen dritten Vorschlag?«, frage ich.

»Dafür haben wir keine Zeit mehr«, erwidert Kim.

Ich nehme einen tiefen Zug und blase beim Ausatmen langsam Ringe über den Tisch. Vielleicht sollten wir doch noch zusammen ein Bier trinken gehen. »Also?«, frage ich.

»Waffenstillstand bis Mittwoch. Und du überlegst dir das mit deinem Veto noch mal. Okay, Sam?«, meint Kim.

»Ja, ist okay«, sage ich, schiebe ein »Sorry« hinterher und verlasse hastig den Bunker, in dem wir proben. Ich bin die Erste, und auch auf der Straße ist niemand zu sehen. Ich bin zu Fuß da und mache noch einen Umweg. Für eine kleine Weile möchte ich niemanden sehen. Ich weiß auch nicht, was in mich gefahren ist. Ich hasse es einfach, fotografiert zu werden, und zwar schon seit ich ein Kind war. Mum habe ich damit natürlich in den Wahnsinn getrieben. Aber diese Vorstellung, dass du in einem Moment festgehalten wirst und der dann für immer bleibt, ist mir unerträglich. Dazu kommt dann noch die Frage, was die Betrachter des Bildes hineininterpretieren. Zumal wenn es sich um ein Cover handelt.

Ein Fotomodell ist ein Objekt, nichts anderes war Nico für Mum, das Objekt ihrer Hoffnungen und Wünsche, der Traummann. Ich habe ihn nicht mehr erreicht. Sein Mitbewohner klang recht säuerlich und sagte, der wohne nicht mehr dort und, nein, er habe auch keine andere Nummer. Mum dagegen habe ich noch nicht angerufen. Sie wird ein riesiges Drama daraus machen, an dessen Ende ganz sicher er wieder das Opfer ist. Das ist nur schwer zu ertragen. Dass dieses ganze Interesse, diese Offenheit, die Empathie womöglich nur gespielt waren, mit dem einen Ziel: mich auszuhorchen. Und im Nachhinein kann ich das ganz klar bezeugen: Die Rote Flora hat ihn immer mehr interessiert als meine Band, meine WG oder mein Liebesleben.

*Mel*

Irgendwas liegt in der Luft, als ich am späten Abend von der Arbeit heimkomme, schon im Flur ist das zu merken. Sams Zimmertür ist zu, in der Küche ist Licht, The Clash spielen vor sich hin, trotzdem ist es zu still. Suzanna und Dörthe schauen betreten auf eine Kerze in der Mitte des Tisches. Suzanna hat ihren Finger in das heiße Wachs getunkt. Dörthe raucht.

»Hallo«, sage ich. Setze mich neben sie, drücke sie kurz. Drehe mir eine. Schweige mit. *I fought the law and the law won.*

»Was 'n los?«, frage ich nach den ersten Zügen. Auf der Spüle steht das Geschirr von den letzten drei Tagen, nur Frühstückssachen, gekocht haben sie nichts. Letzter Donnerstag im Monat, fällt mir ein, Plenum. »Ärger in der Flora?«

»Ja, das kannst du laut sagen.« Dörthe bläst einen Ring, der steil zur Decke hochsteigt.

Suzanna schaut Dörthe an. Dörthe zuckt die Schultern.

»In Freiburg ist ein Spitzel aufgeflogen«, sagt Suzanna dann zu mir. »Der war bei der RAF-Unterstützergruppe und im Radio Dreyeckland aktiv.« Sie hat rote Augen. Als ob sie geheult hätte.

»Scheiße«, sage ich. Denke: Aber das ist doch weit weg.

»Es kommt noch dicker«, meint sie. »Es ist Sams Bruder.«

Mir fällt die Fresse runter. *You can crash us, you can bruise us, you can even shoot us ...*

»Und – woher wissen die das?«

»Weil sie hier angerufen haben.«

Ich habe nicht viel mit der Flora zu tun. Ist mir zu hetero. Manchmal demonstriere ich mit, und es gibt ja dort auch ab und zu lesbisch-schwule Disse, da gehe ich mal hin, oder wenn Sam auftritt. Sonst bin ich eher in der Frauenkneipe. Sam hat ihre Band und ist ab und zu im Plenum, nach den ganzen rechten Anschlägen, Demovorbereitungen und so. Bei Suzanna und Dörthe ist es mehr. Deren Band ist die Flora. Sie machen regelmäßig beim Radio St. Paula mit, bei der Volxküche und bei den Plenen. Suzanna war schon bei der Besetzung dabei. Für sie ist das ihr halbes Leben. »Haben sie mit Nico geredet?«, frage ich.

»Nachdem er aufgeflogen war, also kurz bevor sie ihn stellen wollten, ist er spurlos verschwunden. Er hat auch fast nichts zurückgelassen. Aber Sams Nummer stand noch auf dem Block, auf den sie in seiner WG ihre Telefonnotizen aufgeschrieben haben. Da haben sie die eben ausprobiert. Und Sam gefragt, wie sie mit Nachnamen heißen. Er hat da nämlich unter falschem Namen gewohnt.«

»Fuck. Und wo ist Sammy jetzt?«

»In ihrem Zimmer.«

»Aber die könnt ihr doch jetzt nicht allein lassen.« Was natürlich Quatsch ist, wird mir klar, noch während ich es sage. Wenn Sammy allein sein will, will sie allein sein.

Dörthe rutscht unruhig auf ihrem Stuhl hin und her. »Es war einfach zu krass. Heute war Sammy im Plenum. Da haben sie sie gefragt, wie viel Kontakt sie zu ihrem Bruder hatte, was sie ihm an politisch relevanten Dingen erzählt hat und ob sie wusste, dass er ein Spitzel war. Tja, Sammy hat alles bereitwillig beantwortet. Dass sie alle zwei Wochen telefoniert haben und was von dem, worüber sie geredet haben, wichtig sein könnte. Und dass sie von nichts wusste.

Das haben ihr allerdings nicht alle geglaubt. Wenn du mich fragst, gibt es da einfach ein paar Jungs, die meinen, dass Sammy ein zu großes Mundwerk hat. Denen geht sie regelmäßig auf die Nerven, weil sie immer ihr Maul aufreißt und halt Feministin ist. Da kam ihnen das gerade recht. Wir haben uns natürlich hinter Sammy gestellt, aber sie meint, wir waren nicht laut genug.«

»Aber was sie wirklich auf die Palme gebracht hat«, erzählt Suzanna, »war die Forderung des Plenums, den Kontakt zu ihm abzubrechen. Da ist Sammy echt ausgerastet. Sie hat gefragt, was sie eigentlich glauben, wer sie sind, dass sie ihr vorschreiben können, mit wem sie was zu tun hat. Ob sie sich für die Stasi halten oder was.«

»Oje. Das hat sicher für richtig gute Stimmung gesorgt«, meine ich. »Und was ist mit der Release-Party für ihre Platte? Die wollten sie doch auch da machen, oder?«

Suzanna zuckt mit den Schultern. »Das wird wohl nichts.«

Auch nicht schlimm. Ich bin mir sicher, dass Sammy was anderes findet. Die kennt so viele Leute.

Ich drücke meine Zigarette aus. Schüttele den Kopf. »Okay. Und Sammy ist jetzt stinksauer.«

Dörthe sieht mich ernst an. »Ich glaube, die ist eher traurig«, sagt sie dann zögernd.

»Okay, ich gucke mal bei ihr rein«, schlage ich vor.

Suzanna zuckt die Schultern. Ich springe auf. So ratlos kenne ich die Kolleginnen gar nicht.

»Hey«, Dörthe hält mich am Ärmel fest. »Wir stehen doch auch unter Schock. Wir müssen uns doch auch erst mal sortieren.«

»Ja, super. Und sie? Was meinst du, wie sie erst unter Schock steht?«

Dörthe lässt mich los, stellt sich zwischen mich und die Tür, mit verschränkten Armen. »Toll. Erst erzählst du mir von deinem Liebeskummer, ich höre mir das alles an, und dann auf einmal ist es vorbei. Du redest mit niemandem mehr, am wenigsten mit Sam. Und jetzt bist du plötzlich – was ist da überhaupt los zwischen euch? Bist du schon mal darauf gekommen, dass vielleicht du der allererste Grund warst, warum Sam so scheiße drauf ist, schon lange bevor das hier passiert ist?«

Ich schiebe sie zur Seite. »Das geht euch überhaupt nichts an.«

Dörthe stemmt ihre Arme in die Seiten. Sie würde eine gute Butch abgeben. Schade, dass sie für die Frauenwelt verloren ist. »Tut's wohl. Immerhin wohnen wir hier zusammen. Oder? Und wir wissen es schon. Sam hat erzählt, dass ihr Sex hattet und du ihr seitdem aus dem Weg gehst.«

Ich setze mich wieder hin. Drehe mir noch eine Zigarette. »Dann seid ihr ja bestens informiert; alles gut, oder?« Suzanna glotzt in die Kerze und nickt mit dem Kopf im Rhythmus der Musik. Auch Dörthe schweigt. Also rauche ich die Zigarette auf. Und dann gehe ich raus, um nach Sammy zu sehen.

## *Sammy*

Es hat sich ausgeweint. Eine Menge hatte sich da aufgestaut, seit ich an Silvester zurückgekommen bin: die unglaubliche Nacht mit Mel und ihre abweisende Haltung, die sie mir gegenüber seitdem an den Tag legt. Das Fernweh, das mich nicht mehr loslässt, seit ich in Amerika war, die Sehnsucht danach, Englisch zu reden. Und dann das Zerplatzen einer Blase – der Nähe zu Nico. Ich hatte gehofft, dass ich dabei war, etwas mit ihm aufzubauen, einen Faden wieder aufzunehmen. Dass er irgendwann mit unseren Eltern reden würde, wir wieder eine ganz normale Familie wären: Eine gemeinsame Vergangenheit verbindet, irgendwie gehört man zusammen, man weiß einigermaßen über die anderen Bescheid, trotz aller Differenzen. Außerdem der bevorstehende Studioaufenthalt, für den uns noch jede Menge fehlt – an Arrangements, an Routine, an Konzeption, jedenfalls sehe ich das so, nur dass ich damit allein bin.

Bis auf mich scheinen alle hoffnungslos optimistisch zu sein, obwohl wir nicht mal ein Plattenlabel im Hintergrund haben. Eines nach dem anderen, sagt Kim immer, wir haben ja den Rückhalt in der Szene. Und dann passiert also das: Ich soll der sogenannten Szene beweisen, dass ich nicht mit Nico unter einer Decke stecke, indem ich schwöre, nie mehr Kontakt mit ihm zu haben. Aber wie soll ich denn überhaupt herausbekommen, ob sie recht haben mit ihrer Behauptung? Ich habe bisher keinen stichhaltigen Beweis gesehen, und am liebsten würde ich schon von Nico selbst hören, was sich da zugetragen hat. Ja, ich traue es ihm zu. Das muss ich nach etlichen Nächten, in denen ich wachlag und darüber nachdachte, leider bejahen. Aber ich weiß es eben nicht. Und wenn es so wäre, würde ich vielleicht trotzdem mit ihm reden wollen, und sei es nur, um ihm persönlich die Meinung zu geigen.

Vielleicht hat Mel ja recht, vielleicht sollte ich mich mehr in der Lesbenszene tummeln. Das kleine Problem dabei ist nur, dass sich da auch Mels Exfreundin aufhält. Und dass ich in Mel verliebt bin. Während sie mir aus dem Weg geht, seit ich es ihr besorgt habe. Vielleicht sollte man es so nennen, wenn es von ihrer Seite aus doch keine Liebe war. Wenn sie es wollte, würde ich sie jede Nacht lecken, egal ob sie mich liebt. Ich fasse meine Möse an. Allein bei der Vorstellung wird sie feucht. Aber ich sollte das hier ganz schnell wieder lassen, denn ich habe sie gehört. Ich erkenne ihre Schritte. Sie ist schon vor einer Viertelstunde nach Hause gekommen und in der Küche verschwunden, am anderen Ende des Flures. Höchstwahrscheinlich spricht sie gerade mit Dörthe und Suzanna über mich und meinen unsäglichen Bruder. Ich wünschte, ich wäre nie zu diesem Plenum gegangen.

Was passiert eigentlich mit einem aufgeflogenen Spitzel? Wird er nun eine neue Identität bekommen? Oder muss man dafür ein richtig großer Fisch sein? Und wenn ja, dann werden sie ihn aber ganz sicher nicht mehr in der linken Szene einsetzen, oder?

Es klopft zögerlich. Außer Mel wagt heute sicher niemand mehr, mein Zimmer zu betreten. Die anderen beiden habe ich vorhin in der Küche angeschrien, was für ein unsolidarisches Pack sie sind. Dass sie keine Ahnung haben, keinen blassen Schimmer und vor allem keinerlei Empathie. Nazikinder. Ich habe sie wirklich Nazikinder genannt, dabei ist Dörthe höchstens eine Enkelin, und Suzanna kommt nicht mal aus Deutschland. Aber heute Abend war mir das vollkommen egal.

»Alles okay bei dir?«, fragt Mel. Sie hat die Tür einen Spaltbreit aufgemacht und steht ratlos da. Vorsichtig sieht sie zu mir herunter. Das einzige Licht im Zimmer ist meine Leselampe.

»Geht so«, sage ich, während ich ein paar Zentimeter an ihr vorbei auf die Türklinke in ihrer Hand starre.

»Kann ich reinkommen?«, fragt sie.

Ich nicke.

Sie setzt sich neben mich auf das Bett. Allein das kann

ich kaum glauben. Und dann nimmt sie tatsächlich meine Hand. So sitzen wir eine Weile schweigend da. »Soll ich bei dir schlafen?«, fragt sie irgendwann.

»Nein«, sage ich schnell, bevor ich es mir anders überlege.

»Schade«, meint sie. Eine steile Falte furcht sich in ihre Stirn. Sie spricht leise, aber bestimmt. »Weißt du, jetzt passt es wahrscheinlich überhaupt nicht. Aber vielleicht tröstet es dich: Eigentlich hatte ich mir vorgenommen, dir heute zu sagen, ich auch.«

Ich weiß nicht, ob ich lachen oder weinen soll. »Was auch?«, frage ich. Ich will es aus ihrem Mund hören.

»Ach Scheiße, das weißt du doch genau. Ich liebe dich auch, du dumme Kuh.«

Ich gucke sie an. Langsam hebt sie ihren stoppeligen Kopf, richtet den Blick ihrer grünen Augen auf mich und bleibt dort, guckt mich ohne Zweifel, ohne Zögern, ohne Zucken an, bis ich nicke. »Okay. Dann ist es was anderes«, sage ich.

Sie lächelt, fast schüchtern, und küsst meine Hand. Dann steht sie auf und zieht sich, mit dem Rücken zu mir, aus. Ihre Klamotten legt sie ordentlich auf meinen Schreibtischstuhl. Schließlich kriecht sie, in einem ihrer langen bunten Baumwollunterhemden, die ich vom Wäscheständer im Flur zu Genüge kenne, unter meine Decke. Ich frage mich, ob sie eine Unterhose trägt, und mache das Licht aus. Da umarmt sie mich von hinten und beißt mich in die Schulter. Ich spüre ihre kleinen, aufgerichteten Brüste an meinem Rücken und wende mich ihr zu. Aber bevor ich nach ihnen greifen kann, hat sie sich schon umgedreht. Sie zieht mir den Slip aus und leckt mich, während ihre Möse über meinem Mund kreist. Sie riecht wundervoll, und ich schlüpfe mit den Fingern in sie hinein. Sie leckt mich schneller, und ich gleite hinein und heraus aus ihrem nassen Tunnel, necke nebenher ihre Klit und spüre, wie sie in mich hineinstöhnt, ihre Zunge … Diesmal komme ich zuerst. Danach gibt sie mir noch ihre Brüste, deren Nippel hart und spitz sind. Ich darf lange mit ihnen spielen, bis sie explodiert.

»Nächstes Mal müssen wir das Licht anlassen«, sage ich, während sie noch stoßweise atmet.

»Gern«, sagt sie und legt sich in meinen Arm. »Ist deine Klit eigentlich immer so prall?«

»Nur bei dir«, flüstere ich ihr ins Ohr und liebkose ihre Pospalte.

Sie öffnet ihre Beine. »Lass uns schlafen«, sagt sie.

»Wirklich?«, frage ich und schlüpfe nach vorne.

»Okay, nein«, sagt sie und reitet noch einmal meine Hand.

Dann schlafen wir endlich, nackt und erhitzt, Arm in Arm. Und vielleicht ist das sogar das Schönste.

## *Sammy*

Als ich aus der Tür trete, wird es still, und die rote Sonne macht sich auf ihren Weg Richtung Horizont. Ich stehe und staune, blicke auf das platte Land; in der Ferne sind Holsteinische Kühe zu sehen. Ich beschließe, gleich Richtung Telefonzelle zu gehen.

Gestern habe ich Mel angerufen, und sie hat mir ins Gewissen geredet, dass es Zeit sei, meiner Mutter Bescheid zu geben. Das hat mich gewundert, denn Mels Eltern wissen noch nicht einmal, dass sie lesbisch ist. Darüber hat sie nur mit ihrer Schwester geredet, und das ist schon über fünf Jahre her. Sie geht wohl davon aus, dass meine Eltern mir näherstehen, dass es so etwas wie ein Grundvertrauen zwischen uns gibt. Und womöglich hat sie damit recht. Jedenfalls werde ich es heute hinter mich bringen.

Mein Herz klopft, als das amerikanische Freizeichen kommt, und ich spiele mit dem Telefonkabel. Bei Mum ist es jetzt zehn Uhr. Sie nimmt ab, erzählt, dass sie noch bei einem ausgedehnten Frühstück sitzt. Und zunächst klingt sie so, als ob sie sich über den Anruf freuen würde. Aber bereits im dritten Satz bemerkt sie, dass es schon wieder viel zu lange her ist, dass ich mich gemeldet habe. Papa habe auch gefragt, wo ich denn sei, sie habe in der WG schon vor drei Tagen auf den Anrufbeantworter gesprochen.

»Sorry, Mum«, sage ich. »Ich habe dir doch gesagt, dass ich eine Woche im Studio bin.«

Sie zögert kein bisschen, mir zu widersprechen. »Nein, hast du nicht.«

»Doch«, sage ich bestimmt. Dabei sollte der Anruf keine Pflichterfüllung sein. Das ist so schade, wie sie es dazu macht, denke ich, während ich genervt fortfahre: »Jedenfalls wollte ich Bescheid geben, dass bei mir alles in Ordnung ist.«

Es rauscht in der Leitung. Das scheint auch ihr aufzufallen. »Seid ihr nicht in Hamburg?«, fragt sie.

»Nein, Mum, wir sind in einem Studio auf dem Land.«

»Ach so.« Sie hält inne. »Danke, dass du dich meldest, Sammy. Das ist sicher teuer, oder?«

»Ja«, sage ich, »das stimmt. Aber ich muss dir was erzählen.«

»Hast du was von Nico gehört?«, fragt sie sofort.

»Nein. Das heißt, ja«, verbessere ich mich und erzähle die ganze Geschichte in Kurzform: wie er als Spitzel aufgeflogen und dann spurlos verschwunden ist. Und welchen Ärger ich seinetwegen habe.

»Das kann nicht sein«, sagt sie tonlos.

»Doch«, sage ich. »Ich konnte es zuerst auch nicht glauben. Aber je länger ich darüber nachgedacht habe, desto weniger spricht dagegen. Nur weil er mein Bruder ist oder dein Sohn, ist er noch lange kein Unschuldslamm.«

»Sammy, aber du musst auch nicht jedem Gerücht glauben, das gerade kursiert. Geklatscht wird überall und, mal ehrlich, gerade die Linken leiden doch gerne unter Verfolgungswahn.«

»Ich dachte immer, ihr wärt selber welche.«

Sie lacht gekünstelt. »Wer hat das gesagt: Wer in seiner Jugend kein Kommunist war, hat kein Herz …«

»Ich glaube, Fontane«, unterbreche ich sie. »Und ich glaube, wir reden noch mal in Ruhe, wenn ich zu Hause bin. Lass es sich erst mal setzen, okay?«

»Wer hat ihn da nur reingerissen?«, nuschelt sie, getreu ihrer Logik. Offenbar hat sie den Hörer zwischen Kinn und Schulter geklemmt, wahrscheinlich um sich einen Wein einzuschenken.

Ich verabschiede mich, bevor das Gespräch ausufert. Sowieso ist das Geld gleich alle. Als ich einhänge, rieseln mir ein paar Tränen über die Wangen. Ich habe sie angerufen, um ihr von Mel zu erzählen, verdammt. Das ist doch viel wichtiger als Nico.

Auf dem Rückweg mache ich noch eine kleine Schleife durch das Dorf, in dem es zwar eine Kirche, aber keine Kneipe gibt. Der Mann, dem das Tonstudio gehört, hat hier einen alten Hof geerbt und umgebaut, auf dem er mit seiner Frau und zwei Kindern lebt. Wir sind im Wendland, und angeblich ist es hier weniger spießig als sonst auf dem Land, aber ich stelle es mir dennoch recht einsam vor zwischen den Alteingesessenen. Die meisten haben dichte Hecken um ihre Häuser wachsen lassen. Aber bei einem Neubau kann man hineinsehen, wie in Holland. Eine Familie räumt gerade den Esstisch ab. Die beiden Kinder tragen brav ihre leeren Teller hinaus, und ich merke plötzlich, dass ich furchtbar Hunger habe. Ich glaube, es ist noch Chili von heute Mittag da, zumindest hoffe ich das. Es kann aber auch sein, dass sich die anderen inzwischen darüber hergemacht haben. Ich nehme die nächste Straße, die zu unserem Hof zurückführt, der am anderen Ende des Dorfes direkt am Waldrand liegt. Ich laufe ein bisschen rascher. Laufen tut gut. Man bewegt sich hier viel zu wenig.

# KAPITEL 6

*Mel*

Sam dreht ihre Anlage auf, und Kim ruft: »Ruhe jetzt! Meine Damen und Herren, das ist der neueste Song auf dieser brandneuen Platte.«

Ein treibendes Schlagzeug, ein wummernder Basslauf, dann setzt die Gitarre ein, und ganz am Ende fängt Sammy an, mit dem Refrain: »Eat up! Eat up! You've got to eat up, girl. Like Grandmum said. Eat up! Eat up! Or you'll soon be dead.«

Kim fängt an, tut so, als hätte sie eine Gitarre im Arm; die anderen Ladies aus der Band stehen auf, bis sie komplett sind mit Luftgitarre, Luftbass und Gesang; Tracy hämmert mit den Fäusten auf einen Stuhl ein.

Neben mir lacht Helen sich schlapp, lehnt sich an meine Schulter. »Deine Freundin ist der Hammer!«, flüstert sie mir ins Ohr.

Als das Lied vorbei ist, liegt sich die Band in den Armen. Der Rest stellt sich an, wie bei einer Hochzeit, um zu gratulieren. Und als ich dran bin, die verschwitzte Sammy im Arm halte, küsst sie mich auf den Hals. »Ich bin so glücklich. Ich liebe dich, und ich bin so glücklich«, sagt sie.

Irgendjemand dreht die Platte leiser. »He's my babe, she's my man«. Das Lied habe ich das erste Mal letzten Sommer gehört und mich seitdem gefragt, wen sie damit meint. Dabei hat sie mir schon von ihren Exfreunden erzählt, klar. Mit Frauen hatte sie bisher nur Affären. Ein bisschen nervös hat mich das schon gemacht – Affären hatte ich ja nur im ersten Jahr in Hamburg, bevor Mona kam. Zwei oder drei, wie man's nimmt. Ich fand es anstrengend, wahrscheinlich weil ich mir immer zu viele Gedanken gemacht habe. Angst hatte, jemanden zu verletzen.

Ich gehe weiter, will zum Schreibtisch, wo die Platten liegen. Nach mir kommt Harald mit Umarmen dran. Er sieht Sammy heute zum ersten Mal überhaupt – meistens treffen wir uns ja bei ihm, und irgendwie kam es mir falsch vor, sie gleich mitzubringen. Außerdem steht Sammy nicht auf *Lindenstraße*.

Ihr Zimmer ist voll, die Leute sitzen auf dem Boden, auf der Matratze, auf dem Fensterbrett; dazwischen überall Bierflaschen und Chipstüten. Heute Mittag wurden die Platten geliefert, frisch gepresst. Sammy hat alle angerufen, auch mich, bei der Arbeit. Als ich nach Hause kam, lief die Party schon eine Weile.

»Und – wie findest du's?« Kim zeigt auf das Cover und wischt sich mit dem Arm übers verschwitzte Gesicht.

Ich grinse. »Das weißt du doch.«

Sie legt mir den Arm um die Schulter. Ihre Haare kitzeln, und sie riecht nach Bier. Die sitzen hier schon seit vier, glaube ich. »Ja«, sagt sie. »Du hast Sam gerettet, weißt du das?«

Ich habe vorgeschlagen, das Stillleben ein bisschen zu entfremden, das jetzt auf dem Cover ist. Eine der Zwiebeln habe ich durch eine Kanonenkugel ersetzt, ansonsten sind

Knoblauch und Gemüse geblieben. Den Suppenteller und den Titel »Eat up!« haben wir auch reinmontiert.

Ich proste Kim mit meinem alkoholfreien Bier zu. Muss morgen arbeiten. »Weißt du, das Bandfoto war einfach zu mies. Das hätte ich nicht ertragen.«

»Hey, das hatte Stil!«, protestiert sie.

»Nee, das war einfach nur Trash«, meine ich.

»Aber Trash ist cool.« Kim streitet sich gern, und ich mag sie. Auch wenn es mich extrem beruhigt, dass sie hetero ist. Das heißt, manchmal bezweifle ich es. Egal. Ist ja alles Quatsch.

»Nee«, widerspreche ich. »Wenn du mal richtig gute Bandfotos gesehen hast, sagst du das nicht mehr.«

Sammy stellt sich zu uns, legt den Arm um mich. »Deine Freundin ist ganz schön eingebildet«, meint Kim und hält sich am Tisch fest; die macht es heute nicht mehr lange.

»Zu Recht.« Sammy küsst mich auf den Mund.

»Stopp!«, sagt Kim und zupft mich am Ärmel. »Mel, wie ist das jetzt: Machst du die Fotos beim Release-Konzert? Ich will eine de-fi-ni-ti-ve Zusage!« Sie fuchtelt mit dem Zeigefinger vor meinen Augen herum.

»Wo ist das denn jetzt überhaupt?«, frage ich.

»Im Knust«, sagt Tracy, die sich auch zu uns gestellt hat.

»Okay«, sage ich, »versprochen.« Wir stoßen wieder an, Sammy mit Cola, der Rest mit Bier.

Dann mache ich mich los, um mit Harald und Helen zu reden. Die kennen ja kaum jemanden hier.

»Na, wie ist es, mit einem Rockstar zusammen zu sein?«, fragt Harald.

Helen knufft ihn in die Seite. »Das sagt der Richtige.« Was Besseres fällt mir auch nicht ein.

»Wir sind ja unter uns«, meint Harald.

Helen schüttelt den Kopf. »Jetzt sag schon, dass sie toll ist.«

»Super, jetzt hast du mir die Chance vermasselt«, meint er.

»Wieso?«

»Na, wenn ich's jetzt sage, glaubt sie mir natürlich kein Wort.«

»Ihr seid echt albern«, meine ich. Sie verhalten sich wirklich ungewöhnlich. Vielleicht haben sie gekifft.

»Och«, sagt Harald und sieht sie an.

»Jedenfalls ist es was anderes als mit Mona«, meint Helen.

»Ach«, sage ich und will widersprechen, Mona verteidigen. Ich habe immer noch nicht mit ihr geredet, außer auf dem Heiligengeistfeld.

»Ich meinte nicht sie«, sagt Helen. »Sondern dich.«

»Was, mich?«

»Na ja, du siehst beunruhigt aus.«

»Kapier ich nicht.«

»Ich meine das im positiven Sinn.«

»Schlaflose Nächte und so?«, fragt Harald. »So wie bei dir, als du mich kennengelernt hast?«

Sie knufft ihn wieder. »Hör doch auf mit dem Scheiß, um uns geht es hier nicht. Ich meine, Mona hat dich nie gestört: Sie hat nichts infrage gestellt und dich nie verunsichert. Sie war immer zufrieden mit dir, so wie du warst. Aber diese Frau, die wird dich stören. Du bist mutig, Mel. Das wurde auch Zeit.«

»Du meinst, Mona war zu gut für mich.« Es ist raus, bevor ich's mir überlegt habe. Eigentlich rede ich selten mit Helen so. Sie ist nicht wirklich meine Freundin, sondern einfach die von Harald. Ich habe noch nie was mit ihr allein unternommen.

Sie schüttelt den Kopf. »Manchmal bist du ganz schön katholisch.«

Meine Chance zu protestieren vergeht; sie redet schon weiter. »Ich meine nur: Ich glaube, es tut dir gut, zur Abwechslung mal eine an deiner Seite zu haben, die ein höheres Tempo hat als du.«

Zum Glück wechselt Harald das Thema, fragt, ob ich Samstag zur Premiere komme; Helen spielt nur eine kleine Nebenrolle in *Nora*, aber natürlich werde ich mir das trotzdem nicht entgehen lassen.

»Und bring sie doch mal mit«, meint Harald. »Auf Theater steht sie vielleicht eher als auf *Lindenstraße*.«

*Sammy*

*You can crush us, you can bruise us* … Die Musik ist fast zu laut, um sich zu unterhalten, aber Suzanna mag es so, und bei der Volxküche in der Flora bin ich heute nur Helferin. Das Rezept und die Musik kommen von ihr, die schon seit Monaten jede Woche hier hinter dem Tresen steht. Die etwa zwanzig Leute, von denen ich mehr als die Hälfte mindestens vom Sehen her kenne, sind inzwischen versorgt. Also gebe ich Suzanna und am Ende mir selbst eine

Kelle Linsensuppe auf. Sie rupft Baguette für uns ab, und so stehen wir dann hinter dem Tresen und essen. Dass die Suppe inzwischen nur noch lauwarm ist und wir keine Stühle haben, spielt keine Rolle. Ich versuche einfach, mich hier einzubringen, wiedergutzumachen, was mein lieber Bruder verbockt hat.

Es war Suzannas Idee, ein bisschen mehr zu tun als sonst, anstatt sich beleidigt zurückzuziehen. Und die anderen haben Spaß, reden, lachen und diskutieren. Meine Anwesenheit scheint niemanden zu stören; das ist ja schon mal etwas. Die Ersten holen auch schon Nachschlag, sodass ich mein eigenes Mahl unterbrechen muss. Wahrscheinlich bin ich furchtbar bourgeois, aber ich denke einfach, dass man, auch oder sogar gerade in einem besetzten Haus, besser kochen könnte. Wir sind die Guten. Wir sind keine Puritaner. Nein, es war Suzannas Rezept. Und in Spanien haben Puritaner nichts zu sagen, oder? Braucht man doch mehr Geld, um gut zu kochen? Ist es in Deutschland schlimmer als anderswo? Ich glaube nein. Ich fürchte, dass in besetzten Häusern in London kein bisschen besser gekocht wird als hier. In zwei Wochen werde ich es herausfinden, denn dann besuche ich Eileen.

»Und hast du noch mal mit deiner Mutter gesprochen?«, fragt Suzanna.

Ja, wir haben ziemlich lange geredet, obwohl sie schon wieder angesäuselt war. Sie hat mir angeboten, die Kosten für meine Englandreise zu übernehmen, wenn ich mich dafür ein wenig nach Nico umhöre. Mum ist überzeugt, dass er sich dort aufhält. Ich habe keine Ahnung, ob das stimmt, obwohl es mich natürlich auch interessiert. Aber das geht Suzanna nichts an. Außer Mel muss das niemand wissen.

»Sie hat gestern angerufen. Inzwischen hat sie immerhin geschluckt, dass ihr Sohn wirklich ein verfickter Spitzel ist. Aber sie will eben einfach glauben, dass jemand anders schuld daran ist – ihn da reingeritten hat.« Ich zucke die Schultern. »Ehrlich gesagt, habe ich ja auch eine Weile gebraucht, bis ich wirklich glauben konnte, was er da gemacht hat. Ich fürchte, so weit kommt es bei ihr nicht. Daran kann ich nichts ändern. Sie ist eben seine Mutter.«

The Clash singen inzwischen »Should I Stay or Should I Go«, und Suzanna legt mir einen Arm um die Schulter. Wir singen mit. »If I go there will be trouble …«

»Kommst du sonst gut mit deiner Mutter aus?«, fragt sie.

Ich zucke die Schultern. »Ich weiß nicht so recht. Manchmal komme ich mir vor allem wie eine Botschafterin vor. In erster Linie mag sie mich, weil ich die Einzige bin, die ihr Neuigkeiten von Nico erzählen kann.«

Suzanna runzelt die Stirn. »Wie? Hat sie keinen Kontakt zu ihm?«

Ich schüttele den Kopf. Inzwischen läuft »The Passenger«. Ein Freund von mir hat seinen Sohn Iggy genannt.

»Das will er nicht. Schon lange nicht mehr. Und du?«, frage ich.

»Was?«

»Na, wie kommst du mit deiner Mutter aus?«

Sie zögert und nimmt sich noch eine letzte Kelle Suppe. Langsam könnten wir anfangen zu spülen. Hinter uns stapeln sich die Suppenteller.

»Eigentlich okay. Ich weiß nicht. Sie ist Lehrerin, und ich bin immer gut mit ihr ausgekommen. Undramatisch. Aber sie war auch nie besonders wichtig. Sonst wäre ich wahrscheinlich nicht so weit weggezogen. Die meisten meiner Freundinnen sind in Barcelona geblieben.«

»Und wie bist du auf Deutschland gekommen?«

Sie grinst, und diesmal antwortet sie, ohne zu zögern. »Na, die Frankfurter Schule. Adorno und Horkheimer, Marcuse, Walter Benjamin – das wollte ich alles im Original lesen. Außerdem habe ich mit siebzehn Schüleraustausch mit Hamburg gemacht.«

»Und meinst du, du bleibst hier?«

Sie nimmt ein paar Teller entgegen, stellt sie hinten ab und lässt Wasser in die Spüle einlaufen. Ich schnappe mir ein Handtuch. »Kann schon sein. Was weiß ich? Wahrscheinlich nicht. Es ist doch noch viel zu früh, um irgendwo zu bleiben.«

Ich wirbele das Handtuch um meinen Finger. Inzwischen läuft »Mein Freund hat mit mir Schluss gemacht« von den Lassie Singers. Natürlich kann Suzanna auch diesen Song auswendig. Sie hatte in Barcelona einen Freund, mit dem es »wohl inzwischen aus ist«, wie sie letztens meinte. Das heißt, sie hat sich, seit sie hier ist, einfach immer seltener bei ihm gemeldet. Inzwischen ist das letzte Mal über einen Monat her. »Ich schätze, dann hat er es jetzt kapiert«, schloss sie.

Ich weiß, wie das ist. Auch ich war immer cool in der Liebe. Bis Mel kam. Sicher arbeitet sie noch. Aber wir sehen uns ja trotzdem automatisch. Nie hätte ich gedacht, dass mir das so gut gefallen könnte.

Einer der ersten Sonnentage. Alle sitzen draußen, in T-Shirts und mit Sonnenbrillen, da kennen die Hamburger nichts. Im Nachhinein denke ich, im Süden weiß man die Sonne gar nicht zu schätzen. Stunden und Tage verbringen die Leute da ohne irgendeinen dringenden Grund drinnen, während die Sonne scheint. Hier nutzen sie jede Minute, und das ist auch nötig. Ich habe Schweißränder an meinem Zorro-T-Shirt; das ist ein bisschen peinlich, aber egal. Kann ich jetzt auch nicht ändern.

Ich bringe Liz und Gina ihre Sahnetörtchen mit Kaffee. Das sind Freundinnen von Mona. Als ich sie das erste Mal bedient habe, war es schon seltsam, aber sie sind oft hier, und sie sind freundlich. Ich habe mich an sie gewöhnt. Und würde sie gern fragen, wie's Mona geht, aber ich schätze, sie würden mich darauf hinweisen, dass ich ihre Telefonnummer ja selber habe, und das stimmt natürlich. Mona war nie mehr hier, seit es aus ist. Wahrscheinlich weil sie weiß, dass ich wieder hier arbeite. Wahrscheinlich haben es die beiden erzählt.

Noch eine Viertelstunde, dann ist Feierabend. Da biegt Sammy um die Ecke, streicht ihre Haare aus dem Gesicht und lächelt mich an. Überraschung.

Sie küsst mich, flüstert in mein Ohr: »Du siehst so süß aus!«, setzt sich an den Tisch direkt neben Liz und Gina – sie kennt die ja nicht – und zieht ein Buch aus ihrer Tasche. Sie hat erzählt, dass sie sich jetzt aufs neue Semester vorbereitet. Ein Seminar über NS-Geschichte in Hamburg, eines über Sprache und Geschlecht, dann noch utopische Literatur.

Als ich ihre Limo bringe, streicht sie mir leicht über die Hand, und ich glaube, ihre Blicke verfolgen mich ein Stück, während ich mich wieder von ihr entferne. Es macht mich nervös, wenn sie im selben Raum ist, ohne bei mir zu sein. Als wäre es falsch, dass sie liest, statt mich pausenlos zu beobachten. Ich war noch nie eifersüchtig. Vielleicht mal auf Monas Ex, aber ich wusste, dass da nichts Sexuelles mehr war. Es ist neu, und es lässt mir keine Ruhe, dass sie meine Freundin ist und mir trotzdem nie ganz gehört. Da ist noch so viel anderes. Zum Beispiel diese Bücher.

Als ich Feierabend habe, gehen wir an die Elbe. Zwischen Landungsbrücken und Altona laufen wir an den Industrieanlagen entlang. Sammy erzählt, dass sie morgen noch einmal zum Flora-Plenum geht. Sie wird öffentlich erklären, dass sie keinen Kontakt mehr zu ihrem Bruder hat. Was eine Lüge ist, sie will ihn ja sogar suchen. Aber ich halte mich da raus. Ich finde auch nicht, dass irgendwelche Politgruppen ein Mitspracherecht dabei haben, mit wem man Kontakt pflegt oder nicht. Es reicht doch, wenn sie ihm nichts mehr erzählt. Wird sie doch sowieso nicht tun. So ähnlich hat sie es selbst gesagt. Dann lasse ich ihnen eben die Formulierung, wenn sie das wollen, hat sie noch gemeint. Sie versucht, das Ganze nicht zu ernst zu nehmen. Aber das Release-Konzert will Sam jetzt trotzdem woanders machen. »Das Knust ist doch sowieso cooler«, sage ich.

Sie drückt meine Hand und lacht. »Du musst es ja wissen.«

»Wieso?« Die Ironie ist mir nicht entgangen.

»Weil du ja nur in deinen Lesbenkreisen abhängst.«

Ich stecke meine Hand in ihre Hose, fühle, wie ihr Hintern sich bei jedem Schritt bewegt, lege einen Finger in die Spalte. »Na und? Ich bin eben eine Lesbe. Du nicht?« Ich wandere mit dem Finger noch weiter hinunter, und sie hält an. Als ich ihn rauf und runter gleiten lasse, spreizt sie die Beine. »Ich kann dich gern öfter mitnehmen«, biete ich an und schiebe meine Zunge in ihr Ohr.

Ihre Hand wandert unter mein T-Shirt. Wir sind allein. Niemand kommt uns entgegen, niemand ist hinter uns. »Wann zieht Mona denn weg?«, fragt sie.

»Hey, das ist fies.« Ich stoße ihre Hüfte mit meiner an, sie sind fast auf derselben Höhe.

Sie küsst mich. »Ich kann mit dir nur da hin, wenn wir auch knutschen können.«

Unsere Zungen verschlingen sich ineinander. »Und da, wo du verkehrst, kann man das überall ohne Weiteres.«

Sie zieht sich zurück, sieht mich an und verzieht das Gesicht. Ich küsse ihre Ärgerfalte auf der Stirn weg. Ihr Blick wandert umher, ist auf der Suche, und dann zieht sie mich den Berg ein Stück hoch, dahin, wo die stillgelegten Schienen sind, in das alte Stück vom Tunnel. Es riecht ein bisschen modrig, aber das stört uns nicht. Ihre Finger spielen in der Hose mit meinen Haaren, kitzeln mich und stoßen dann plötzlich in mich hinein. Dabei sieht sie mir in die Augen, beobachtet mich, zärtlich und gierig zugleich. Als sie sich zurückzieht, den Reißverschluss aufmacht und noch einen Finger dazunimmt, um tiefer in mich zu dringen, fühle ich mich seltsam leicht. Sie schiebt meine Hose hinunter. Ein kühler Wind streift meinen Hintern. Ich küsse sie wild, greife nach ihren Brüsten, winde mich, reite ihre Finger und komme viel zu schnell, viel zu laut. Sie hält mich.

»Darf ich auch?«, fragt sie, als ich fertig bin. Und ich knie vor ihr nieder.

*Sammy*

Helen kommt mit Sektkelchen in der Hand zurück. Mel meinte, es sei Zeit, dass wir endlich einmal alle zusammen etwas unternehmen, und so sind wir im Schauspielhaus gelandet, um *Endstation Sehnsucht* zu sehen. Harald reicht mir ein Glas und lächelt mir zu. Wir stoßen an, und Helen fragt Mel, wie sie das Bühnenbild fand.

»O Gott! Komplett unausgegoren. Das ist mit ein Grund, warum ich fast gar nicht mehr ins Theater gehe.«

»Ist nichts gut genug?«

Mel lacht. Wir stoßen an. »Sagen wir mal so: Natürlich hätte ich es besser gemacht.« Sie rollt mit den Augen.

Helen zwinkert ihr zu. »Ich kann dir sagen, Blanche hätte ich auch besser gespielt.«

»Wärst du nicht eher Stella?«, fragt Mel.

Harald steht schweigend neben mir. Von weitem kam er mir fast unangenehm cool vor. Von nahem hat er eher eine beruhigende Wirkung auf mich. Als wäre er einer, der am liebsten beobachtet.

»Du hast einen Bruder, oder?«, fragt er, während die anderen beiden sich weiter über die zwei ungleichen Schwestern unterhalten.

»Ja«, sage ich. Ob Mel ihm von Nico erzählt hat?

»Und versteht ihr euch gut?« Jedenfalls offenbar nicht von dem Polit-Drama, sonst würde er nicht fragen.

»Ja«, sage ich also nur. »Und du? Hast du Geschwister?«

»Ich habe einen älteren Bruder«, sagt er.

Ich trinke Sekt. »Und was macht der?«

»Er ist Versicherungskaufmann in einem Nachbarort von Gummadingen.«

»Oje.« Ich lache, erleichtert, dass es nicht mehr um Nico geht.

»Ich weiß nicht«, meint er ernst, und das Bild von dem coolen Mann löst sich langsam in Luft auf. »Das dachte ich früher auch. Aber er hat zwei Kinder, ein kleines Häuschen, seine Frau ist eine freundliche Bankbeamtin ...« Er zuckt die Schultern. »So kann man auch leben.«

»Muss man aber nicht«, entgegne ich.

Die Glocke läutet das erste Mal.

»Aber ihr seid nicht besonders eng?«, hake ich nach.

»Nein.« Harald dreht sein inzwischen leeres Glas in der Hand. »Du hast ja recht. Nein, wir haben uns nicht viel zu sagen. Hast du *Endstation Sehnsucht* schon mal gesehen?«

»In der Schule, auf Video, wie alle«, sage ich.

»Oh, das tut mir leid«, meint er. »Du hättest früher Bescheid geben können, wenn es dich an die Schule erinnert ...«

»Es ist ja nicht alles schlecht, was man in der Schule durchnimmt.«

»Dann bin ich beruhigt«, sagt er und sieht so aus, als ob er es ernst meint. Fast hat er etwas Väterliches, fällt mir auf. Eine Seite, die womöglich Mel aus ihm herausgekitzelt hat, stelle ich mir vor. Dann wendet er sich ab und lächelt Helen zu, die in seine Richtung schaut. Es klingelt ein zweites Mal; gleich geht es weiter.

*Mel*

Die Sonne kommt raus, beleuchtet den großen Springbrunnen in der Innenalster. Ich sitze zwischen Bettinas Einkaufstüten im Alsterpavillon. Meine Schwester hängt total erledigt in ihrem Stuhl, die Hände über dem immensen Bauch gefaltet.

»Vielen Dank, Melli«, sagt sie.

»Hey, kein Problem, Schwesterherz.«

Kurz verzieht sie das Gesicht und streicht über ihren Pullover. Dann grinst sie. »Im Ernst. Ich weiß doch, dass du Einkaufen hasst.«

Ein Kellner kommt. Wir bestellen Kaffee und Kuchen. Eigentlich habe ich gar nichts gegen Einkaufen. Nur dass ich das sonst auf Flohmärkten und in Secondhandshops erledige. Was ich wirklich hasse, ist die Innenstadt, das stimmt schon. Wobei – Babysachen kaufen ist so absurd, dass ich es fast schon wieder lustig finde. Ich habe Fotos gemacht, von den rosa und blau sortierten Klamotten, mittendrin Bettina. Natürlich hat sie alles in Rosa genommen, und ich habe sie ausgelacht. Aber das stört sie nicht. Für sie ist ein Mädchen eben immer noch ein Mädchen, und sie wohnt nun mal in Gummadingen.

»Kickt sie wieder?«, frage ich, während wir warten. Mein Magen grummelt. Ich weiß gar nicht, ob ein Stück Kuchen reicht.

»Ich würde sagen, sie boxt eher. Willst du mal fühlen?«

Ich schüttele den Kopf. Es muss einem ja nicht jeder den Bauch betatschen, nur weil ein Baby drin ist. Sowieso ist es doch super unheimlich, ein Kind im Bauch zu haben. Also ich würde durchdrehen. Ich brauche meinen Körper für mich. Mir reicht es ja schon, dass mich jemand anfasst. Dass Sammy mich anfasst. Das macht mich ja schon fast wahnsinnig, dass ich die ganze Zeit daran denken muss und darauf warte. Dass ich kaum noch weiß, was ich geträumt habe am Morgen, weil da gleich sie ist.

Seit zwei Tagen ist Bettina jetzt da, schläft in meinem Zimmer auf dem Boden. Und ich im Hochbett, was Sam albern findet. Warum nicht bei mir?, hat sie gefragt. Aber ich habe keine Lust, Bettina alles direkt auf die Nase zu binden. Sowieso ist Sam gerade die ganze Zeit unterwegs. Bettina hat sie in den letzten Tagen nur ein Mal zwischen Tür und Angel gesehen.

»Und wann ziehst du bei Olga ein?«, frage ich.

»Übernächste Woche. Die Arme muss alles alleine tragen. Das heißt, Papa hat versprochen zu helfen. Ich bin ja so froh!«

Olgas Freund, mit dem sie zwei Jahre zusammengewohnt hat, hat sie verlassen. Schlecht für sie, gut für Tina. Zwischendrin hatte sie echt schon überlegt, ob sie bei Papa einzieht. Horror.

»Und wie läuft es im Salon weiter?«

Der Kellner bringt Himbeertorte, Zitronenkuchen und Kaffee. Über Tinas Gesicht huscht eine dunkle Wolke. »Gar nicht.«

»Wie: gar nicht? Ich dachte, du wolltest so bald wie möglich wieder anfangen?«

»Klar. Wollte ich auch. Und Marga hat mir sogar angeboten, solange auf die Kleine aufzupassen. Aber ich habe mich mit Katja verkracht.«

Ich muss grinsen, obwohl das natürlich super fies ist. Aber mit Katja muss man sich einfach verkrachen. Sie war die erste Frau, in die ich verliebt war. Oder vielleicht auch nur verknallt. Und als sie es gemerkt hat, hat sie mich ausgelacht.

Tina beugt sich vor und schnipst mir an den Ellenbogen. »Du doofe Kuh. Hey, sie ist total ausgerastet. Wie ich das bringen könnte, nachdem sie mich zur Teilhaberin gemacht hat, ohne dass ich finanziell wirklich was beisteuern konnte. Dass sie mich hundert Prozent braucht oder gar nicht. Punkt. Die hat echt getan, als wäre ich schwanger geworden, um sie zu ärgern.«

»Ach, du Schande. Und jetzt?«

Die Hormone scheinen zu helfen. So gelassen war Tina früher nicht. Sie sagt ganz einfach: »Wir werden sehen. Jetzt kommt erst mal die Kleine. Alles andere wird sich schon finden.«

Ich ziehe die Stirn kraus. »Soll ich Katja mal anrufen?«, frage ich. »Ihr so richtig die Meinung geigen?«

Tina lacht. Wir lachen im Chor, bis uns die Tränen kommen.

»Gib mir 'ne Zigarette«, sagt Tina dann.

Ich schüttele den Kopf. »Kommt gar nicht infrage, Schwesterherz. Denk an die Kleine.«

»Ach bitte, Melli, ausgerechnet du musst das doch verstehen. Jetzt mach schon.«

Ich krame den Tabak aus meiner Tasche. Dabei habe ich mich extra wegen ihr zurückgehalten. »Ich hab aber nur Selbstgedrehte.«

Sie lächelt mich an. »Dann drehst du mir eben eine.«

Ich tu's. Sowieso ist es garantiert nicht ihre Erste.

Mit Blitz habe ich nicht so viel Übung. Muss ich aber lernen. Ich will ja nicht total doof dastehen, falls ich demnächst als Assistentin anfange. Übermorgen muss ich mich entscheiden, da treffe ich Tekla. Aber jetzt ist erst mal Tinas letzter Abend. Beim Frühstück hat sie gefragt, musste sich offensichtlich richtig überwinden: Sie will Bilder von sich mit ihrem dicken Bauch. Und wo ich doch jetzt die tolle Kamera habe. Na also. Ich habe unter dem Hochbett ein Leintuch an die Wand gehängt. Tina steht davor, nackt bis auf ihre schwarze Unterwäsche, rot im Gesicht.

»So geht das nicht«, sagt sie.

Nein, das stimmt schon: Sie sieht viel zu verlegen aus. »Dann mach was«, schlage ich vor. »Vielleicht lesen?« Ich gehe zu meinem Bücherregal.

Sie rümpft die Nase. »Ich lese doch sonst auch nie.«

»Auch nicht Fotobücher? Ich hätte da eines von Cindy Sherman. Tolle Fotografin.«

Sie verschränkt die Arme vor der Brust, aber ihre Titten sind zu riesig, man sieht sie trotzdem noch. Ich mache ein Foto von ihnen, um sie zu ärgern.

»Ach, Mann!«, schimpft sie und fuchtelt mit den Armen.

»Essen?«, frage ich.

»Wie essen?«

»Na, willst du etwas essen?«

»Du meinst, das mache ich eh immer.« Sie guckt auf ihre riesige Kugel hinunter. »Vielleicht sollten wir es auch lassen. Melli, meinst du, ich kriege die ganzen überflüssigen Pfunde wieder runter, wenn sie draußen ist?«

Ich denke an Monas schönen dicken Bauch und wie ungewohnt es war, am Anfang, Sams spitze Knochen an den Hüften zu spüren. Wie gern ich auf diesem Samtbauch gelegen habe. Als mir ein Seufzer herausrutscht, fange ich mich schnell wieder. Das sind Dinge, von denen Tina keine Ahnung hat. »Das wird schon«, sage ich. »Du siehst toll aus.«

»Echt?«

Ich hasse es, wenn sie so unsicher tut, nur um sich ein Kompliment abzuholen. Aber sie ist eben immer noch meine Schwester. »Echt, Tina. Soll ich dir jetzt mal einen Apfel holen?«

Sie nickt. »Und – Melli?«

Ich stehe schon in der Tür, mache sie aber noch nicht auf. Nicht dass Suzanna auf dem Flur ist und zufällig reinguckt. »Was?«

»Kannst du vielleicht andere Musik anmachen?«

Ich drehe mich um und seufze. Es läuft Patti Smith, *Horses*, die Platte habe ich von Sammy geliehen.

»Tut mir leid, das ist mir echt zu anstrengend«, schiebt sie hinterher.

Ich hab noch viel Anstrengenderes, aber okay. Ich rolle die Augen. Tina macht einen Schmollmund. »Klar, Tina. Such dir was aus«, sage ich.

Als ich zurückkomme, läuft David Bowie. Tina sitzt auf ihrer Matratze. Ich lege den Apfel auf ihren Bauch, gehe ein paar Schritte rückwärts. Der Apfel bewegt sich ganz leicht, und Tina zeigt darauf und strahlt. Ich knipse und knipse. Da ist *das* Bild dabei, denke ich. Manchmal hat man das: Man sieht es durch den Sucher und hofft nur, dass man es auch eingefangen hat. Dass nicht irgendwas technisch schiefgelaufen ist. Und da höre ich plötzlich ihre Stimme im Flur. Sie haben heute Generalprobe für ihre offizielle Release-Party gehabt; vor Mitternacht habe ich nicht mit ihr gerechnet. Sammy.

Sie klopft, aber bevor ich irgendwas sagen kann, reißt sie auch schon die Tür auf. Ich fahre herum, stehe ihr direkt gegenüber; sie hat die Arme ausgestreckt, die Augen aufgerissen.

»Sorry, ich störe wohl gerade«, sagt sie, zieht die Arme zurück, verschwindet schnell wieder. Draußen höre ich sie kichern, dann ihre beschwingten Schritte. Sie geht den Flur hinunter, in die Küche.

Als ich wieder zu Tina gucke, ist die dabei, sich anzuziehen, mit dem Rücken zu mir.

»Hey, Tina!«

Sie dreht sich nicht um, sondern zieht erst ihre Hose hoch, ihr Unterhemd über den Kopf.

Mir ist schlecht. Ich packe den Fotoapparat ein. Gehe dann automatisch zum Leintuch, um es abzuhängen. Das beste Foto habe ich sowieso schon gemacht, zum Glück.

»Sollen wir noch zum Griechen gehen?«, fragt Tina hinter mir, künstlich fröhlich.

Ich fahre herum. »Wie?«

»Na, du hast doch erzählt, dass es in eurer Straße einen netten Griechen gibt.«

Ich lege die Reißnägel zurück in ihre Schachtel auf dem Schreibtisch. »Ich weiß nicht.« Sammy killt mich. Ich muss sie jetzt sofort begrüßen. Also sage ich: »Ich muss mal.«

Tina ist immer noch rot im Gesicht. Sie setzt sich auf die Matratze und isst ihren Apfel.

In der Küche stehen Suzanna und Sammy, die laut und schnell von der Probe erzählt. Als ich reinkomme, fällt sie mir direkt um den Hals. »Ich hab dich schon vermisst«, flüstert sie mir ins Ohr. Es stimmt, die letzte Woche haben wir uns kaum gesehen vor lauter Band und Café und jetzt Tina. Dann hält sie mich fest, von sich weg. »Hey, wo ist deine Schwester?«

»In meinem Zimmer.«

»Sorry, ich konnte ja nicht wissen, dass du sie fotografierst. Ich hoffe, ich habe sie nicht zu sehr erschreckt.« Sie strahlt mich an, und am liebsten würde ich sofort mit ihr in ihrem Zimmer verschwinden.

»Ich dachte, du probst bis spät in die Nacht?«

Sie legt ihre Stirn in Falten. »Das ist aber 'ne herzliche Begrüßung. Wir haben früher angefangen als sonst, und um die Kombination von Bassläufen und Gitarrenriffs zu üben, brauchen sie mich nicht. Außerdem wollte ich unbedingt deine Schwester kennenlernen, bevor sie schon wieder abhaut. Also bin ich hier. Hast du was dagegen?«

Ich nehme ihren Tabak vom Tisch und drehe mir eine. Sie lässt einen Arm auf meiner Schulter liegen, setzt sich neben mich auf das Sofa.

»Was habt ihr heute denn noch vor?«, fragt sie.

Suzanna hat angefangen, den Abwasch zu machen. Ich weiß genau, dass sie in sich reingrinst. Irgendwie scheinen alle außer mir das hier total witzig zu finden. Außer Tina natürlich noch.

Die schließlich in der Tür auftaucht. Ewig allein in meinem Zimmer rumzuhocken war ihr wohl zu blöd. Unsicher lächelt sie. Sam nimmt ihren Arm einfach nicht weg.

Ich trete ihr unter dem Tisch auf den Fuß, aber sie tut so, als merke sie nichts.

»Setz dich doch«, sagt sie stattdessen zu Tina. Und steht dann, betont gelassen, auf, um ihr einen Stuhl hinzuschieben. »Soll ich dir einen Tee machen? Vielleicht Roibusch?«

Tina schaut auf den Tisch und nickt. »Gerne.«

Sammy streckt ihr die Hand hin. Total übermüdet sieht sie aus, aber immer noch strahlend. »Ich bin Sammy«, sagt sie.

Tina nimmt ihre Hand. Lächelt tapfer. »Ach so. Ja, ich bin Tina.«

»Das dachte ich mir schon«, meint Sammy und macht sich daran, das Teewasser aufzusetzen.

Während ich meine Zigarette rauche, schieße ich Giftblitze in ihren Rücken.

Tina und Mel sitzen mir gegenüber an einem alten, charmanten Holztisch, auf dem blaue Papierservietten liegen. Auch Olivenöl, Salz und Pfeffer stehen bereit. Mel beugt sich mit verschränkten Armen über die Speisekarte, genauso wie Tina. Die beiden blättern schweigend, fast synchron darin. Eine Einheit. Und beide haben dieselben langen Finger, die großbürgerlich wirken, auch wenn ich weiß, dass sie das nicht sind. Dennoch sehen sie ein bisschen so aus, als gehörten sie Mädchen, die vierhändig Klavier spielen. Sie könnten auch Violinistinnen sein, mit den kurz geschnittenen Fingernägeln, rechts wie links. Allerdings haben die auch Handwerker. Genau genommen sind sie ja beide Handwerkerinnen. Mel hat an manchen Stellen sogar Hornhaut, und mich würde interessieren, ob das auch bei Tina der Fall ist.

Endlich kommt der Wirt, ein freundlicher dicker Mann, der den Laden allein mit seiner Frau führt. Sie steht hauptsächlich in der Küche, und er bedient die Gäste. Ich bestelle als Erste, Fischrogen als Vorspeise und gegrilltes Lammsteak als Hauptgang. Und ein großes Pils brauche ich heute.

Die anderen beiden nehmen Rinderspieße und einigen sich auf Apfelschorle. Als der Wirt geht, schweigen sie wieder.

Vorhin habe ich versucht, unter dem Tisch Mels Hand zu nehmen. Sie hat mich weggeschubst, als ob das ein Affront wäre. Wenn ich nicht so gut gelaunt wäre, würde ich mich wahrscheinlich aufregen. Denn es scheint gerade so, als wisse Bettina theoretisch Bescheid, sollte aber praktisch nicht mit Mels Lesbischsein konfrontiert werden. Was dann also heißt, dass ich nur eine Mitbewohnerin bin, nicht die Freundin.

Aber dann ist es mir wiederum egal. Denn ich habe drei Tage gesungen, und zwar schöner als je zuvor: intensiver, abwechslungsreicher, in einer Spanne zwischen Aggressivität und Sanftheit, die ich so an mir selbst noch nicht kannte. Und der Grund dafür ist die Frau, die mir schräg gegenübersitzt. Das lasse ich mir ganz einfach nicht nehmen.

»Und – was habt ihr heute unternommen?«, unterbreche ich höflich die Stille.

»Mel hat mir den Hafen gezeigt«, meint Bettina.

»Seid ihr auch Schiff gefahren? Man muss ja keine Rundfahrt machen, sondern kann auch den Linienverkehr benutzen und …«

Mel unterbricht mich. »Sam, Tina wird's schlecht, wenn sie auf'm Schiff ist«, belehrt sie mich, als hätte ich noch nicht bemerkt, dass ihre Schwester schwanger ist. Und als ob allen Schwangeren grundsätzlich schlecht wäre, und zwar ständig. Dabei ist es durchaus so, dass ich schon mal eine gekannt habe, die schwanger war, und zwar ziemlich gut. Meine Freundin Eileen, die damals sechzehn war, hat mit mir noch im achten Monat alle möglichen Punkrockkonzerte in London besucht, und es ging ihr bestens. Wahrscheinlich sind die Britinnen da einfach cooler.

Ich beschließe, Mel zu ignorieren und mich ganz auf Tina zu konzentrieren. »Wann kommt es denn?«, frage ich sie also, freundlich lächelnd, und nicke nebenher auch noch dem netten Wirt zu, der die Getränke bringt. Ich finde, das gehört sich so, zumal die beiden Damen mir gegenüber so sauertöpfisch dreinschauen, dass ich sie an seiner Stelle am liebsten gar nicht bedienen würde.

Der Anflug eines Lächelns huscht über Tinas Gesicht. So ein bisschen Höflichkeit kann einfach enorm weiterhelfen. Ich proste ihr zu, und sie hebt ebenfalls ihr Glas. »In zwei Monaten. Wahrscheinlich ein Mai-Mädchen. Oder auch früher Juni, mal sehen.«

»Oh, wie schön«, sage ich. »Na, dann auf – hat sie schon einen Namen?«

Tina wird rot, und Mel sieht sie interessiert an. »Ja«, sagt Tina schließlich, »aber es ist noch ein Geheimnis.«

Ich halte ihren Blick fest. Jede Frau will der ganzen Welt erzählen, wie ihr Kind heißt, davon bin ich überzeugt. Also ich jedenfalls würde es allen sagen. Jemandem einen Namen zu geben ist doch ein unglaubliches Privileg! Als ich mir Garlick ausgedacht habe, war ich stolz wie Henriette. »Ach komm, wir erzählen es auch nicht weiter«, sage ich, mit einem kurzen Grinsen in Mels Richtung, die weiterhin so tut, als würde sie mich nicht sehen. Dumme Kuh.

»Also gut«, sagt Tina. »Aber keine blöden Kommentare, okay?«

»Na, es wird ja nicht Wolfgang sein«, meint Mel, und dann prusten die beiden los. Tina, die sonst viel ruhiger wirkt als Mel, lacht genauso heftig wie sie. Sicher haben sie sich dabei das eine oder andere Mal in die Hose gemacht, als sie noch Mädchen waren. Ich sehe es direkt vor mir. Wie schade, dass ich keine Schwester habe. Nur einen Bruder, von dem ich immer noch nicht weiß, wo er ist.

Schließlich boxt Tina Mel in die Seite. Dann hebt sie das Glas. »Also gut«, sagt sie in ironisch-feierlichem Ton. »Auf Lena Schirkau!«

»Auf Lena!« Mel wischt sich eine Lachträne weg und versucht, ernst zu gucken. Ich mache nicht mit, bleibe stattdessen beim freundlich-distanzierten Lächeln. Wir stoßen an. Ich mag es, wenn die Gläser klingen, jedes in einem anderen Ton.

»Das ist ein schöner Name«, sage ich, während der Wirt meine Vorspeise bringt, und ich meine es ernst. Nicht dass ich meine Tochter so nennen würde – es wäre mir zu altmodisch –, aber es passt zu Schirkau und zu Tina und hat einen weichen Klang. Die beiden schmieren sich Knoblauchbutter auf das Weißbrot, das bisher unbeachtet auf dem Tisch stand. Langsam scheinen sie sich einigermaßen zu entspannen. So schlimm bin ich ja auch wirklich nicht. Ich frage weiter: »Und Mel, was ist dein Lieblingsname?«

Sie sieht mich an wie ein Auto. »Ich glaube nicht, dass Tina noch Tipps braucht«, meint sie abfällig. Ich weiß wirklich nicht, was ich ihr getan habe.

Hilfreicherweise wechselt Tina das Thema: »Und du spielst in einer Band?«, fragt sie mich.

»Ja«, sage ich. »Wir heißen Garlick, und nächste Woche haben wir die offizielle Release-Party unserer ersten Platte. Das ist total aufregend.«

»Ihr habt eine Platte gemacht?«, fragt sie. Sie scheint beeindruckt.

»Ja«, sage ich, während ich spüre, dass ich rot werde.

»Und was ist das für Musik?«, fragt sie.

»Riot-Girl-Pop oder so ähnlich. Kennst du vielleicht Bikini Kill?«, erkläre ich, ernte Augenrollen von Mel. Tina schüttelt den Kopf.

»Warum hast du mir nichts davon erzählt?«, fragt sie Mel, gekünstelt ruppig, und macht Platz für das Essen, das gerade gebracht wird. Mel stürzt sich dankbar darauf. Aber zumindest Tina sieht inzwischen freundlicher aus.

»Und welches Instrument spielst du?«, fragt sie.

Mel hat also rein gar nichts von mir erzählt. Ich glaube, langsam werde ich doch sauer. »Ich singe«, sage ich. Mel schaufelt stur Pommes und Fleisch in sich hinein.

»Auf Deutsch oder auf Englisch?«, fragt Tina weiter.

»Englisch. Ich bin zweisprachig aufgewachsen«, erkläre ich.

»Und woher kommen deine Eltern?«, fragt sie.

»Meine Mutter kommt aus Karlsruhe, mein Vater ist aus England«, sage ich und hoffe, dass ich lässig klinge. Wir essen.

»Das ist ja spannend«, meint Bettina. »Und wo habt ihr gewohnt?«

»Die ersten Jahre in Heidelberg. Da haben sich meine Eltern kennengelernt. Zwischendrin waren wir zwei Jahre in den USA, an der Ostküste, und dann in London. Eigentlich ist London meine Heimatstadt. Und als Letztes war mein Vater zwei Jahre an der Uni in Hamburg. Als meine Eltern weitergezogen sind, bin ich allein hiergeblieben.«

»Ist dein Vater Professor?«, fragt sie seltsam ehrfürchtig.

»Ja, er unterrichtet Literatur«, erkläre ich. »Und du, Tina, bist du das erste Mal in Hamburg?«

»Sie war schon mal hier«, informiert mich Mel kühl.

»Vor zwei Jahren.« Tina lächelt mich an, um sich dann wieder ihrer Schwester zuzuwenden. »Weißt du noch? Da sind wir auf den Fernsehturm gefahren.« Sie sitzen so nah beieinander, so vertraut, wie Schwestern eben, die über alles reden, egal wie verschieden sie sind.

»Stimmt«, sagt Mel kurz angebunden.

Langsam reicht es mir wirklich. Also frage ich Tina: »Und hast du Mona getroffen, als du letztes Mal hier warst?« Mels bösen Blick, der mich an der Wange streift, ignoriere ich einfach.

Tina dagegen ist jetzt aufgetaut. »Ich glaube schon«, sagt sie, ohne zu zögern. »Mel, das war doch die Frau, mit der wir im Schanzenviertel einen Kaffee getrunken haben, oder?«

»Ja«, sagt Mel. Endlich treffen sich unsere Augen. Sie sieht aus, als würde sie mir gern die Zunge rausstrecken. Es geht ihr also schon besser.

»Und seit wann seid ihr zwei zusammen?«, fragt Tina bemüht locker.

Sie gefällt mir, heute womöglich besser als Mel. »Na?«, frage ich Mel. Wir sehen uns immer noch an, aber ohne jede Zärtlichkeit. Doch bei der Frage schmilzt ihre Abwehr dann doch.

Kurz überlegt sie, dann wendet sie sich von mir ab und ihrer Schwester zu. Sie versucht, verächtlich zu gucken. »Weißt du, Tina, ich kenne diese Frau überhaupt nicht. Sie wohnt nur zufällig in derselben Wohnung.«

Tina prustet Apfelschorle über den Tisch, auf meinen Teller, der inzwischen zum Glück schon leer gegessen ist, und diesmal stimme ich in das Lachen ein. Wir lachen alle zusammen. Bis Mel ein Taschentuch hervorholt und sich damit die Wangen abwischt. Sie sind tränennass.

»Noch ein Bier?«, fragt mich der Wirt, als er unsere Teller abdeckt.

»Ja, gerne. Zwei bitte«, sage ich.

»Für mich noch eine Schorle«, sagt Tina grinsend. Mel sagt nichts. Ihre Schwester aber insistiert: »Jetzt mal im Ernst. Es interessiert mich.«

Endlich lächelt Mel mich an, und unsere Knie treffen sich unter dem Tisch. Zärtlich stoßen sie sich gegenseitig an, und langsam mache ich mir sogar Hoffnungen, dass ich sie dazu überreden kann, heute bei mir zu schlafen.

»Ich glaube, da sind wir uns noch nicht ganz einig«, antworte ich. »Was meinst du?«

»Ehrlich gesagt, eigentlich schon seit Silvester«, erwidert Mel.

»Okay.« Ich runzele die Stirn. Ich habe keine Ahnung, wie sie darauf kommt. An Silvester haben wir uns doch gar nicht gesehen. Aber dann küsst sie mich. Nur kurz, ganz trocken, aber immerhin auf den Mund.

»Ich glaube, das musst du mir mal wann anders erzählen«, verlange ich.

»Mache ich«, verspricht Mel.

Bettina sieht mich weiterhin an. Sie ist noch nicht einmal rot geworden.

*Mel*

Ich hasse es, Entscheidungen zu treffen. Gut, dass es das hier gibt: Jogginghose, Turnschuhe, Kapu, die Straße runter, an der Ampel trippeln, zweimal rüber, hinter der Kreuzung rechts, und dann ist da auch schon der Park. Runden zählen. Dieselben vereinzelten Leute treffen, nicht grüßen, höchstens nicken, alle sind beschäftigt. Die hellen Blätter entfalten sich langsam. Es riecht nach Frühling, und zu Hause liegt Sammy, schläft noch tief und fest. Sie hat gesagt, ich soll es machen.

Tekla sucht eine Fotoassistentin, und zwar ab sofort. Ihre letzte ist jetzt endgültig abgesprungen. Ich kenne Tekla schon lange von diversen Theatern; Theaterfotos sind quasi ihre Spezialität. Sie ist eine schroffe Frau, aber keine, die die Chefin raushängt, glaube ich. Schon Ende dreißig und eine der besten Fotografinnen in der Stadt, soweit ich das einschätzen kann. Ich denke, mit ihr könnte ich klarkommen. Und für meinen Job im Café finden sie sowieso problemlos Ersatz.

Um die Ecke, die Allee runter, vorne rechts bauen Amseln ihr Nest. Vogelanflug mit einem langen Zweig im Schnabel. Ich werde Tante. Ich habe eine Freundin. Und ich könnte eine zweite Ausbildung machen. Hallo? Ich kicke einen Stein aus dem Weg. Übermorgen fährt Sammy nach London, Freundinnen besuchen. Semesterferien. Gefällt mir nicht, keine Ahnung wieso. Ich weiß ja, dass es blöd ist. Nicht nur, dass ich sie vermissen werde. Mit Mona war das alles so klar. Aber bei Sammy weiß ich nicht richtig, was das eigentlich heißt: zusammen sein. Jedenfalls nicht, dass sie sich irgendwas verbieten lässt. Nein, davon würde ich nicht mal träumen. Heute Nacht habe ich ihr einen Knutschfleck gemacht. Aus Leidenschaft natürlich, was sonst?

Eine Frau kommt mir entgegengeschlendert, hat eine Tasche umgehängt, ist auf dem Weg zur Arbeit, würde ich sagen. Jeden Tag mit Tekla unterwegs sein, spontane Streifzüge mit dem Fotoapparat nur noch am Wochenende, in der Nacht. Ist doch egal. Ich muss etwas lernen. Ich habe den Blick, das schon, aber sonst? Ich bin noch ganz am Anfang. Und ich habe keinen Bock mehr auf das Theater. Da werde ich nicht alt. Vielleicht sollte ich noch mal mit Harald reden. Der hat kein klares Ja oder Nein gesagt. Macht er sowieso selten. Der meint ja bloß, ich muss raus aus der Assistentinnen-Rolle. Und die hätte ich da schon wieder. Aber ich glaube, es wäre anders. Es wäre etwas, wozu ich selbst Ideen habe. Wo ich weitermachen würde, mein eigenes Ding. Irgendwann. Und zunächst mal würde ich eine Menge lernen. Beim Bühnenbild lerne ich doch schon lange nichts mehr. Ich werde da noch ganz doof im Kopf. Ich glaube, ich muss es machen. Ich meine, die Gelegenheit hat man nicht jeden Tag. Ich bewundere Teklas Fotos schon lange.

Die vierte Runde, ein Eichhörnchen huscht vorbei. Und was wäre schon dabei, wenn Sammy in England Sex hätte? Mit einer Frau, mit einem Mann, egal: So schön wie das, was wir haben, wäre es sowieso nicht. Natürlich bin ich altmodisch. Ich komme aus einem Dorf. Sammy, in unserem Dorf stand auf so was die Todesstrafe. Sie sagt, ich soll nicht drauf warten, dass sie anruft. Wenn sie weg ist, ist sie weg. Aber sie wird immer zu mir zurückkommen. »Immer« ist ein ganz schön großes Wort, oder nicht?

Sammy macht mich verrückt. Vielleicht war ich ja noch nicht verrückt genug. Zum Ausgleich sollte ich dann aber lieber vernünftig arbeiten. Mit einer Perspektive. Mit einem Kompass, der dahin zeigt, wo ich in zehn Jahren stehen will. Wobei mir einfällt, dass ich Mona anrufen muss, wegen den Obdachlosenporträts. Aber vor allem musst du Tekla anrufen, Schätzchen. Triff dich mit Tekla in ihrem Atelier. Unterschreib einen Vertrag. Kündige im Café. Und von da aus geht es dann weiter.

## *Mel*

Ein kleiner, dunkler Raum, Leute in Schwarz, viel mehr Männer als Frauen, zu viele, und fast alle hetero, möchte ich wetten. Sams Welt. Die Platte *Eat up* wird nun offiziell vorgestellt, im Knust, das ziemlich gut gefüllt ist.

»Du kannst es allein machen«, hat Tekla gesagt und mir das Equipment geliehen, aber die Fotos laufen unter ihrem Namen. Ich bin ihre Leibeigene, Punkt. Scheißegal. Tekla ist gut, und sie hat mich genommen, obwohl ich keine Ahnung habe. Sie zahlt okay. Allemal besser, als sich von Auftrag zu Auftrag zu hangeln. Sie hat eine geile Ausrüstung, und irgendwann werde ich das allein machen; noch mal läuft das nicht so wie mit dem Bühnenbild, ich schwör's. Den schweren Fotoapparat um den Hals, die kleine Tasche mit Filmen und Aufsätzen über der Schulter, stehe ich am Rand der Menge. Sam hat mir verboten, mich mit dem ganzen Fotokram in der ersten Reihe breitzumachen, so wie das einige meiner Kollegen tun ... als wäre mir das nicht sowieso klar. Mann, Mann.

Bei den ersten Liedern habe ich vorne von der Seite fotografiert. Sam und die anderen mit dem Tele ganz nah rangeholt. So, dass sie nichts merken, sonst funktioniert es nicht, zumindest bei Sammy. Aber die gucken ja ins Rampenlicht, insofern geht das ganz gut. Sie hat noch kein einziges Mal zu mir rübergeschaut, soll mir recht sein. Guckt lieber auf die Menge. Sammy hat mir erzählt, ihr bester Auftritt war mal in Leipzig, wo sie niemanden im Publikum kannte. Das mache sie nur nervös. Aber man sieht es ihr nicht an. Ich weiß das, aber auf den Fotos wirst du's nicht merken. Sammy hat Kajal aufgelegt, hat ihre Locken, hinter denen sie sich versteckt, aber das ist nicht alles. Wenn sie da oben steht, erkenne ich sie kaum wieder, und andererseits ist es genau sie: Außer der Musik scheint für sie nichts zu existieren.

Eine halbe Ewigkeit hat das Publikum nur rumgestanden, cool geraucht, ein bisschen mit den Zehen gewippt. Dezent geklatscht, mal gepfiffen. Aber als »Why Work?« losgeht, ist es plötzlich so weit; ich halte auf die Menge. Die erste Reihe schubst sich, hin und her, in der Mitte eine Clique Punker, drei Jungs und eine Frau, Springerstiefel, Iros, Lederklamotten. Die dahinter werden angerempelt, manche rempeln zurück. Ich wähle eine lange Belichtung, die Bewegung soll rein. Ihre Münder sind geöffnet. Das ist der Hit, den kennen sie alle. Sammys Fans. Sollte mich wohl besser bald zurückziehen, bevor was zu Bruch geht. Mir kommt Mona in den Sinn, die inzwischen Tango tanzt. Puh, nichts für mich. Aber so eine Pseudo-Massenschlägerei hier vor der Bühne muss ich echt auch nicht haben, und daran erinnert mich Pogo tanzen manchmal.

Für den Rest vom Konzert stehe ich hinten in der Ecke und trinke Bier mit Suzanna und Dörthe. Feierabend, sozusagen. Bis zum letzten Lied. Kenne ich ja schon: Das letzte muss immer was Besonderes sein, hat Sammy mir erklärt. Diesmal also das Duett, und Kim macht die Ansage. Macht die sonst nie. Sam steht daneben, stimmt ihre Gitarre nach, schwer beschäftigt.

»Unser letztes Lied ist das neueste, und ich hab die Ehre mitzusingen. Es heißt ›Cowgirl‹«, sagt Kim lächelnd ins Mikro. Und dann das:

*I didn't trust »Together«,*
*»I am yours*
*And it's forever.«*
*I didn't trust*
*In any*
*»Just the two of us«*
*And I'd sworn*
*I never would.*

*But now there's you*
*And there is me*
*And I just want to be*

*Your cowgirl – cowgirl*
*Cowgirl – cowgirl*

*So let's ride together*
*Don't say no*
*Never say never.*
*Let's put on our boots*
*Let's get into the saddle*
*Let's see where we end up*
*If we dare to define*
*What love is anew*
*Just me and you*
*Just me and you.*
*Cause I just want to be*
*Your cowgirl – cowgirl*
*Cowgirl – cowgirl*

Es herrscht Ruhe im Saal. Sie wiederholen den Refrain noch einmal. Im Duett. Ich weiß nicht, ob ich noch ein Bier trinken oder ganz schnell abhauen soll. Suzanna kommt mir zuvor, boxt mich in die Seite, streckt mir eine Flasche hin, die sie gerade von der Bar geholt hat. »Wow«, sagt sie. »Mel, was hast du nur mit ihr gemacht?«

Ich weiß, dass ich knallrot bin. Zum Glück sieht das hier in dem Dreckloch keiner. »Sei bloß still«, sage ich.

Sie hört auf zu grinsen und nickt. »Auf die Kunst, oder? Gute Fotos gemacht?«

»Yes«, sage ich. Wir prosten uns zu. Gucken wieder nach vorn. Dörthe tanzt inzwischen.

Später dann auf dem Dach. Das habe ich entdeckt, als ich mir die Dunkelkammer auf dem Boden eingerichtet habe, die ich jetzt nicht mehr brauche. Da hat jemand eine Leiter hingestellt. Wenn man die hochgeht, landet man auf dem Dach, direkt hinter dem Schornstein, und hat einen unglaublichen Blick bis zum Hafen.

Dörthe und ich sitzen hier oben, an den Schornstein gelehnt.

»Bist du eigentlich noch mit Tobi zusammen?«, frage ich sie.

»Nee.« Sie reicht mir den Joint.

»Warum nicht?«, frage ich.

»Weiß gar nicht richtig. Wir haben uns einfach immer seltener gemeldet. Und ich fand's langweilig mit ihm. Also auch im Bett. Keine Ahnung. Eigentlich das Gleiche wie mit Miguel. Ist dir das noch nie passiert?«

Ich weiß nicht recht. Ob Langeweile das richtige Wort ist? Ich glaube nicht. »Aber das ging doch erst ein paar Monate«, meine ich.

Sie zuckt die Achseln, ich reiche ihr den Joint zurück. »Das kann schon reichen.«

»Sag mal, hast du dich denn schon mal für Frauen interessiert?«

»Ach, ein bisschen bi sind wir doch alle.« Sie kichert, und es gibt mir einen Stich ins Herz.

»Nee«, erwidere ich. »Also ich zumindest nicht.«

»Sorry«, sagt sie. »Da kann ich wohl nur für mich sprechen. Ich meine, die Unterschiede werden doch total aufgebauscht.«

Langsam wird es hell, eine rote Kugel hängt am Himmel, allmählich kommen ein paar Autos in Schwung. Es ist toll, aber nichts für Fotos, außer man hätte eine mega Blende. Nein, das müsste man filmen. Im Herbst soll es ein Filmseminar an der Uni geben, bei dem Sam mitmachen will.

»Hast du's denn schon mal versucht?«, frage ich Dörthe.

»Nee.« Sie lächelt. Ihr Gesicht verschwimmt, leuchtet rot. Das ist nicht die Sonne. Das kommt von innen.

Ich muss lachen. »Woher weißt du's dann?«

Sie zieht am Joint, legt den Kopf in den Nacken. Ich tue es ihr gleich. Da oben ist noch mehr Rot zu sehen. Aber man weiß ja, dass das nicht lange hält. »Na ja, geknutscht hab ich schon mal«, sagt sie und legt den Kopf auf meine Schulter. Nein, ich will sie ganz sicher nicht küssen. So meint sie's auch garantiert nicht. Sie reicht mir den Joint zurück.

»Das zählt nicht«, sage ich. Wir lachen.

Sie haut sich auf die Schenkel. »Okay. Dann bin ich eben hetero.«

Ich ziehe einen Mundwinkel runter, runzle die Stirn. »Wie öde«, sage ich verächtlich, und sie lacht noch lauter.

»Meinst du echt?«, fragt sie.

Ich weiß auch nicht. Ich bin bekifft, und getrunken habe ich auch. »Nur ein Scherz«, sage ich also. »Hey, du fandest ›Cowgirl‹ richtig gut, oder was?«

Dörthe nimmt sich zusammen, hört auf zu lachen, versucht, ernst zu sein. »Gut, ja. Und vor allem ganz schön romantisch. Also, entschuldige, aber ich verstehe nicht, dass du dich nicht mehr darüber freust. Oder freust du dich heimlich?«

Ich mache den Joint aus, reibe mir die Hände; langsam wird's mir zu kalt hier oben. »Es geht nicht um mich.«

Sie schiebt ihre Hände in die Ärmel ihrer Jacke. Auch 'ne Möglichkeit. Das Rot am Himmel verblasst schon wieder. »Um wen denn sonst?«, fragt sie ratlos.

In meinem Bauch ist es noch warm, der Joint glüht nach. »Um sie selbst«, erkläre ich.

»Okay«, meint Dörthe und runzelt die Stirn.

Ich muss lachen, weil es wahrscheinlich schwierig nachzuvollziehen ist, vielleicht zu schwierig, und weil ich traurig bin. »Weißt du, wann wir das letzte Mal Sex hatten?«, frage ich sie.

Sie schüttelt den Kopf.

»Vor zwei Wochen. Seitdem ist sie mit diesem Scheißkonzert und diesem Scheißsong beschäftigt. Was kann ich mir davon, bitte schön, kaufen?« Ich überlege, ob ich hüpfen soll, zum Aufwärmen, aber es kommt mir riskant vor. Überhaupt ist es riskant hier. Das Dach ist nur ganz kurz gerade, dann geht es runter. Andererseits: Wenn man sich vorstellt, hier zu schlafen ... Das wäre schon der Hammer.

»Hm.« Sie überlegt. »Ich schätze mal, Sex haben kann jeder. Einen Song bekommt man nicht so oft. Vielleicht hat das eben seinen Preis.«

Unten hupt jemand empört, dabei müsste im Moment wohl genug Platz auf den Straßen sein. Ich schüttele den Kopf, und ich glaube, ich grinse, ein albernes bekifftes Grinsen. »Ich bin die Muse, oder was?«

»Keine Ahnung, Mel. Wenn du mich fragst: Du suchst doch nur das Haar in der Suppe.«

Ich versuche, sie zu fixieren, ihr in die Augen zu sehen, das ist gar nicht so einfach. »Aha.«

Sie sieht irgendwie verträumt aus. Jünger als sonst. »Ja«, meint sie.

»Kapier ich nicht. Wie meinst du das?«

»Tja, ich meine: Du hast doch nur Panik. Weil sie nicht treu ist und nur halb lesbisch. Weil das mit Mona erst so kurz vorbei ist. Was weiß ich. Aber das ist alles Quatsch: Sie steht auf dich. Aber so was von. Genieß es doch einfach!«

Es ist wirklich zu kalt hier, der rote Ball ist abgeschossen, und mir ist schwindelig. Ich glaube, ich muss ins Bett. Zum Glück steht Dörthe als Erste auf, reicht mir die Hand, und dann wanken wir beide die Leiter hinunter, danach Treppen, vorbei an dem Graffito: *Eine Revolution, bei der man nicht tanzen kann, ist keine.*

Als wir versuchen, die Wohnungstür aufzuschließen, bekommen wir einen Kicherflash. Und schaffen es schließlich doch, mit vereinten Kräften. Sams Tür ist offen. Die ist noch mit der Band unterwegs. Ich krieche richtiggehend in mein Zimmer und beschließe, heute die Matratze auf dem Boden zu benutzen.

# KAPITEL 7

*Sammy*

Wir sitzen in einer riesigen Küche, genauer gesagt in deren Sitzecke, die aus drei Sofas besteht und mit gebatikten Tüchern vom Rest des Raumes abgeschirmt ist. Wie in einem Zelt kommt man sich hier vor. Eingehüllt in einen leicht süßlichen Rausch, dämmere ich vor mich hin. Eileen ist inzwischen wieder schlank, beinahe dürr, zumindest aber noch dünner als Mel und auch dünner als früher. Ich kann mir gar nicht mehr vorstellen, dass Crystal einmal in ihrem Bauch gelebt hat. Jetzt spielt sie, im selben Raum, aber außer Sichtweite, mit einem anderen Mädchen aus dem besetzten Haus, einem ehemaligen Fabrikgebäude in Hackney. Annie ist nur ein paar Monate jünger als Crystal, und Eileen meint immer wieder, das sei ein absoluter Glücksfall. Wer die Väter sind, ist nicht bekannt. Gerüchte besagen, es sei derselbe, und zwar einer, der hier nur ein halbes Jahr wohnte, um dann spurlos zu verschwinden. Ich habe nie nachgefragt. Allerdings hat Eileen mir verraten, dass Crystal hier in der Küche, unter den Batiktüchern gezeugt wurde. Seitdem erscheint es mir immer ein wenig anrüchig, dort zu sitzen.

Eileen schließt die Augen, um sich ganz auf die Musik zu konzentrieren, meine Musik. Ich habe ihr als Gastgeschenk

*Eat up* mitgebracht. Ich spähe zwischen zwei Tüchern hinaus nach den Mädchen. Sie verarzten ihre Puppen und giggeln dabei.

»Super«, sagt Eileen hinter mir. »Unglaublich. Ich meine, diese volle Stimme hattest du schon immer, diese Wut, diese Schärfe. Aber woher kommt die Sanftheit, Sam?«

Ich schaue zu, wie Crystal den linken Arm der blondgelockten Puppe verbindet. »Man nennt es Liebe«, sage ich lachend.

Sie rückt näher an mich heran. Ihre Augen sind ganz glasig. »Und wer ist der Glückliche?«

»Sie«, sage ich. »Meine Mitbewohnerin.«

»Mitbewohnerin? O Sammy, seit wann? Das hält nicht lange, könnte ich wetten. Ich hatte mit jedem hier schon was, glaub's mir. Nicht dass ich es bereue. Aber weißt du, die Nähe, die Gewohnheit, das trügt – wir sind alle mal einsam. Das heißt nichts.«

»Doch, das heißt so viel, dass ich es selbst nicht glauben kann«, sage ich, während wir »Why Work?« hören.

»Das ist meine alte Sammy.« Eileen wippt mit und lächelt.

»Es ist auch ein altes Lied«, sage ich. Ein paar Takte lang ist es still. Fast könnte ich mich in dem Glauben wiegen, dass wir auf derselben Wolke schweben, aber noch geht der Rausch nicht weit genug. Ich behalte lieber die Kontrolle.

»Also bist du dabei geblieben«, fährt sie schließlich fort.

Ich frage mich, ob sie noch weiß, was sie sagt. »Wobei?«, frage ich.

»Na, bei den Frauen.«

Ich schweige. Ich weiß, an wen sie denkt.

»Weißt du, dass Phyllis zurück zu ihren Eltern nach Brighton gezogen ist?«, fragt sie, und plötzlich wirkt sie klarer.

Ich reiße meinen Blick von den Mädchen los und sehe sie an. »Warum denn das?«

»Ich weiß nicht genau.« Eileen fängt an, einen weiteren Joint vorzubereiten. Ich schüttele den Kopf. Sie zuckt die Schultern und bröselt weiter. »Ich will dir ja nicht zu nahe treten, aber für sie war das mit dir nicht gut«, sagt sie. »Ich meine, sie hatte einen Nervenzusammenbruch oder so was, nachdem du das letzte Mal da warst. Also nicht dass ich jetzt meine, du bist schuld oder so. Die hat auch – ich glaube, sie hat nicht nur gekifft, und auch das Kiffen ...« Sie grinst.

»Verträgt nicht jeder«, sage ich. Doch ich erinnere mich, dass es bei Phyllis um ganz andere Dinge ging. Sie hat Speed genommen und vor allem gern gekokst, hat mich ausgelacht, weil ich nicht experimentierfreudiger war. Außer Zigaretten und Joints habe ich ja nichts probiert. Womöglich sind wir sogar im Bett gelandet, um die Kluft, die sich da kulturell zwischen uns auftat, wieder zu kitten. Das ging wohl schief. »Du bist so was von Achtziger«, hat sie letzten Sommer zu mir gesagt, »dabei bist du doch jünger als ich.«

»Jedenfalls war es eben direkt nachdem du wieder gefahren bist. Irgendwie hat sie das aus der Bahn geworfen.«

Ich schenke mir von dem Yogi-Tee ein, der auf einem Stövchen auf dem Tisch steht. Noch lieber hätte ich ein Glas Orangensaft. Ich muss dringend mal wieder raus. Ich könnte einkaufen. Gerade streiten sich die Mädchen darum, wer den nächsten Verband anlegen darf, diesmal am Bein der schwarzhaarigen Puppe.

»Und was macht sie in Brighton?«, frage ich weiter.

Eileen zieht genüsslich an ihrem Joint. »Du, keine Ahnung.«

»Du bist ja eine tolle Freundin«, rutscht es mir heraus. Diese Kifferei kann die Leute so gleichgültig und egozentrisch machen.

»Warum hast *du* sie nicht angerufen?« Eileen grinst vor sich hin, die Augen halb geschlossen.

Ich stehe auf, um nach den Mädchen zu gucken. Sowieso hatte ich vor, Crystal näher kennenzulernen. Das letzte Mal, als ich hier war, war ich vor allem mit diversen Partys und mit Phyllis beschäftigt, da kam sie eindeutig zu kurz. Ich hatte mir geschworen, dass ich diesmal eine gute Tante bin. Darf ich vorstellen? Tante Sam!

»Hey, was ist denn hier los?«, frage ich.

»Dolly hat sich das Bein gebrochen«, erklärt Crystal. »Und ich bin der Arzt, Kim ist nur die Krankenschwester. Was macht ihr? Du stinkst.« Sie rümpft die Nase.

Ich streiche ihr über das Haar und hänge mich unter den Wasserhahn. »Sorry«, sage ich und öffne das Fenster über dem Herd. Die Sonne scheint. Spätestens in einer Stunde bin ich draußen, schwöre ich mir. Und gucke Richtung Zelt, aber da bewegt sich nichts mehr. Wenn ich mit den Mädchen spiele, kann Eileen noch in Ruhe eine Runde schlafen.

Es waren zwei benebelte Tage, unterbrochen von Spaziergängen, die ich alleine unternahm, und vor allem war Eileen wahnsinnig sentimental. So hingen wir rum und plauderten viel darüber, wie's früher war. In meinem letzten Jahr in London verbrachte ich mehr Zeit in diesem Haus als bei meinen Eltern. Auf den Spaziergängen habe ich derweil heimlich mit Tarun telefoniert, dessen Eltern mir seine Nummer gegeben haben. Das ist schon fast konspirativ; dem kann ich durchaus etwas abgewinnen. In einer Stunde sind wir verabredet, aber ich habe mich schon frühzeitig aufgemacht, um mir die City anzusehen, wo sich die bösen Banker platziert haben. Ich sehe mir gern fremde Welten an, und wie ich durch die Straßen laufe, denke ich, wie so oft, an Mel. Ich überlege, was sie hier wohl fotografieren würde: die Wolkenkratzer oder die alten Häuser? Vermutlich am besten beides nebeneinander, die Gegensätze. Vor allem aber die Menschen, die hier aus allen Teilen der Welt zu stammen scheinen, vereint durch Kostümchen und Anzüge, Aktenkoffer und akkurate Frisuren.

Wir sind vor einem Real-Ale-Pub verabredet, und ich bin zu früh dran. Als ich gerade überlege, ob ich schon hineingehen soll, klopft mir jemand auf die Schulter: Ich drehe mich um, und vor mir steht Tarun. Er ist einer der wenigen von früher, mit denen Nico immer noch befreundet war. Und ich hatte vor langer Zeit eine Affäre mit ihm. Mir war damals so, als hätte zwischen den beiden eine erotisch angehauchte Atmosphäre geherrscht, was es für mich noch spannender machte, weshalb es andererseits aber womöglich nur von kurzer Dauer war: Ich wollte mich dann doch nicht zwischen die beiden stellen.

»Hi, Sam, willkommen in meiner Welt«, sagt er strahlend, frisch, und ich hoffe, dass ich nicht zu blass und verbraucht aussehe. Zu Hause werde ich eine Kiff-Pause von mindestens zwei Wochen einlegen.

Wir umarmen uns. Es verbinden sich Krawatte, Anzug und Aktenkoffer mit meiner verratzten Jeans, einem zu großen Männerhemd, meinen geliebten Cowboystiefeln.

»Schön, dich zu sehen«, sage ich. »Lass uns reingehen, oder?«

Tarun mustert mich vollkommen ungehemmt von oben bis unten, und ich tue es ihm gleich. Plötzlich, unter seinem Blick fühle ich mich nicht mehr übermüdet oder blass, sondern nur noch lässig.

Taruns dunkle Locken sind nach hinten gegelt, der Anzug ist dunkelblau, das Hemd dazu in einem matten Gelb gehalten. Passend zu den Socken. Bei Tarun stimmt jedes Detail. Das war schon immer so, auch wenn sein Stil damals natürlich ein anderer war. Aber dieses gepflegte Auftreten hatte er schon, als er in dem besetzten Haus wohnte, und es war eines der Dinge, die mich beeindruckt haben. Doch am besten gefielen mir seine langen, schmalen Finger. Er trägt einen Siegelring an der linken Hand – vielleicht ein Erbstück?

Tarun war umstritten, lange bevor er zur anderen Seite wechselte und Investmentbanker wurde: Den Politmackern war er einfach zu wenig zupackend. Viel reden und nichts tun, war ihre Einschätzung, während einige Frauen munkelten, er wäre schwul, und ich glaube, das fanden sie enttäuschend.

Ich bestelle ausnahmsweise ein Guinness; in England kommt man ohne Alkohol kaum durch, und Guinness schmeckt ja tatsächlich auch gut. Tarun nimmt irgendein lokales Bier. Auch das war schon immer so, erinnere ich:

dass er kulinarisch höhere Ansprüche stellte als die anderen und man ihn deshalb für einen Snob hielt. Was das anging, befanden wir uns auf einer Wellenlänge. Tarun nimmt seine Krawatte ab und verstaut sie im Aktenkoffer. Er strahlt immer noch. »Und, wo wohnst du hier?«

»Bei Eileen. Du erinnerst dich?«

»Natürlich. Wohnt sie immer noch in demselben Haus?«

Ich nicke. »Klar.«

»Und sie haben es immer noch nicht renoviert.«

Ich lache, und er lacht mit, dreht sein Ale in der Hand hin und her. Er trinkt langsam, während er seine Salt-and-Vinegar-Chips knabbert. Natürlich raucht er nicht mehr, und so halte auch ich mich zurück.

»Und du?«, frage ich. »Wohnst du in einem schicken Ein-Zimmer-Apartment?«

Er grinst. »Wie hast du das nur erraten?«, fragt er.

»In welchem Stadtteil?«, frage ich weiter.

»Notting Hill«, sagt er. Auch das hätte ich mir denken können. Tarun ist Hedgefonds-Manager und passt also dorthin. Natürlich hassen ihn Leute wie Eileen. Die Squatter meinen alle, er habe sie verraten. Ich persönlich finde es schwer, etwas gegen ihn zu haben. Er ist einfach zu freundlich. Und im Vergleich zu einem Spitzel stellt ein Hedgefonds-Manager ja sowieso kein moralisches Problem dar.

»Du kannst es dir ja später ansehen«, schlägt Tarun vor und lächelt mich vorsichtig an.

Ich streiche ihm über den Arm und lächle zurück. »Wer weiß?«, meine ich. »Sag mal, hast du Nico in letzter Zeit gesehen?«

Er lächelt weiter, weicht aber ein Stückchen zurück. »Das letzte Mal kam er vor zwei Jahren vorbei, als er gerade neu nach Freiburg gezogen war. Habt ihr denn viel Kontakt? Als er hier war, hat er von dir erzählt.«

Es klingt eingeübt. Es gefällt mir nicht. »Ich hoffe, nur Gutes«, sage ich, während ich ihn wieder anfasse, diesmal an der Hand. »Und was habt ihr sonst noch beredet?«

Tarun grinst. »Auf jeden Fall hat er nur das Beste über dich erzählt. Zum Beispiel, dass du singst.«

Ich lege den Kopf schräg. Ich werde nicht schlau aus ihm und weiß nicht, ob ich die Karten auf den Tisch legen soll. »Ja, ich singe. Aber eigentlich wollte ich wissen, was er über sich erzählt hat.«

»Aber ich finde dich viel interessanter«, wendet er ein.

Ich gehe auf die Toilette, hole uns dann ein weiteres Bier. Als ich zurückkomme, stoßen wir an. »Auf unser Wiedersehen«, sagt er. Wir küssen uns auf die Wange.

»Okay, ehrlich«, meint er dann. »So viel gibt es von Nico nicht zu berichten. Irgendwie war er da politisch aktiv, rückte aber nicht damit raus, in welcher Sache. Er war doch immer schon so bisschen in Richtung Verschwörungstheorie unterwegs, oder nicht?« Er runzelt die Stirn. »Und eine Frau hat er – hatte er zumindest damals. Das wurde ja auch Zeit. Ich dachte schon, er wäre schwul, aber als ich es ausprobieren wollte, war er hell entsetzt.«

»Er wollte dich nicht küssen?«, frage ich und nehme wieder seine Hand.

»Nein, nicht mal das.« Tarun kommt näher. Er riecht gut, nach unaufdringlichem Parfum.

»Und du weißt wirklich nicht, was das für Politkram war?« Ich sehe ihm in die Augen.

»Ach, komm, Sammy. Das ist doch nicht interessant«, wehrt er ab. »Das Übliche eben. Erzähl mir lieber was von dir.«

Ja, er könnte genau derjenige sein, an den Nico sich wendet. Tarun verurteilt niemanden moralisch. Das hat er noch nie getan, obwohl er zeitweise sehr klare, radikal antikapitalistische Ansichten hatte. Dass die beiden irgendwie immer die netten Jungs von nebenan blieben, egal was sie gerade taten, hat sie verbunden. Wobei diese Freundlichkeit bei Nico oft etwas Berechnendes hatte, während sie bei Tarun natürlich wirkte, immer noch natürlich wirkt. Wenn Nico also nicht Tarun kontaktiert hat, wüsste ich nicht, wen sonst von früher, aus seinem alten Leben.

Die Squatter hier haben mich nicht auf die Spitzelgeschichte angesprochen, also wissen sie von nichts. Woher auch? Freiburg ist ja nicht gerade der Nabel der Welt. Wer weiß, vielleicht ist Nico ja gar nicht in England. Mir jedenfalls war nicht danach, sie einzuweihen. Er ist eben doch mein Bruder, und ich habe es ja in Hamburg erlebt: Es gibt immer ein paar Blöde, die dich in Sippenhaft nehmen.

Also erzähle ich Tarun, was ich lese, was ich für Musik mache, vom Heimweh und von Hamburg. Er hört zu und redet, über das Bier und wie die Stadt sich verändert, über San Francisco und New York. Tarun ist viel unterwegs, kulturell interessiert. Einen Teil seines Gewinns steckt er in Kunstwerke, von denen er glaubt, dass sie im Wert noch ungemein steigen werden. Und natürlich will er eine von meinen Platten haben. Warum ich denn keine mitgebracht habe, fragt er. Und zwischendrin berühren wir uns immer wieder.

Ich steige auf Saft um. Wir ziehen weiter in einen Club und tanzen. Auch das mag ich an ihm: dass er immer einer der ersten Männer auf der Tanzfläche war. Irgendwann tanzen wir zusammen.

»Du hast dich nur mit mir getroffen, um herauszufinden, ob ich was mit Nico zu tun habe, stimmt's?«, fragt Tarun durch den Lärm der Disco in mein Ohr.

Ich küsse ihn auf die Wange. Er dreht den Kopf zu mir, aber ich weiche ihm aus. »Gib doch endlich zu, dass du weißt, wo er ist!«, flüstere ich ihm zu.

Er schüttelt den Kopf. Ich küsse mich seinen Hals entlang.

Bis er mich an den Haaren zurückzieht und meint: »Was bekomme ich für Informationen über Nico?«

Ich boxe ihn in die Rippen, und er klappt theatralisch zusammen.

Nachdem seine Zunge in meinem Mund gelandet ist, wo sie sich seltsam anfühlt, meint er: »Okay. Doch, du hast recht. Du bist ja schließlich seine Schwester. Kurz nachdem er aufgeflogen ist, hat er mich besucht, und wir haben drei Abende geredet. Er hat mir erklärt, wie er zu dem Job kam und dass es ja für den Erhalt einer Demokratie nötig sei, alle Extremen im Zaum zu halten, egal ob links oder rechts. Dann ist er weitergezogen; wohin, hat er nicht gesagt. Ehrlich, Sam, was die Spinner von Linksradikalen so treiben, interessiert mich nicht besonders. Die Politik wird doch ganz woanders gemacht, nämlich hier.«

Er stützt seine Ellenbogen auf den Tresen und bestellt noch zwei Ale.

»Nein, ich nehme Orangenlimonade«, sage ich.

Aber wir küssen uns trotzdem noch einmal. Er ist dabei sehr gesittet, ein Gentleman. »Erzählst du mir morgen beim Frühstück, wie er zu diesem Job gekommen ist?«, frage ich. Er nickt nur, und wir reden noch ein bisschen. Wir trinken zügig. Es ist schon spät.

Und so gehe ich mit zu ihm nach Hause, ich weiß nicht warum. Auf dem breiten Bett küssen wir uns wieder. Aber wir sind müde. Letztendlich schlafen wir bald in voller Montur Arm in Arm ein.

*Mel*

Ich komme mit dem Kaffee herein. Tekla und Mona sitzen sich gegenüber. Ich habe mich damit abgefunden, dass das hier meine Rolle ist, solange ich in der Lehre bin. Aber bei Mona ist es schwierig. Da geht es doch gegen meinen Stolz.

»Das hier würden wir gern als Titel nehmen.« Tekla zeigt auf das Bild von Gerda, das ich vor dem Treffen noch vergrößert habe. Sie sitzt auf dem Ponton am Fischmarkt, ihrem Lieblingsplatz, die Ziehharmonika auf dem Schoß. Ihre Tüten um sich versammelt, singt sie »Junge, komm bald wieder«, leise und leidenschaftlich, schräg und schön; sie hat gar nicht gemerkt, wie ich abgedrückt habe, immer wieder, und von den zehn Bildern war eines perfekt. Das hier.

»Nein«, sagt Mona nur.

Tekla, eben noch freundlich, wie sie das Kundschaft gegenüber immer ist, verzieht das Gesicht. Sie hat es nicht gern, wenn man ihre Pläne durchkreuzt.

Auch ich verstehe nicht, was das soll. Es ist eines der besten Bilder in der Serie, daran gibt's nichts zu rütteln. »Warum nicht?«, frage ich.

»Weil sie es nicht will. Es ist ihr zu intim«, sagt Mona. Wir hatten schon ein Treffen. Auf diesem hier sollten eigentlich nur noch Feinheiten abgestimmt werden.

»Es ist an einem öffentlichen Ort aufgenommen, sie hatte zugestimmt, es ist stimmungsvoll, positiv, gestochen scharf. Wo ist das Problem?« Teklas Stirn liegt in tausend Falten.

»Sie hat ihre Zustimmung zurückgezogen. Es ist ihr Zuhause«, sagt Mona. »Sie hat kein anderes. In der Ausstellung ist es okay, in unseren Räumen, aber das geht nicht raus.«

»Sollten wir das nicht mit ihr persönlich klären?« Zwischen den beiden hat sich in kürzester Zeit eine Wolke aus Unmut aufgebauscht.

»Nein«, sagt Mona. Ihre Stimme ist wie immer: tief und ruhig, samten. Aber ich spüre auch ein Quäntchen Wut darin. Ich wette, sie kann Tekla nicht leiden. »Das ist zu anstrengend für sie.«

»Sie ist eine erwachsene Frau.« Tekla trommelt mit den Fingern auf den Tisch. Ich schenke ihr Kaffee nach. Mit einem Schuss Milch, ohne Zucker.

»Die zur Obdachlosigkeit dazu erhebliche psychische Probleme hat. Zum Beispiel Verfolgungswahn.« Mona sitzt ganz aufrecht, still, in Kampfpose. Dann steht sie auf. »Ich glaube, für heute reicht es«, sagt sie.

Tekla sammelt die Bilder ein und legt sie zurück in die Mappe. »Ihr wollt also nicht in die neue Obdachlosenzeitung?«, fragt sie.

Mona sieht ihr in die Augen. »Doch. Wenn ihr das Bild mit John, von hinten, in der Speicherstadt nehmt.«

Tekla verschließt die Mappe mit einer Schleife. »Aber wir brauchen ein Gesicht«, erklärt sie eisig.

Mona zuckt die Achseln. »Dann eben nicht. Die Porträts für die Ausstellung kann Mel uns vorbeibringen, oder?«

Tekla nickt, die Arme verschränkt, den Blick nun abgewandt, aus dem Fenster hinaus. Sie wirkt erschöpft.

»Wenn ihr wollt, zahlen wir«, sagt Mona. »Wir haben noch Geld für das Jubiläum im Topf.«

Tekla winkt den Vorschlag weg, Mona gleich mit, sie will jetzt allein sein. »Gib uns einfach als Sponsor an, das ist schon in Ordnung.«

»Okay.« Mona dreht sich um, sagt tschüs und rauscht hinaus, schließt aber die Tür sorgfältig, ohne dass es knallt. Auf so etwas legt sie Wert.

Tekla haut mit der Faust auf den Tisch. »Da hat man die besten Bilder. Mel, wirklich, hast du super gemacht. Und dann landen sie in der Schublade – einfach zum Kotzen.«

»Sie kommen doch in die Ausstellung«, tröste ich sie. Dabei geht es ja um meine Bilder, aber noch gehören sie eben nicht mir. Ich räume die Tassen vom Tisch und spüle sie ab.

Tekla schnaubt. »Im Obdachlosentreff! Mel, da sieht die doch keiner.«

»Immerhin ist es ihr Jubiläum«, gebe ich zu bedenken. »Da kommt auch Presse.«

»Aber nicht, dass Gerda dann doch noch in der Zeitung landet«, äfft Tekla Mona nach, droht mit dem Finger. Ich würde sie gern stoppen, aber ich weiß nicht wie.

Tekla steckt sich eine Zigarette an, hält mir die Schachtel hin. Wir rauchen schweigend und gehen noch mal die Bilder in der Mappe durch. Obenauf liegen die zehn besten Fotos aus der Obdachlosen-Serie. Ich habe sie an ihren Lieblingsorten fotografiert. Vorher hatte ich ein paar Nachmittage im Treff verbracht, um mit ihnen ins Gespräch zu kommen. Natürlich zusammen mit Mona, allein wäre das schwierig gewesen. Ich habe sie alle reden lassen, während ich fotografierte. Bis auf Gerda, die hat ja gesungen. Sie müssen etwas tun, etwas zeigen, während du sie ablichtest, sonst wird das nichts. Tekla hat mich machen lassen; sie hat bestimmt, wann wir loszogen, oft schon frühmorgens, hat mir die Lichtverhältnisse erklärt. Beim Entwickeln hat sie mir dann die Schwachstellen gezeigt. Die ganze Technik, Schärfeneinstellung, Zoom, immer wieder der Faktor Licht, ich bin noch ganz am Anfang.

»Weißt du was?«, unterbricht sie die Stille irgendwann. »Du hast für heute genug gearbeitet. Mach Feierabend. Du kannst ja unterwegs noch neue Filme und Batterien für uns kaufen; nimm dir das Geld aus der Schachtel. Morgen um zehn geht's weiter. Alles klar?«

Zum Abschied drückt sie mir die Schulter. »Das ist echt ein Jammer, weißt du?«, sagt sie. »Aber mit dir bin ich wirklich zufrieden, Mel. Du lernst fix. Das gefällt mir.«

Als ich vor die Tür trete, ist es wärmer als drinnen, ein richtiger Frühlingstag. Ich strecke das Gesicht in die Sonne, lockere den Schal, überlege, ob ich einen Umweg nach Hause nehmen soll, um runterzukommen.

Da sehe ich Mona, in der nächsten Hausnische, an die Mauer gelehnt. Sie lächelt mich vorsichtig an. »Hast du schon Feierabend?«, fragt sie.

»Ja«, sage ich.

Sie macht ein paar Schritte auf mich zu. »Und hast du etwas vor?«

Ich schüttele den Kopf.

»Hast du noch Lust auf einen Kaffee?«

In zwei Stunden hat sie Karate, wenn sich nichts geändert hat. Ist vielleicht ein ganz gutes Zeitfenster, denke ich und sage ja. Auch als ich die Fotos gemacht habe, waren wir mal auf ein Getränk um die Ecke. Es war gut, das Projekt mit ihr zu stemmen, versöhnlich. Wir schätzen uns ja immer noch, auf jeden Fall.

Sie hakt sich bei mir ein, wie alte Freundinnen. Das hat sie früher auch schon gemacht, und da fand ich es unsexy. Aber jetzt passt es irgendwie. »Lass uns zu den Jungs gehen«, meint sie. Das Café Gnosa ist für seinen Kuchen bekannt. Und für sein schwules Publikum. Lesben gibt es dort natürlich auch.

Wir quetschen uns durch den schlauchigen Eingangsbereich, an den Vitrinen vorbei, in denen die Torten stehen. Plötzlich habe ich unbändigen Hunger. Wir finden sogar noch einen Tisch – Glück gehabt. Hier war ich viel zu lange nicht mehr. Ich bestelle Mandarinentorte, Mona Linzer

Torte. Sie wirkt ganz entspannt. Genau genommen hat sie ja auch gewonnen.

»Was machen deine Umzugspläne?«, frage ich ins Blaue hinein.

Grinsend sieht sie mich an, offensichtlich erleichtert. »Die sind jetzt fix. Ich ziehe nächste Woche nach Ahrensburg«, sagt sie.

Ich krame in meiner Tasche nach dem Tabak. »*Was?*«

Sie lehnt sich zurück, fährt sich mit den Fingern durchs Haar, gelassen, selbstsicher, ungebrochen. Ich habe sie nicht zerstört. Vielleicht könnten wir wirklich Freundinnen werden.

»Ja. Das hatte ich doch erzählt.« Sie lächelt mich an, fast ein wenig anzüglich, aber das bilde ich mir sicher nur ein. »Hilfst du mir beim Umzug?«, fragt sie.

Ich fühle mich einigermaßen überrumpelt. »Äh, wann?«, sage ich schnell, suche den Tabak in der Arbeitstasche, ziehe ihn endlich heraus und stelle die Tasche zwischen meine Füße; jemand will sich an den Nebentisch setzen. Ja, Mona hatte von Ahrensburg gesprochen. Aber ich wusste nicht, dass es so konkret ist.

»Komm doch vorbei. Samstag ab zehn«, sagt sie. »Und was macht deine WG?« Das Wort »WG« spricht sie ironisch verzerrt.

Mein Herz klopft. Suzanna hat gesagt, Sam versucht es heute Nachmittag noch mal. Bisher hat sie mich noch gar nicht am Telefon erwischt. »Sie ist gerade in England.« Ich gucke Mona an. Ich weiß, dass ich rot werde, aber immerhin weiche ich ihrem Blick nicht aus. »Das meinst du doch, oder?«

Mona nickt gelassen. »Du kannst ja morgen ins Haus für Alle kommen, wenn du Lust hast. Wir sind da.« Ich sehe sie vor mir, Mona im Kreis ihrer Freundinnen, mit ärmellosem T-Shirt, damit man ihre Muskeln sieht. Die meisten sind eher noch älter als sie. »Überleg's dir«, schiebt sie hinterher. Dann schweigen wir eine Runde.

Der Kellner kommt und bringt die Getränke: Earl Grey für Mona und Kaffee für mich; die Torten hat er auch dabei. Ich esse und genieße.

»Diese Tekla ist ein harter Brocken«, meint Mona dann irgendwann. »Findest du nicht?«

»Sie ist eine super Lehrerin«, sage ich. »Sie hält nichts zurück, verstehst du?«

»Nein, was meinst du?« Sie sieht mich an, ein Fragezeichen auf der Stirn.

»Na, am Theater, da merkst du immer wieder, dass sich niemand in die Karten gucken lässt. Die können viel mehr, als sie zugeben. Die erklären nichts, und am Ende, wenn was schiefgeht, tun sie so, als hätten sie keine Zeit gehabt, dir das beizubringen. Ich habe mir alles nur abgeguckt, fast heimlich, so kam es mir vor. Aber Tekla frage ich. Ich frage ihr richtig Löcher in den Bauch. Wenn die Zeit da ist. Das merke ich ja. Wenn sie entspannt ist. Dann genießt die das richtig, jedes Detail zu erklären. Die will, dass ich so gut werde wie sie, verstehst du?«

Mona schiebt sich eine Gabel voll Linzer Torte in den Mund. Irgendwie macht mich das nervös. Ihre Lippen sind voller als die von Sam. Ich habe ihr immer gern beim Essen zugesehen.

»Ja, jetzt verstehe ich«, sagt sie. »Die zwei Sorten von Lehrenden kenne ich vom Karate-Training. Aber Tekla hat einfach kein Gespür für die Leute.«

»Das war mein Job, Mona. War doch so ausgemacht, dass ich die Leute kennenlerne und so.«

Mona trinkt einen Schluck Earl Gray. Er duftet zu mir herüber. »Ach komm, du weißt doch, was ich meine: Ihr sind die Leute vollkommen egal. Und du machst die Bilder, um die Leute kennenzulernen. Das ist ein riesiger Unterschied.«

Sie lächelt mich an, und das Lächeln umarmt mich. Ich wende mich meiner Torte zu, und an den Rest erinnere ich mich kaum noch. Nur dass es irgendwann Zeit war zu gehen. Und Mona zum Training musste. Für Sams Anruf ist es jetzt womöglich schon zu spät. Ich meine, Sam hat gesagt, es kann sein, dass sie zwei Wochen gar nicht anruft. Was erwartet sie dann? Sie macht ja auch, was sie will. Wer weiß, wen sie in England trifft, womöglich irgendwelche Jungs von früher, da kann ich sowieso nichts machen. Ich verabschiede mich von Mona mit einem Kuss auf die Wange – das hat sich inzwischen so eingebürgert –, hole mein Rad beim Atelier ab und fahre langsam nach Hause.

*Sammy*

Krächzend schwebt eine Möwe ins Grau, fliegt weiter über das Meer hinaus, um dort endlich in einen schmalen Sonnenstrahl zu geraten. Langsam klart es auf. Hinter mir höre ich jemanden atmen; eine Joggerin läuft die Promenade entlang. Ob Mel auch gerade durch den Wohlerspark rennt? Es schmerzt, an sie zu denken. Das fängt im Bauch an und zieht dann die Luftröhre hinauf, bis sich der Hals verengt. So etwas habe ich noch nie erlebt. Heute Nachmittag werde ich wieder versuchen, sie zu erreichen, auch wenn ich Suzanna und Dörthe womöglich schon auf die Nerven gehe. Ihre Stimme fehlt mir, ihr Lachen und noch vieles mehr. Ich setze meine Mütze ab und lasse mir den Wind durch die Haare streichen, laufe weiter Richtung Pier. Was macht Mel nur die ganze Zeit? Sie ist nie zu Hause.

Nach einer Woche London habe ich mich für zwei Nächte in einem Hostel in Brighton einquartiert. Ich liebe diesen Ort, und auch hier will ich jemanden suchen – das scheint gerade meine Aufgabe zu sein. Vielleicht sollte ich eine Detektei eröffnen. Gestern Abend bin ich mit dem Bus angekommen, habe mir zuallererst an der Strandpromenade Fish and Chips in Zeitungspapier geholt, die vor Essig trieften. Später habe ich beim Fernsehen im Gemeinschaftsraum noch ein paar Frauen aus L. A. kennengelernt, nichts Besonderes; ich war früh im Bett, um noch Ursula K. Le Guin zu lesen – *The Dispossessed*, »Planet der Habenichtse«, Lektüre für das Seminar zu utopischer Literatur.

So musste ich mir dann auch keinen Wecker stellen, obwohl ich die halbe Nacht über immer wieder von Mädchen geweckt wurde, die in ihre Betten über und neben mir kletterten. Ich kam mir alt vor, wie ich sie kichern hörte. Sie waren höchstens siebzehn, schätzungsweise irgendwo aus der nordenglischen Provinz. Seit sechs bin ich wach, und um sieben stand ich bereits vor dem Haus von Phyllis' Eltern, das ganz oben am Hang liegt und von dem aus man eine gigantische Aussicht haben muss. Das würde auch meinen Eltern gefallen. Zwei Häuser weiter bezog ich Stellung, hinter eine Mauer geduckt. Mein Nacken war schon ganz steif vom Hochlinsen, als Phyllis endlich herauskam, in Jeans und Doc Martens. Eine Sonnenbrille trug sie auch; mit gesenktem Blick ging sie hinter ihrem Vater her, der Anzug und Krawatte trug, also offenbar auf dem Weg zur Arbeit war. Die wilde Phyllis wartete an der Einfahrt, bis er das Auto aus der Garage geholt hatte. Dabei starrte sie gleichgültig zu Boden.

Es fiel mir schwer, nicht zu ihr zu laufen, sie in die Arme zu nehmen, sie zu schütteln und zu sagen: »Komm mit!« Aber mir war vollkommen klar, dass es letztendlich egoistisch gewesen wäre, denn egal, wohin er sie fuhr: Sie wird ihre Routine haben, und ich habe mir sagen lassen, das sei das Wichtigste, wenn man am Rand steht, kurz vor dem Fall. Träge, verlangsamt öffnete sie die Beifahrertür und stieg ein. Ich hatte meinen Kopf gefährlich weit über die Mauer gestreckt, aber sie sahen nicht in meine Richtung, sondern fuhren einfach davon. Enttäuscht ließen sie mich zurück, ohne dass ich hätte sagen können, was ich erwartet hatte.

Nüchtern und gesund sah Phyllis jedenfalls nicht aus. Ich drehte mir eine Zigarette und nahm mir nochmals vor, in den nächsten Wochen nicht mehr zu kiffen. Dieser Nebel, in dem ich bei Eileen zeitweise geschwommen war, gefiel mir nicht wirklich. So erlebt man nicht viel außerhalb der eigenen kleinen Welt, auch wenn die sich mystisch zu weiten scheint. Allerdings halte ich persönlich überhaupt nichts von mystischer Weitung. Die wirkliche Herausforderung liegt ja in der Realität.

Und dann bin ich zum Meer hinuntergelaufen; jetzt bin ich hier. Vorne rechts gehen zwei ins Wasser, eine dicke alte Frau und ein hagerer Mann mit schlohweißen Haaren. Langsam laufen sie nebeneinander über den Kies, zwischen ihnen ein breiter Streifen Strand, und werfen sich immer wieder ein Lächeln zu. Als ihnen das Wasser bis zur Hüfte reicht, bleiben sie stehen. Sie rufen sich etwas zu; der Wind trägt die Worte davon. Sie taucht als Erste in die Wellen.

Das ist es, was ich will, denke ich und schlinge meine Arme um die Knie: Mel immer noch lieben, wenn wir alt und faltig sind. Zusammen kleine Abenteuer erleben. Ob ich dann dick sein werde? Ich lege den Kopf auf die Knie, spüre den salzigen Wind und schließe die Augen. Und ich stelle mir vor, wie Mel mich küsst. Es fühlt sich an, als wäre das viel zu lange her. Dabei bin ich erst eine gute Woche weg. Was ist nur mit mir los? Als die Tränen endlich fließen, bin ich richtiggehend erleichtert. Außerdem brauche ich dringend etwas zu essen.

*Mel*

Ich habe keine Ahnung, wie das jetzt passiert ist. Erst als Mona ihre Sonnenbrille aufsetzt und den Motor startet, der tief brummt, wird mir klar, dass niemand mehr einsteigen wird. Zu zweit sitzen wir in dem großen Umzugswagen, die anderen sechs haben sich auf zwei Pkw verteilt.

Es riecht nach Benzin und nach Monas Schweiß. Wir haben ihre Wohnung ausgeräumt, jetzt geht es nach Ahrensburg. Zuerst dachte ich, ich fahre gar nicht mit. Aber Sam ist immer noch in England. Und neugierig war ich doch. Mona hat die Ärmel hochgekrempelt, ein blau-rotes Karohemd. Ihre Arme werden immer muskulöser.

»Na, wann machst du den nächsten Gurt?«, frage ich.

Sie schaut auf die Ampel, die gerade auf Gelb springt. Vor uns fährt der Golf ihrer Exfreundin, sie sind zu viert im Auto.

»Im Oktober«, sagt sie. »Endlich ein brauner!«

»Gibt es in Ahrensburg einen Verein?«

Sie gibt Gas. Ich sehe noch, wie die Ampel rot wird. »Das weiß ich ehrlich gesagt gar nicht. Erst einmal bleibe ich bei meinem alten Dojo. Zum Arbeiten bin ich doch sowieso fast jeden Tag in Hamburg.«

»Dann fährst du immer mit dem Auto?«

Sie nickt, schenkt mir ein Lächeln, schaut dann wieder geradeaus. »Das macht mir nichts aus. Du weißt doch, dass ich gern fahre.«

Mir rauschen die Bilder durch den Kopf, von den Fahrten nach Kiel, Flensburg, Dänemark, auf den Darß. Wie ich immer aus dem Fenster der Fahrerseite sah, sich die Bilder der Landschaft mit ihrem Profil vermischten. Meistens habe ich die Musik ausgesucht, Mona war das relativ egal. Wie sie das Auto sanft rollen lässt – jetzt wird sie langsamer, bis zur nächsten Kurve. Dann schaltet sie wieder hoch in den dritten Gang, lässt das dicke Auto langsam kommen. Der Motor vibriert – das ist besser als im normalen Auto –, super Aussicht. Mir ist es recht, wenn es nicht so schnell geht. Aber ich weiß, dass Mona das anders sieht. Sie hat schon ein paar Punkte in Flensburg gesammelt. Fast hätte ich ihr eine Hand auf den Schenkel gelegt. Sie hat eine uralte Jeans an.

Ich rufe mich zur Vernunft. »Und – kein Abschiedsschmerz?«, versuche ich es.

Sie hält das Tempo, es geht jetzt geradeaus. Ich kurbele das Fenster herunter.

»Ich bin froh, wenn ich nicht mehr allein wohne, das kannst du mir glauben.« Eine Spur von Vorwurf schwingt mit.

Ich lege meinen Arm in das offene Fenster, schaue hinaus. »Ich weiß«, sage ich leise.

Sie macht das Radio an. Nachrichtensender, Verkehrsmeldungen.

»Es ist schon okay, Mel.« Kurz legt sie ihre Hand auf mein Bein, zieht sie aber wieder weg, ehe ich mich versteifen kann. »Nicht wegen dir. Alleinwohnen ist nichts für mich. Aber es ist gut, dass ich es einmal ausprobiert habe.«

Im Nachhinein betrachtet, sah ihre Wohnung wirklich immer ein bisschen traurig aus. Als habe sich das Warten nicht gelohnt, darauf, dass sie sich richtig einrichten und dass darin etwas passieren würde, nicht nur bei vereinzelten Festen oder wenn Besuch kam, sondern jeden Tag. Vielleicht war mir das zu viel: dass ich immer dachte, ich müsste die ganze Wohnung füllen.

»Aber du warst doch ständig in der Stadt«, meine ich. »Oder eben draußen, am Wochenende.«

Sie nickt. »Weil ich allein in der Wohnung keine Ruhe gefunden habe. Ich hoffe einfach, dass ich da draußen Ruhe finde«, sagt sie. Ich denke an meine WG, das Gewusel da, mit Dörthe bin ich morgen zum Kochen verabredet. Irgendwie ist es entspannter, seit Sam auf Tour ist. Bald kommt sie zurück. Aber so oder so: Meine Ruhe habe ich dort nicht wirklich. Wozu auch? Ich habe nie darüber nachgedacht, woanders zu wohnen als in einer WG in der Stadt. Und jetzt mit Sam. Ich glaube, sie ist gerade in Brighton.

»Na, du bist ja auch so aufgewachsen«, sage ich, eher um etwas zu sagen, als dass ich es wichtig fände. Das Landleben ist für mich der Horror geblieben. Und auch eine Wohnung allein hat mich nie gereizt. Aber wie wir durch eine Birkenallee fahren, vor uns das platte Land, stelle ich mir auf einmal eine leere Wohnung vor, die meine ist. Und die Vorstellung gefällt mir.

»Ja«, sagt Mona. »Ich habe es immer gemocht und ich habe es auch vermisst. Dir wird es zu ruhig sein.«

Doch, ruhig wäre gut, denke ich weiter. »Nein, ich bin gespannt«, sage ich, bemüht fröhlich. Wir sollten nicht allein unterwegs sein. Mona sollte nicht so nett zu mir sein. Und Sam hat mich immer noch nicht am Telefon erreicht.

Mona fasst sich ein Herz. »Mel?«

Meines klopft zu schnell. Ich erinnere mich daran, wie ich mal gesagt habe: Ich lasse mich so gern von dir durch die Gegend fahren. Und wie Mona auf einem Waldparkplatz hielt. »Hm«, murmele ich leise.

»Weißt du, mir ist egal, ob du mit Sam zusammen bist. Wenn du willst, kannst du gern noch länger als die anderen bleiben«, sagt sie, schaut weiter stur auf die Straße, nimmt eine scharfe Kurve.

»Ich weiß«, antworte ich. Und nach einer kurzen Pause: »Danke.«

»Heißt das ja oder nein?«, fragt sie.

Ich schaue aus dem Fenster. Ein paar Wolken ziehen am Himmel vorbei. »Ich weiß nicht«, sage ich.

»Aber ich muss es wissen«, meint Mona. »Also, ich kann mit beidem leben. Nur warten will ich nicht, das ist mir zu albern.«

Sie schaltet einen Gang runter. Wir fahren durch ein Dorf. Am Straßenrand blühen Kirschbäume. Ich denke an Harald und seine Theorie, dass es nicht aufhört. Und ich spüre Monas Nähe, ihre Wärme, die mich einfängt. Ich denke an das Haus für Alle. Auch da waren wir schon kurz davor, ich bin gerade noch rechtzeitig gegangen. Dabei habe ich Sam nichts versprochen. Sie will ja selbst nichts versprechen. »Okay«, sage ich also. »Aber ich fahre nach dem Frühstück.«

»Klar.« Unwillkürlich legt Mona einen Zahn zu. Im Auto vor uns dreht sich Monas Ex um, die mit ihrer Freundin zusammen hilft. Fragend zeigt sie nach rechts, wir kommen an eine Kreuzung. Mona nickt. Die Haare an ihrem Unterarm haben sich aufgestellt. Sie ist also aufgeregt. Was hat sie vor? Mir ist ein bisschen schwindlig. Ich frage mich, ob ich ein schlechter Mensch bin, aber vor allem freue ich mich. Und wundere mich über mich selbst.

Gestern habe ich das PJ-Harvey-Konzert im Dome besucht. Natürlich habe ich Ausschau nach Phyllis gehalten. Schließlich war sie diejenige, die mir PJ Harvey das erste Mal vorgespielt hat. Aber ich konnte sie nirgends entdecken. Also tanzte ich alleine, ziemlich weit vorne, sah mir PJ an, ihren riesigen Mund und die geschwungenen Augenbrauen. Es war mein letzter Abend hier. Meine Mission habe ich also nicht erfüllt: Ich habe nicht mit Phyllis geredet. Aber trotzdem war es ein schöner Abstecher. Es hat mir gefehlt, allein zu sein. Auf das offene Wasser zu schauen, Musik auf dem Walkman zu hören, die Gedanken fließen zu lassen, den Wellen zu lauschen, über den Kiesstrand von Brighton zu laufen. Auch wenn es kein wirklicher Ersatz ist, sollte ich häufiger an die Elbe gehen. Ein neues Lied ist in meinem Kopf: »The Sea and Me«.

Ich habe die Fahrkarte gekauft und warte auf den Bus. Aus Angst, ihn zu verpassen, bin ich wie immer zu früh dran, aber das schadet ja nichts. Hier sind viele interessante Leute unterwegs. Nun ist mein Urlaub bald vorbei. Bis London sind es zwei Stunden; dort treffe ich mich noch mit Tarun zum Lunch. Und dann fahre ich mit der Fähre zurück nach Hause. Zu Garlick, zu Mel, zu unserer WG, unserer kleinen Familie. Meine Uni, ihre Fotos. Als ich die Frau, die ich liebe, gestern endlich erreicht habe, hat sie von nichts anderem als von ihren Fotos gesprochen.

Ich setze den Rucksack ab und stelle ihn zwischen meine Beine. Routiniert taste ich nach dem Hüftgurt, in dem sich mein Geldbeutel, mein Pass und die Tickets befinden. Als ich wieder hochschaue, schweift mein Blick über den Bahnhof, bis ans andere Ende. Fast wäre ich automatisch losgerannt, auf sie zu, aber ich halte mich zurück. Wenn ich sie nicht vorgestern schon gesehen hätte, hätte ich sie vielleicht gar nicht erkannt. Sie hat wirklich abgenommen, und wieder trägt sie diese alberne Sonnenbrille, obwohl es heute sogar regnet, ein sanfter Nieselregen, und von der Sonne ist weit und breit nichts zu sehen. Phyllis schnorrt einen Mann an, der gerade in den Bus nach Edinburgh steigen will. Während er sie unwirsch abweist, starre ich zu ihr hinüber. Als sie aufblickt, setze ich ein Lächeln auf, das wenig überzeugend sein wird.

»Hallo«, sage ich, viel zu leise, als dass sie es hören könnte. Sie schaut mich ungläubig an, und schließlich winke ich, aber sie steht einfach nur da. Reflexartig greife ich in meine Jackentasche und hole den Tabak heraus. Phyllis schaut inzwischen auf den Boden, und ehe ich mich's versehe, verschwindet sie flink um die Ecke, aus meinem Sichtfeld hinaus. Ich lasse sie ziehen, denn nichts anderes will sie offenbar.

Als der Bus kommt, bin ich beinahe erleichtert. Nun ist klar, was zu tun ist: Ich mache die Banderole, die mir der Busfahrer gibt, an meinem Rucksack fest, verstaue ihn in dem Gepäckfach unten im Bus, zeige mein Ticket und steige ein. Der Bus ist nur halb voll – es ist ja ein ganz normaler Wochentag –, und ich finde einen Platz am Fenster. Die Bank habe ich ganz für mich allein, und ich höre Patti Smith. Solange wir noch durch Brighton fahren, schweifen meine

Blicke durch das Straßengewirr. Aber natürlich ist Phyllis nirgendwo zu sehen.

Langsam werden die weißen Felsen immer kleiner, während der Nieselregen in Perlen auf meiner Jacke hängen bleibt. Es stinkt nach Diesel, und hinter uns ziehen wir einen Schweif an Wasserschaum her. Neben mir stehen noch ein paar andere an der Reling, aber sobald Dover nicht mehr zu sehen ist, werden sie verschwinden. Drinnen ruft ein Buffet, oder man kann sich den Alleinunterhalter ansehen und sich noch ein bisschen gemeinsam mit Fremden langweilen. Gesprächsthemen gibt es zuhauf, beispielsweise die schlechte Qualität des Essens. Aber am schönsten ist es, später unten im Bug in einer der Kabinen zu verschwinden – wenn man das gebucht hat. Ich habe nur einen Sessel, meinen Parka und den Boden. Vermutlich werde ich jedoch selbst den kaum nutzen. Eine Fährfahrt ist viel zu schön, um sie mit Schlaf zu verschwenden, zumal der heute sowieso meilenweit entfernt ist. Dafür ist einfach zu viel passiert. Ich bleibe lieber hier stehen und rauche.

Tarun, Phyllis, Crystal und Eileen spuken mir im Kopf herum, und hinter ihnen Nico. Heute sagte Tarun noch einmal, ich solle mir nicht so viele Sorgen um ihn machen. »Glaub mir, der sieht schon, wo er bleibt«, meinte er mit einem bitteren Unterton.

»Du meinst also, meine Mutter liegt vollkommen daneben?«, fragte ich.

»Damit, dass er eigentlich nichts dafür kann?« Er sah mich fragend an und nahm meinen Tabak.

»Nico liebt diese Spielchen. Schon immer.« Taruns Blick war vielsagend; dann fing er an zu drehen. Darin ist er nicht sonderlich geübt. Aber als er fertig war, zog er genüsslich an seiner Zigarette, auch wenn sie ihm ein bisschen krumm geraten war.

Ich fragte mich, was genau sein Blick mir sagen sollte, und kam nicht darauf. »Aber ihr seid immer noch Freunde?«

Er zuckte die Achseln. »Ich weiß es nicht. Ich schätze, er hat nicht mehr viel Auswahl.«

»Telefoniert ihr?«, fragte ich.

»Selten«, sagte Tarun. »Aber er macht jetzt irgendeine Fortbildung bei den Bullen.«

»Und – hat er eine neue Identität?«

»Das weiß ich nicht«, sagte Tarun.

Ich glaubte ihm. Sowieso hätte ich nicht die Zeit gehabt, ihm die Wahrheit aus der Nase zu ziehen, falls die anders lauten sollte, denn ich musste ja zum nächsten Bus, um nach Dover zu fahren.

Ich ziehe meine Kapuze über den Kopf und hole mein Sandwich aus der Tasche. Die Sandwiches und Crystal werden mir womöglich am meisten fehlen. Eileens Tochter hat einen irren Humor. Wahrscheinlich braucht man den auch, wenn man bei so verrückten Hippies aufwächst. Mit Eileen war es nicht ganz so leicht. Man schafft es einfach nicht, getränkt von der Sehnsucht, sich nah zu bleiben und es nett zu haben, Konflikte auszutragen, die es dringend auszutragen gäbe. Diese Kifferei war mir wirklich zu viel, auch in Anbetracht der Kinder, aber ich habe nichts gesagt. Ihre Andeutung, dass ich verantwortlich dafür wäre, dass

Phyllis so abgestürzt ist, fand ich unmöglich, hat mich richtig sauer gemacht. Und eigentlich hätte ich ihr gern von Nico erzählt, wenn da nicht die Angst gewesen wäre, dass sie mich deshalb verurteilen könnte. Vielleicht schreibe ich Eileen bald mal.

Die Leute auf den Klippen sind nur noch kleine Punkte. Immer wieder springen Selbstmörder dort hinunter, wie in *Quadrophenia*. Ich weiß nicht mehr, wie oft ich diesen Film gesehen habe. »Jungsfilm«, würde Mel wieder monieren.

Ich lächle, als ich ihre gerümpfte Nase vor mir sehe. Ich versuche, mir eine Zigarette anzustecken, was bei dem Wind gar nicht so einfach ist. Ich ziehe den Reißverschluss meines Parkas auf und tauche mit dem Kopf ein. Bis es mir endlich gelingt, habe ich fast das Futter versengt.

Morgen um die Zeit wird das alles weit weg sein. Morgen bin ich wieder bei Mel. Wenn sie denn da ist. Aber wo soll sie sonst sein? Jetzt habe ich in knapp zwei Wochen wirklich nur ein Mal mit ihr gesprochen. Und wenn ich morgen früh ankomme, wird sie wahrscheinlich schon bei der Arbeit sein, wo ich lieber nicht sofort anrufe. Sie ist manchmal ziemlich ruppig, wenn man sie dort stört, und das könnte ich jetzt nur schwer ertragen. Den neuen Job scheint sie noch ernster zu nehmen als das Theater. Für Mel ist die Arbeit ein Grundpfeiler ihrer Identität.

Nein, jetzt keine Musik hören, der Walkman bleibt in der Tasche; stattdessen hole ich mein Notizbuch heraus. Vor einem Jahr fand ich, dass Tagebuchschreiben etwas für Teenager ist, und habe damit aufgehört. Als es mit Mel losging, habe ich mir dann doch wieder eines gekauft. Aber es ist anders als früher, es ist eher ein Notizbuch. Das heißt, dass ich zum einen viel seltener hineinschreibe, und zum anderen tue ich es mit einem Stilwillen, als ob es irgendwann jemand lesen würde.

Langsam wird es dunkel. Vielleicht leiste ich mir nachher doch noch einen Kaffee. An der Reling ist es leer geworden, wusste ich es doch. Da steht nur noch ein einzelner Mann mit langen Haaren. Er raucht. Wahrscheinlich ist er einer von diesen Melancholikern, so wie ich. Ich grinse in mich hinein. Der Nieselregen hat nachgelassen. Sowieso hält mein Parka so ziemlich alles ab.

Ein Parka ist eigentlich kein Kleidungsstück, sondern ein Schlafsack, in dem man laufen kann, der alles Ungemütliche auf Abstand hält und einen gegen Wind und Wetter schützt. Ich schaue auf das Geländer und auf die Gischt dahinter, sehe den Möwen zu, die uns auf unserer Fahrt begleiten, und schreibe, bis am Ende ein Lied dasteht, mit vielen durchgestrichenen Passagen, mit Akkorden, mit dem Ansatz eines Basslaufs, aber da lässt sich Kim sowieso nicht reinreden. Das kann ich also gleich wieder streichen. Der Text ist meiner, der allein, und als ich durchgefroren hineingehe, um mir nun doch lieber ein Bier statt eines Kaffees oder womöglich gar eine heiße Suppe zu holen, steht er:

*The Sea and Me*

*On the strait*
*Between the past and today*
*Between old friends and new ones*

*I wonder*
*When I get home*
*Will you be there?*
*Dreams of someone*
*Who'll wait for me*
*While I'm the one*
*To sail along.*

*You said it wasn't fair*
*You said that song*
*Was not for you*
*But just about me.*

*So maybe you're right*
*And home is not you*
*Still*
*On the channel*
*Between the past and today*
*Between old friends and new ones*
*The one I long for is you.*

*But maybe you're right*
*It's not fair*
*And this song again*
*Is just*
*About the sea and me.*

## KAPITEL 8

*Mel*

Sam liegt neben mir, das Unterhemd hängt noch unter ihren Achseln. Frustriert zieht sie es runter, schlüpft in ihre Hose und knöpft sie energisch zu. Nein, es geht nicht. Wir haben uns fast zwei Wochen nicht gesehen, und es geht nicht. Das tut mir leid, aber ich kann es nicht ändern. Außerdem habe ich Hunger.

»Hey, ich bin wieder da«, sagt Sammy und streicht mir durch die Haare. »Hast du mich nicht vermisst?«

»Doch, natürlich.« Ich weiß, dass mein Lächeln schief ist. »Ich mache uns mal ein paar Sandwiches«, sage ich.

»Sandwiches.« Sie schüttelt ihre Locken, setzt sich auf. »Mel, sorry, aber du hast keine Ahnung, was Sandwiches sind. Hier bekommt man höchstens belegte Brote.«

Müde stehe ich auf, suche mein Hemd.

»Du musst mal mit mir nach England kommen.« Sie lächelt vorsichtig. »Warst du da überhaupt schon mal?«

Ich komme mir langweilig vor. Ich war wirklich noch nicht viel im Ausland, aber immerhin bin ich hier. Von Gummadingen nach Hamburg, das war meine größte Reise bisher. Ich ziehe mein Hemd über. »Nee.«

»Also, sorry, nichts gegen deine Brote. Aber wenn du mal in England Sandwiches gegessen hast …«

Ich rutsche zur Leiter, drehe mich noch einmal um und verdrehe die Augen. »Okay, okay. Ich mache uns Stullen. Bin gleich wieder da.«

In der Küche sitzt Suzanna mit einer Freundin, die ich nicht kenne. Sie bieten mir Nudeln an, aber die reichen sowieso nicht für alle. Ich schneide Brot ab. Die beiden sind schnell wieder mit sich selbst beschäftigt und reden Spanisch.

Puh. Ich schätze, ich muss es ihr sagen. Wir haben noch nicht darüber geredet, wie das laufen soll mit der Treue. Das heißt, sie betont ja immer, dass sie davon nichts hält. Und ich? Ich glaube, ich würde es gar nicht wissen wollen, wenn sie mit jemand anderem – keine Ahnung …

Das sind 1-a-Stullen, mit dunklem Brot, gutem Käse, Gurkenscheiben. Keine Ahnung, was da fehlen sollte. Ich schenke noch zwei große Apfelschorlen in Weizengläser und trage das Tablett in mein Zimmer.

Sam ist schon runtergeklettert, hat eine Platte aufgelegt, sitzt auf der Matratze auf dem Boden. Als ich von der Arbeit kam, lag sie oben auf meinem Hochbett, schrak zusammen, als ich die Tür aufmachte, stand auf. Wir haben kaum ein Wort geredet, uns nur geküsst und gelacht. Sie wollte alles, aber mittendrin ist bei mir eine Schranke runtergegangen, und ich habe mich von ihrem schmalen, eckigen Körper zurückgezogen, ihre grenzenlose Freude nicht erwidert. Mit Mona – das war erst vorgestern Nacht.

»Na, dann erzähl mal«, verlangt sie, als wir sitzen, essen, Guts Pie Earshot hören.

»*Du* warst doch weg«, versuche ich mich rauszureden.

»Aber ich habe dir immerhin geschrieben. Und versucht, dich anzurufen.«

Wie sie dasitzt, die Füße angezogen, die Arme drumgeschlungen, mit ihren weißen, scharfen Zähnen in das Brot beißt, weiß ich nicht, warum sie mir nicht reichen sollte, egal, wo sie gerade ist. Ihr Brief war fast schon ein Liebesbrief. An mich, an London und das Meer. Mit ein paar Geschichten über die Squatter dazwischen, wie Witze erzählt. Sam sieht ein bisschen müde aus.

»Was machen die Fotos?«, fragt sie weiter. Klar, das hatte ich fast vergessen. Erleichtert springe ich auf, hole die Mappe vom Schreibtisch, lege sie zwischen uns und öffne sie. Ich habe die Bilder so geordnet, dass es mit dem Publikum losgeht. Am Ende kommen die Nahaufnahmen von den Bandmitgliedern. Sam blättert alles schweigend, langsam durch, zieht die Brauen zusammen. »Wann hast du das denn gemacht?«, fragt sie, zeigt auf ein Bild: ein Foto von ihr, ganz nah rangezoomt, sie singt »He's My Babe«, sie strahlt. So ähnlich wie vorhin, als wir Sex hatten, oder zumindest kurz davor waren, fällt mir auf.

»Das weißt du doch«, sage ich. »Ich glaube, es war das dritte Lied. Da bist du langsam aufgetaut.«

Sie guckt immer noch ungläubig. »Aber ich habe dich gar nicht gesehen.«

Ich grinse über das Kompliment. »Das ist ja die Kunst daran«, erkläre ich und denke an Tekla. Die fand das Foto auch toll. Langsam gewöhne ich mich daran, gelobt zu werden.

»Aber so nah?«, fragt Sammy ungläubig.

»Berufsgeheimnis«, sage ich, trinke die Schorle aus. Tekla will das Foto der *Szene* anbieten, die besprechen Garlick nächsten Monat. Tekla hat einen guten Draht zu den Journalisten. Das habe ich Sam noch gar nicht erzählt, fällt mir ein. Normalerweise kommen nämlich nur die Plattencover ins Heft. »Wer weiß«, hat Tekla jedoch gemeint. »Bei *dem* Foto – vielleicht schieben sie doch noch ein kleines Porträt ein.«

Sammy guckt sich noch einmal alles an, nimmt Fotos aus der Mappe, legt sie zwischen uns, zwei Reihen Porträts, zwei Reihen Publikum, ein Quadrat. »Wow«, sagt sie. »Ich bin beeindruckt.«

Ich spüre, dass ich rot werde. »Danke.«

Dann schiebt sie die Bilder zusammen, kehrt mir den Rücken zu, rutscht nach hinten und lehnt sich an meinen Knien an. »Aber eigentlich wollte ich wissen, was du gemacht hast, als ich weg war. Also, weil du doch gemeint hast, du hättest die ganze Zeit fotografiert.«

Ich konzentriere mich auf ihre Haare. Irgendwie sind sie heller geworden. Und sie kitzeln am Knie. »Ja, ich habe die Konzertfotos entwickelt und bearbeitet. Und eben die Obdachlosenserie gemacht – das war viel Arbeit«, sage ich. Mein Blick wandert zu der Picasso-Postkarte über dem Plattenspieler. Die Frau von hinten aus der blauen Phase. Eine Pause entsteht.

Schließlich durchbricht Sammy die Stille. »Du warst mit Mona im Bett, oder?« Es ist keine Frage, sondern eine Feststellung.

Ich nicke, aber das sieht sie ja nicht. »Du machst doch auch, was du willst«, schieße ich zurück.

Sie dreht sich nicht um. Streichelt sanft mit einer Hand meinen Fuß. »Ist es deshalb?«, fragt sie.

Ich schiebe sie weg, stehe auf, um den Tabak vom Tisch zu holen. »Du warst doch die, die nicht monogam leben wollte«, werfe ich ihr hin.

»Aber die Nummer eins wäre ich schon gern. Jedenfalls bist du das für mich.« Ich spüre ihren Blick in meinem Rücken.

Ich denke an Mona. Wir haben uns nie gestritten. Obwohl Mona eigentlich kämpfen kann. Sie hatte einfach kein Interesse daran, es mit mir zu tun. Es ist kaum noch Tabak da. Ich schiebe die Brösel zusammen und drehe mir eine, versuche zu erklären. »Wir – ich hab's echt nicht geplant gehabt. Ich habe ihr beim Umzug geholfen.«

Sammy bleibt ruhig, dreht sich um und sieht mich an. »So genau will ich das gar nicht wissen«, sagt sie. »Ich meine, mit der Ex, das passiert schon mal ...«

»Das kennst du, oder?« Mein Herz schlägt zu schnell.

Sie schlingt die Arme um ihre Knie. »Hey, Mel, das ist schon okay.«

»Sie wohnt jetzt sowieso in Ahrensburg«, sage ich, ziehe an der fertigen Zigarette, gehe zum Sofa, quetsche mich in die Ecke, falls Sammy noch Platz braucht.

»Mel, darum geht's doch nicht.« Sie ist furchtbar ernst.

Meine Zigarette ist zu dünn. Nachher gehe ich zum Kiosk. Ich wollte gar keine offene Beziehung. Von mir aus wäre das mit Mona eine Ausnahme, aber Sam lässt sich ja sowieso nicht festlegen. »Ich meine nur, das war eher so ein Abschied«, füge ich hinzu.

Dann stehe ich wieder auf und laufe mit meiner Zigarette hin und her. Mir ist ein bisschen kalt; ich hätte gern mehr an. Meine Hose liegt noch oben.

»Mona und du, ihr wart euch echt immer treu, oder?«, fragt Sam.

Ich nicke.

Sam streicht sich die Haare aus dem Gesicht. »Soll ich gehen?«, fragt sie.

Ich bleibe abrupt stehen. »Wieso das denn?«

Sam guckt in meinen Tabak, aber der ist leer. »Weil du irgendwie sauer bist«, sagt sie.

Ich höre dem Cello-Solo zu und biete ihr einen Zug von meiner Zigarette an. »Tut es denn weh?«, frage ich.

»Ich weiß nicht recht. Ich glaube schon.« Sammy trinkt den letzten Schluck aus ihrem Glas. »Mel, mir ist egal, was du sonst machst. Nur, wenn ich nach zwei Wochen wiederkomme und du bist so weit weg …«

Langsam geht sie mir wirklich auf die Nerven. »Du meinst, ich warte hier auf dich. Genau das hättest du gern, oder?«

Sie nimmt meine Hand. »Ich habe doch gesagt, du sollst nächstes Mal mitfahren. Wie wäre es mit San Francisco? Da sind wir immer willkommen.«

Ich schiebe sie weg, aber sie lässt sich nicht so leicht abschütteln, packt mich an den Schultern, will mich in den Schwitzkasten nehmen. Ich trete ihr ins Bein, und sie fällt auf mich, als wir zu Boden gehen, kippt der Aschenbecher um. Sie umarmt mich kurz so fest, dass es wehtut, dann rollt sie sich ab und vergräbt den Kopf im Teppich.

»Der stinkt doch«, sage ich zu ihr.

Sie taucht wieder auf. »Wie bitte?«

»Na, der Teppich. Mit den Zigaretten und Bier und allem hier …«

Sie setzt sich auf und lacht. »Hey, gehst du mit mir an die Elbe?«, fragt sie.

»Und dann?«, frage ich zurück. Ich liege auf dem Rücken und schaue den Stuck an der Decke an.

Ich merke, wie Sammy mich betrachtet. Und dass sie wieder strahlt. »Ich weiß nicht. Ich kann dir von England erzählen. Oder auch gar nichts. Wir könnten Händchen halten.«

Ich gucke auf ihre Uhr. »Meinst du nicht, dass es dafür ein bisschen spät ist?«

Sammy schaut aus dem Fenster. Es ist dunkel, wahrscheinlich gegen zehn. »Vielleicht. Wann geht's denn bei dir los? Ich muss morgen ja nicht aufstehen«, meint sie.

Ich raffe mich auf, hole mir die Hose vom Bett und einen Pullover aus dem Schrank. »Okay noch mal rausgehen ist gut«, sage ich. »Aber lass uns einfach nur um den Block laufen. Die Elbe schaffe ich heute nicht mehr.«

*Sammy*

Als das Telefon klingelt, ist Mel schon beinahe eingeschlafen. Ich sitze, an die Kissen gelehnt, die neben meiner Matratze an der Wand stehen, neben ihr und lese *The Wind in the Willows* vor. Irgendwann hat Mel mich darum gebeten, ihr auf Englisch vorzulesen. Sie liebe meine Stimme, wenn ich Englisch rede, erklärte sie. Sie sei weicher, ohne die harten Konsonanten, mit einem Singsang, der so beruhigend sei. Nach *A Wizard of Earthsea* von Ursula K. Le Guin sind wir nun also beim zweiten Buch. Sie ist nicht die Erste, der ich vorlese, aber bei den anderen habe ich nur eines geschafft. Bei Mel dauert es außerdem länger, weil sie jedes Mal einschläft, bevor ich ein Kapitel zu Ende gelesen habe, sodass ich das meiste doppelt lese.

Heute kam sie von der Arbeit nach Hause und war furchtbar angespannt. Sie hatte beim Entwickeln irgendwas falsch gemacht. Etwas, was bedeutet, dass man neue Kontaktabzüge machen muss; vor allem ist es wohl ein Zeitproblem, weil der Abgabetermin auch ohne diesen Patzer schon recht knapp bemessen war. Ausbaden muss es im Grunde Mel selbst, die am Wochenende arbeiten wird, aber Tekla ist laut geworden.

Das war nicht das erste Mal, aber offensichtlich hat sich Mel noch nicht daran gewöhnt. Dass das vorkommen kann, wusste sie, lange bevor sie angefangen hat, bei Tekla in die Lehre zu gehen. Als sie noch überlegte, ob sie zusagen sollte, war das eines der Gegenargumente, das sie dann aber schnell relativiert hat. Einzustecken müsse man ja so oder so lernen, meinte sie, und außerdem habe sie ein dickes Fell. Worüber ich herzlich lachen musste, denn das hat sie definitiv nicht. Immer wieder hält sie sich für eine coole Butch, aber wenn du mich fragst, ist sie eine Femme, zumindest seit sie in Hamburg angekommen ist. Solange man in der Kleinstadt lebt, muss man womöglich eine Butch sein, um sich abzuheben, um durchzukommen. So stelle ich mir das zumindest vor, denn die kleinste Stadt, in der ich gewohnt habe, ist Heidelberg, und da war ich noch keine zehn Jahre alt.

Ich wandte ein: »Du musst doch gar kein dickes Fell haben. Also ich fände das überhaupt nicht schön. Es passt nicht zu dir.«

Und du hast ja mich, dachte ich dann. Und noch eine in der zweiten Reihe, die immer noch auf dich wartet. Kurz gab es mir einen Stich. Wir haben nicht mehr über Mona geredet. Und vielleicht ist das auch gut so, denn zumindest für mich ändert es sowieso nichts. Ich habe Mel einfach Dhal mit Spinat gemacht. Und jetzt sind wir hier.

Da klingelt das Telefon. Ich eile zur Tür, wo mir Dörthe schon genervt den Hörer entgegenstreckt. Offensichtlich hat es ihr zu lange gedauert, bis ich kam. Das passiert in letzter Zeit häufiger, und ich werde den Eindruck nicht los, dass Dörthe, trotz allem, was wir geredet haben, seit der Flora-Geschichte nicht mehr so gut auf mich zu sprechen ist; vielleicht hat es auch mit Mel zu tun. Vielleicht sollte ich irgendwann noch einmal mit Dörthe reden. Ich lächle tapfer und nehme ihr das Telefon ab.

»Sammy! Ich dachte, du meldest dich, wenn du zurück bist!«, schreit Mum in mein Ohr. Reflexhaft halte ich den Hörer ein bisschen weiter weg. Mel hat sich aufgesetzt und macht Anstalten, das Bett zu verlassen. Ich schüttele den Kopf und bleibe in der Tür stehen. Irgendwie ist der Wurm drin, seit ich von meiner Reise zurückgekehrt bin: Nie haben wir unsere Ruhe, und ich habe Sehnsucht nach ihr.

Sie liegt da, ich sehe sie an und sehne mich danach, mit ihr allein zu sein. Nicht nur allein in einem Raum, sondern womöglich auf irgendeiner bescheuerten Insel. Dabei hat das Semester angefangen; wir spielen Konzerte in der Gegend, und demnächst haben wir auch eine kleine Tour, auf die ich seit Monaten hingefiebert habe. Bisher war meine Band in solchen Phasen das Einzige, was zählte. Aber jetzt ist da noch Mel, die sich ein bisschen eingeigelt hat, seit ich weg war. Der ich mich nähern will, für die ich Zeit brauche und die mir unterwegs fehlen wird. Ich fühle mich, als könnte ich die Tour glatt aufschieben …

»Hallo, Mum«, sage ich betont gelassen, während ich Mel, die müde lächelt, einen Luftkuss zuwerfe. »Wie geht es dir?«

»Hi, Sammy. Bei uns ist so weit alles okay. Wie war es in England?« Sie spricht hektisch, wie aufgezogen. Wenn ich mit Mum telefoniere, fühle ich mich manchmal uralt. Und ich werde sehr ruhig.

»Ach, es war schön, Eileen wiederzusehen. Diesmal habe ich ihre Tochter besser kennengelernt. Die hat jetzt schon ihren eigenen Kopf, ganz die Mutter.«

»Wie heißt sie noch gleich?«, sagt Mum. Dann höre ich, wie sie einen Schluck trinkt, wahrscheinlich Wein. Mel schaut den Bücherstapel durch, der neben meiner Matratze liegt.

»Crystal. Du wolltest sicher wissen, was mit Nico ist, oder?«

Mum kichert. »Sorry, Sam. Das musst du verstehen.«

»Natürlich«, sage ich und setze mich auf den Teppich. »Er ist in England.«

Wärme steigt in ihre Stimme. »It Never Rains in Southern California«, geht mir durch den Kopf. »Hast du ihn getroffen?«, fragt sie.

Mels steile Stirnfalte gräbt sich ein, als sie mich ansieht. Nach Nico hat sie bisher nicht gefragt.

»Nein, Mum. Aber seinen Freund. Erinnerst du dich? Tarun.«

Mum murmelt etwas Zustimmendes und trinkt wieder, vermutlich schweren Rotwein von der Mosel. Davon kann sie einfach nicht lassen, obwohl Dad natürlich viel edlere Tropfen lagert. Das sei ihre Art, das Heimweh zu bekämpfen, sagt sie immer. Als sie noch in England gelebt haben, habe ich ihnen immer ein paar Flaschen mitgebracht, wenn ich sie besucht habe. Ich habe mir einen Sport daraus gemacht, Mitreisende zu finden, die mir eine Flasche abnahmen, damit ich keinen Zoll zahlen musste. Zum Lohn habe ich ab und zu auch jemanden zu einer Flasche eingeladen.

»Natürlich erinnere ich mich an Tarun. So ein gepflegter junger Mann«, trällert Mum.

Mel blättert in einem meiner Bücher.

»Ja, Mum, das ist er«, sage ich, wie zu einem kleinen Kind. »Aber er konnte mir auch nicht viel sagen. Nico hat ihn wohl in London besucht und ist dann weitergezogen.«

Sie lässt mich kaum ausreden. »Wohin?«

»Mum, das weiß ich nicht.«

»Und Tarun auch nicht?«

Keine Ahnung. Ich hoffe jedenfalls, er wird Neues von Nico erfahren, zumindest eher als ich. »Da bin ich mir nicht sicher, Mum«, sage ich wahrhcitsgemäß.

»Aber du wirst es herausfinden, Schatz, oder?«, meint Mum hoffnungsvoll.

»Klar, Mum. Du kennst mich doch. Wie geht's Dad?«, versuche ich das Thema zu wechseln.

Mum klingt jetzt lebendiger, beinahe nüchtern. »Okay. Sammy«, sagt sie, »du hältst mich auf dem Laufenden. Kann ich mich darauf verlassen?«

»Mum, das weißt du doch.«

Während Mel mir eine Zigarette dreht, rauscht es in der Leitung. Als die Verbindung wieder gut ist, meint Mum noch: »Sammy, Tarun mochte dich immer.«

»Ich weiß«, sage ich, während ich die Augen verdrehe. Mel schiebt mir die fertige Zigarette in den Mund. »Aber da mach dir mal keine Hoffnungen, Mum.«

»Ach, so war es doch gar nicht gemeint.« Sie lacht. »Aber er verrät dir sicher gern das eine oder andere Geheimnis.«

Ich lasse mir Feuer von Mel geben und ziehe an der Zigarette. »Mum, ich habe eine Freundin. Und wir wollen euch gemeinsam besuchen. Ist das okay?«

Mel lehnt sich wieder an die Wand, ein Buch in der Hand. Diesmal kommt Mums Antwort wie aus der Pistole geschossen. »Die aus deiner WG?«, fragt sie. Mel dreht sich nun selber eine. Von mir aus könnte das Telefonat jetzt enden.

»Du erinnerst dich daran?«, frage ich.

»Schatz, so betrunken war ich auch wieder nicht«, meint Mum gespielt pikiert. »Du hast so ernst geklungen, als du uns von ihr erzählt hast. In Chinatown war das.«

Mel schaut von ihrem Buch auf und bläst einen Rauchring Richtung Decke. »Ja, Mum«, sage ich, während ich Mel betrachte. »Die aus meiner WG. Sie heißt Mel.« Mel nickt mir lächelnd zu.

»Na, dann sind wir ja mal gespannt.« Mum trinkt noch einen Schluck, bevor sie sich verabschiedet. Ich bin erleichtert. »Viel Glück, Sammy. Wisst ihr schon, wann ihr kommen wollt?«

»Nein«, sage ich. »Ich melde mich wieder.«

»Wir freuen uns jedenfalls«, endet sie. Ich bringe das Telefon in den Flur.

Als ich zurück bin, küsse ich Mel sanft auf die Wange. Wir rauchen.

»Ich wusste gar nicht, dass du nach deinen Bruder gesucht hast«, sagt sie.

»Meine Mum hat mich darum gebeten. Sie hat dafür sogar die Überfahrt gezahlt. Das habe ich dir doch erzählt.«

Sie schüttelt den Kopf. »Nein, hast du nicht.«

»Seltsam«, sage ich. Vielleicht war es mir peinlich.

»Was macht er denn in England?«, fragt sie.

Ich drücke meine Zigarette aus und lehne mich neben ihr an die Wand. »Das hat mir Tarun nicht erzählt. Ich glaube, er weiß es wirklich nicht, aber ich kann mich auch täuschen.«

»Und wer ist dieser Tarun?«, fragt sie.

Ich lächle sie an. »Mach du dir mal keine Sorgen um Tarun«, erwidere ich, und es stimmt. Ich habe überhaupt keine Zweifel: Mit Tarun zu flirten macht Spaß, aber mehr würde nie passieren. »Das ist ein Freund von Nico – sein ältester.«

»Fandest du das nicht ein bisschen übertrieben?«, fragt Tracy, als wir uns mit unseren Burgern auf eine Bierbank quetschen.

»Thanks«, sage ich. Sie hat sich dankenswerterweise für uns alle in die lange Schlange gestellt, die sich vor dem Essenswagen gebildet hat. In einer Viertelstunde fangen Sonic Youth an, weshalb alle jetzt noch schnell etwas essen wollen. Ich dachte mir schon, dass sie nicht begeistert war. Für Tracy, die großer Sonic-Youth-Fan ist, war es die höchste Ehre, auf diesem Festival direkt vor ihnen aufzutreten. Dass ich bei diesem großen Ereignis die Harmonie gestört habe, wird sie fast gekillt haben.

»Jemand musste sie in die Schranken weisen«, meint Kim, und ich bin froh, dass sie für mich in die Bresche springt, denn ich bin mir tatsächlich nicht sicher, ob es richtig war, so deutlich zu werden. Andererseits lief der Auftritt danach eigentlich gut. Womöglich waren die Leute aufmerksamer, als sie es ohne meine Einlage gewesen wären; bei »Why Work?« wurde sogar getanzt, dabei kennt uns hier garantiert keiner.

Eine Gruppe von Frauen läuft an uns vorbei und reckt die Daumen hoch, Sympathisantinnen. Auf jeden Fall wird es hier einige Diskussionen geben. Mel wäre stolz auf mich, aber sie würde auch herzlich lachen, mir womöglich unterstellen, dass ich mich damit auf ewig in die Köpfe von was weiß ich wem alles eingebrannt hätte und genau das mein Ziel gewesen wäre. »Du bist wirklich eine Rampensau«, sagte sie, bevor ich losfuhr, und ich wusste nicht recht, ob sie das nett oder eher abwertend meinte. Am liebsten würde ich sie sofort anrufen, nur hast du hier auf dem Gelände keine Chance: Es gibt gerade einmal zwei Telefonzellen, die rund um die Uhr besetzt sind. Die Schlangen davor sind nicht viel kürzer als die beim Essen. Außerdem schmeckt der Burger ziemlich gut, und die Diskussion hier ist noch nicht beendet.

»Aber es hätte auch schiefgehen können.« Diana knabbert an einem ihrer Brote, die sie von zu Hause mitgebracht hat. Sie ist Veganerin und hat es schon kommen sehen, dass sie hier nichts Geeignetes zu essen kriegt.

»Ich hoffe, sie haben ihre Lektion gelernt«, erwidere ich und weiß, dass es uncool klingt. Wer ist hier oberlehrerinnenhaft?, würde Dörthe fragen, die Pädagogin unserer WG. Aber gerade ist mir das vollkommen egal.

Natürlich war es auch für mich ein absoluter Traum, vor Sonic Youth aufzutreten. Als der Anruf vom Festival kam, kriegte ich Herzrasen und brachte fast kein Wort heraus. Allein wie Kim Gordon gleichzeitig Bass spielen und singen kann, ist mir ein Rätsel. Und sie haben es geschafft, mit dieser schrägen, unbequemen Band berühmt zu werden. Für sie hat sich unser Traum erfüllt.

Bevor wir dann auf dieser riesigen Bühne an unsere Instrumente gingen, umarmten wir uns noch einmal, und mein Adrenalinpegel stieg noch höher als sonst bei Konzerten. Wir flüsterten uns zu, dass wir es schaffen würden, und an mir schwebten im Zeitraffer Bilder vorbei: ein riesiger Tourbus, Mikros, die sich mir entgegenstreckten, mein Gesicht, das mir aus Zeitschriften entgegenlachte, jetzt doch, von mir aus. Ich lief zu meinem Mikro und sah auf die Leute hinunter. Das große Licht ging aus, das Rampenlicht ging an. Es war unser bisher größtes Konzert. Und mit einem Mal landete ich wieder in der Realität: Wir sind eine kleine, unbekannte Band, die heute unheimliches Glück hat.

»We are very honored to be here«, war meine Ansage. »So I just want to say thanks to everybody and: enjoy.«

Die Reihen waren nicht voll. Ein Teil der Festivalgäste nutzte die Zeit vor Sonic Youth, um sich noch was zu essen zu holen, Drogen zu besorgen oder auf die Toilette zu gehen. Das war vielleicht der Nachteil, wenn man direkt vor den Stars auftrat, aber es störte mich nicht weiter. Die Atmosphäre war jedenfalls grandios: ein lauer Sommerabend, ein halber Mond am Himmel und Hunderte von Leuten, die bis oben auf dem Dach der Tribüne saßen. Die Lichtmaschine war unglaublich, nur der Nebel störte mich. Er nahm mir kurzzeitig die Sicht auf den Mond und das Publikum, und vor allem bekomme ich davon einen trockenen Mund, der mich beim Singen stört. Ich versuchte, das zu ignorieren, und tauchte in Dianas Gitarrenriff ein. Als das Schlagzeug einsetzte, fing ich an, mich zu bewegen und schloss die Augen. »The Sea and Me« war das erste Stück, also ein ruhiger Anfang, bei dem ich die Außenwelt vollkommen ausblenden kann. Wir hatten lange über die Playlist diskutiert, bis wir uns auf die Reihenfolge der Lieder geeinigt hatten. Sie war so angelegt, dass wir die Spannung langsam aufbauten.

Wie immer auf der Bühne hatte ich Hosen an, in dem Fall

eine schwarze Jeans. Dazu trug ich ein ärmelloses rotes T-Shirt, das relativ eng anlag. Ich war ganz in meinem Element, und das Publikum erschien mir nur als eine Masse, und so kann ich am besten singen – ohne an einzelne Zuhörende zu denken, denen ich gefallen will. Bei »Why Work?« hob ich die Arme und streckte einen hinter den Kopf. Da riss mich eine Stimme aus der Trance, die sich in einen Halbstarkenchor ausweitete: »Auszieh'n, auszieh'n!«

Ich öffnete die Augen, konnte die Jungs durch die Lichter aber nicht ausmachen. Also habe ich den anderen ein Zeichen gegeben, dass sie aufhören sollen zu spielen. Es hat eine Weile gedauert, bis sie es kapiert hatten. Dann habe ich, so gelassen wie möglich, »You need to leave now!« ins Mikrofon gesagt, was natürlich mit lautstarkem Protest aus der Ecke – vorne rechts, wie ich nun ausmachen konnte – bedacht wurde. In solchen Situationen ist es immer gut, sich als englische Muttersprachlerin zu gerieren. Sie halten dich dann für professioneller, berühmter, unantastbar. Also sagte ich: »I won't sing another song until this bunch of fuckers has left.«

Plötzlich hatten wir die volle Aufmerksamkeit des gesamten Publikums. So ein Spektakel lässt man sich nicht entgehen. Es war still, als warteten alle auf das, was kommen würde. Nur die Jungs hüpften weiter herum, und soweit ich das überblicken konnte, hatte niemand vor, sich um sie zu kümmern. Also schnappte ich mir zwei von den bulligen Security-Typen am Rand der Bühne und bat sie, dafür zu sorgen, dass die Jungs aus der ersten Reihe sich außer Hörweite begäben. »Yes, I'm serious«, wiederholte ich.

»But they were just joking«, meinten die Sicherheitsleute. »And I really look sexy, I know«, antwortete ich, aber dass ich trotzdem erst weitersingen würde, wenn die Männer verschwunden wären. Die Typen quatschten durchs Walkie-Talkie mit ihrem Chef. Für den hatte oberste Priorität, dass es weiterging. Also zogen sie endlich los, um die Jungmänner rauszuwerfen. Der Chef ist schließlich der Chef, da mochten sie noch so viele Tattoos haben.

Diana ist schon im Gespräch mit einem langhaarigen Typen, der uns, wie ich mit einem Ohr mithöre, unglaublich cool findet, während der Kerl, der neben mir sitzt, so tut, als gäbe es mich gar nicht. Kim prostet mir mit ihrer Cola zu und sieht uns alle reihum an. »Hey, wir haben vor Sonic Youth gespielt!«, sagt sie.

»Vor siebenhundert Leuten«, ergänze ich. Nach dem Zwischenfall hatte ich Spaß. Ich wusste, dass ich die schlechte Stimmung wiedergutmachen musste, und gab alles. Soweit ich es einschätzen kann, hat es auch funktioniert. Die Zahl habe ich in der Toilettenschlange irgendwo aufgeschnappt. Ich ziehe mir den Kapuzenpulli über, den Mel mir geliehen hat, denn langsam wird es kühl. Und ich blicke nach oben, wo sich die Dunkelheit am Himmel ausbreitet; es sind kaum noch Sterne zu sehen. Ich schnuppere in die Ellenbeuge des Kapus, aber da riecht nichts nach Mel. Er ist frisch gewaschen. Ich denke, dass es mit ihr noch schöner wäre.

»Ich bin doch nicht dein Groupie, und außerdem muss ich arbeiten«, hat Mel geantwortet, als ich gefragt habe, ob sie mit auf die Tour kommen will. Das konnte ich schon verstehen, aber ich finde, sie hätte zumindest mal ein Wochenende zu einem Festival fahren können, zum Beispiel hierher, an die Loreley. Jemand stupst mir auf die Schulter.

»Sorry, könnt ihr vielleicht unterschreiben?«, fragt eine junge Frau, die ich auf achtzehn, neunzehn schätzen würde, mit Nasenpiercing, Punkfrisur, einem runden, freundlichen Gesicht. Sie streckt mir unsere Platte hin und strahlt mich verschämt an.

»Klar«, sage ich. »Wie heißt du?«

»Maike«, sagt sie, »mit ai.« Ich lächle zurück, schreibe »Für Maike«, unterschreibe und frage sie, ob sie auch gleich zum Haupt-Act will.

»Ich muss erst noch die Platte in Sicherheit bringen«, erklärt sie, während eine zarte Röte ihr Gesicht überzieht.

Ich klopfe ihr auf die Schulter. Sie ist schön. »Wir sind noch einen Moment hier«, sage ich. »Komm doch einfach auf dem Rückweg vorbei.«

»Gern«, antwortet sie und verschwindet.

Kim grinst mich an und schüttelt den Kopf. »Wie machst du das nur?«, fragt sie.

Ich sehe noch der jungen Frau hinterher. »Eine große Klappe hilft«, meine ich. »Und Aufmerksamkeit. Jede ist glücklich, wenn man sich für sie interessiert.«

»Und eine sonore Stimme«, sagt Diana und macht mich nach. Für eine Frau ist meine Stimme ziemlich tief, vor allem wenn ich singe, und ich mag das. Es hilft, um sich Respekt zu verschaffen. Und Mel liebt sie. Warum kann Mel nur nicht hier sein? Ich beschließe, mit Maike bloß zu knutschen.

Tekla hat nicht oft solche Aufträge. Die gehören eher in die Zeit, bevor sie sich spezialisiert hat. Am Anfang, hat sie mir erklärt, musst du alles machen, und das ist auch ganz lehrreich. Bei ihr ist diese Phase längst abgeschlossen. Aber ausgerechnet heute machen wir ein klassisches Familienfoto: Vater, Mutter und zwei Töchter. Manchmal bekommt sie noch solche Anfragen, und wenn sonst nicht viel los ist, sagt sie ja. Ich muss an meine Familie denken, damals. Fürs Fotografieren war immer Vater zuständig, und als der Selbstauslöser auf den Markt kam, wurde der sofort gekauft. Endlich war er mit drauf auf dem Bild. Natürlich musste da als Erstes ein Familienfoto her. Es ist in meinem Album gelandet, und das Album ist inzwischen in Hamburg. Bettina sieht auf dem Foto furchtbar angestrengt aus, ich turne herum. Mama hat den Arm um Papa gelegt und schaut erwartungsvoll in die Kamera, er verzieht das Gesicht. Er benutzte den Selbstauslöser nicht oft. Denn eigentlich blieb er am liebsten hinter der Kamera. Bis heute war mein Vater kein einziges Mal in Hamburg.

Tekla fragt die Kinder: nach ihrer Lieblingsfarbe, ihrem Lieblingstier, ihrem Lieblingsfach in der Schule. Lässt sie immer wieder die Positionen wechseln. Hat schon bald den ersten Film voll. Wer wäre heute überhaupt auf meinem Familienfoto? Bettina bekommt bald ihr Kind, ganz ohne Mann, und ich bin mit Frauen zusammen. Ich bin mit Sammy zusammen. Ich habe bei Mona übernachtet. Heute Morgen hat sie mich mit dem Auto zur Arbeit gefahren. Es ist so ruhig und still mit ihr, auch im Bett. Dabei gibt das unsere Situation doch gar nicht her, eigentlich. Mona will zufrieden sein, Sammy dagegen glücklich. Aber glücklich geht nicht für immer, oder? Ich glaube, es ist zu viel verlangt. Andererseits: Zufrieden wollte ich nie sein. Unsere Ruhe haben wir noch früh genug, hat meine Patentante immer gesagt.

Ich fühle mich, als hätte ich einen Kater, dabei habe ich gar keinen Alkohol getrunken. Im Haus für Alle, da waren wir angesäuselt. Als Mona mich zum Abendessen aufs Land eingeladen hat für den Samstag darauf. Und ich bin da tatsächlich rausgefahren; das kann ich selbst kaum glauben. Klar habe ich in ihrem Bett geschlafen, mit ihr. Es ging mühelos; wir wissen, was uns gefällt. Und gerade weil sie nicht wirklich meine Freundin ist, konnte ich den Spaziergang am nächsten Tag genießen, ohne Panik vor dem Land zu bekommen – ich werde da nie wohnen müssen. Und so lief ich gern mit ihr durch den Wald und am Wasser entlang, Hand in Hand, ohne zu reden. Vielleicht wäre auch das alles noch irgendwie gegangen. Aber ich blieb noch die zweite Nacht. Zwei Nächte hintereinander, das ist definitiv zu viel.

Jetzt das Ganze im Sitzen, in einer Reihe auf der Mauer, vorn die Kleinen, hinten die Großen. Ich versuche, nicht zu gähnen. Ich hätte gern noch einen Kaffee, aber die Thermoskanne ist leer. Bald ist Mittag, und wir sind mitten in Planten und Bloomen. Einen Apfel finde ich noch in der Tasche, die ich gepackt habe für Tekla und mich. Das ist einer meiner Jobs, und mein Taschenmesser habe ich auch dabei. Also habe ich noch alles im Griff. Ich halbiere ihn und esse die eine Hälfte.

Ein paar Tropfen erwischen mich an der Hand. Es ist dunkler geworden, seit einer Weile schon, ich hätte es kommen sehen können. Tekla meint, auch das gehört dazu: Eine gute Fotografin müsse sich einigermaßen mit dem Wetter auskennen. Wenigstens kenne ich den Park. »Wie wär's mit dem Gewächshaus?«, frage ich, und Tekla nickt dankbar, packt die Fototasche ein, ich den Rest. Das war einfach, schon war ich nicht umsonst dabei. Ich spanne den großen regenbogenfarbenen Schirm auf und halte ihn über die Eltern. Langsam prasselt der Regen richtig. Trotzdem: Immer die Ruhe bewahren, jetzt nicht rennen. Du bist auch so etwas wie eine Reiseleiterin, hat Tekla erklärt: Um gute Bilder zu machen, müssen die, die du fotografierst, guter Stimmung sein. Sie lächelt und zwinkert mir zu, während ich Small Talk mache.

Als wir im Gewächshaus sind, die Kleider weitgehend trocken, die Ausrüstung unbeschädigt, finde ich es gemütlich, den Tropfen auf dem Dach zuzuhören. Die Luft ist feucht, es ist wärmer als draußen, und die Kinder sehen sich die Goldfische an, während Teklas Blick schon umherwandert – sie sucht den Hintergrund für die nächsten Bilder. »Hier drinnen nehmen wir natürlich noch einmal einen Farbfilm, oder was meinen Sie?«, fragt sie. Binde sie ein, hat sie mir eingeschärft. Sie sollen denken, dass die schönen Bilder ihr Werk sind.

»Ja, so würde ich es auch machen«, sagt der Familienvater und nickt zufrieden; die Mutter ist auf dem Weg zu den Kindern. Sie sollen ihre Hände nicht in das Becken strecken, das bringe die Fische durcheinander. Ich halte Ausschau nach passenden Plätzen, während Tekla den Film wechselt. Vielleicht könnten sie sich in die Kurve bei den Farnen stellen? Tekla spannt den neuen Film ein, schließt den Fotoapparat. Sie lotst uns zu den Kakteen. Da nimmt die Familie mehr Raum ein, erklärt sie mir, als ich ihr meine Idee zuflüstere. Es geht doch alles, zum Arbeiten bin ich wach genug, zumindest ist Tekla zufrieden mit mir. Ich glaube, sie hat gar nichts gemerkt.

*Sammy*

Mel wollte nicht, dass ich sie von der Arbeit abhole. Sie schob vor, dass sie nicht wisse, wie lange es heute dauert. Stattdessen haben wir uns im Café verabredet, wo ich noch ein Kapitel *The Dispossessed* für mein Utopien-Seminar gelesen habe. Ich sehe sie schon an der Ampel. Mit gerunzelter Stirn schaut sie auf den Boden und kickt einen Stein vor sich her. Bei ihrem Anblick macht mein Herz einen Satz, aber gleichzeitig ist mir klar, dass es mal wieder nichts wird mit dem überschwänglichen, unbeschwerten Wiedersehen, nach dem ich mich so gesehnt habe.

Als sie aufschaut und mich entdeckt, fällt ihr förmlich die Fresse herunter. Kurz bleibt sie stehen, schlägt die Hand vor den Mund. Dann vergisst sie den Stein und stürmt auf meinen Tisch zu. Ich ziehe mein Basecap tiefer ins Gesicht und hole den Tabak heraus. Ich habe ein blaues Auge und blaue Flecken auf dem linken Arm, aber so schlimm ist es nun auch wieder nicht.

»Was haben sie denn mit dir angestellt?« Mel umarmt mich nur flüchtig. Dann lässt sie sich auf den Stuhl neben mir fallen und stellt ihre Tasche ab.

»Es gab eine kleine Schlägerei«, murmele ich. »Du weißt schon, die Groupies.«

Zwischen ihren Augen zieht sich diese steile Falte hoch, die sich da irgendwann richtig tief eingraben wird. Es sei denn, sie erlaubt jemandem, für sie da zu sein, ohne ständig an ihrer inneren Mauer abzuprallen. »Jetzt sag schon in echt, was passiert ist.« Sie wischt sich den Schweiß von der Stirn und winkt der Bedienung.

»Es wird dir aber nicht gefallen«, wende ich ein. Da kommt der Kellner.

Sie dreht sich eine Zigarette, stößt ein »Pfff« aus und bestellt eine Cola. Ich nehme noch eine Orangenlimonade. Es ist angenehm warm heute, T-Shirt-Wetter. Nur Mel hat ein langärmliges Hemd an.

»Na, sag schon«, drängelt sie, während sie nervös ihre Zigarette anzündet.

»Keine Angst, er hat auch ganz schön was abbekommen.« Ich versuche, lässig zu klingen.

Sie raucht. Anscheinend beruhigt sie das. Sie sieht älter aus als sonst. Ob sie so aussehen wird, wenn sie älter ist? Man muss wirklich etwas gegen diese steile Falte unternehmen.

Ich überlege kurz, beschließe dann, nicht alles zu erzählen. »Ich habe ein paar Typen in die Schranken gewiesen, die bei meinem Auftritt ›Ausziehen‹ gerufen haben. Einem von ihnen bin ich später allein in einer dunklen Ecke begegnet. Da meinte er, er müsste mir zeigen, wo der Hammer hängt.«

Mel guckt mich ängstlich an. »Und, hat er sonst noch was …?«

Ich schüttele den Kopf. »Nein, Mel. Nur ein blaues Auge. Zum Glück ist man auf so einem Festivalgelände ja nie lange alleine.«

Endlich sieht sie mir in die Augen. Wenigstens das. »Ja, trotzdem«, sagt sie, »aber so eine Scheiße. Erzähl doch mal genauer.«

Und ich berichte von der Stille auf der Bühne und der Auseinandersetzung mit der Security. Von unserem Rekord, den dreißig verkauften Platten, erzähle ich natürlich, und von Sonic Youth. Am Ende lasse ich Maike weg. Ich behaupte, dass der Typ mich traf, als ich allein am Waldrand saß. Dass er mich als Scheißlesbe beschimpft hat und dann zuschlug. Und ich tatsächlich zurückgeschlagen habe, mit mäßigem Erfolg. Welche Erleichterung es war, als ein paar Punks vorbeikamen und mir den Typen vom Hals schafften.

Mel weiß, dass ich nach den Auftritten gern eine Weile allein bin. Sie hört zu, aufmerksam, aber weiterhin angespannt. Wir trinken und rauchen, die Sonne scheint. Es könnte ein schöner Nachmittag sein.

»Das ist ja gerade noch mal gutgegangen. Und wie kommt er auf ›Scheißlesbe‹?«, fragt sie.

Weil ich so aussehe, hätte ich einfach sagen können, aber

ich liebe Mel, und ich kann nicht gut lügen. Also sage ich: »Okay, weil ich geknutscht habe.«

Sie fährt hoch. Die schlechte Laune hat sie schon die ganze Zeit mit sich herumgetragen. Mir kommt es fast so vor, als sei sie froh, jetzt endlich einen guten Grund dafür zu haben. »Warum sagst du das nicht gleich?«, fragt sie stinksauer.

Ich versuche, ihr noch einmal in die Augen zu sehen, habe aber keine Chance. Sie guckt auf ihre Zigarette oder auf den Tisch, genau weiß ich das nicht. »Weil es nicht wichtig war«, sage ich.

»Ach komm, erzähl mir doch nichts. Eine Freundin reicht dir einfach nicht, oder?« Während sie mich anklagt, sieht sie mich weiterhin nicht an. Ich könnte wetten, dass sie ein schlechtes Gewissen hat.

Aber ich will ihr nichts unterstellen. Also hole ich erst einmal tief Luft und frage: »Mel, ich glaube nicht, dass eine Knutscherei hier das Problem ist. Was ist los?«

»Sammy.« Mel zieht hektisch an ihrer Zigarette, die gleich aufgeraucht ist. Ihr Blick wandert zum Tabak. Gleich wird sie sich eine neue drehen. Sie öffnet den Mund, setzt zum Reden an, hüstelt dann aber und trinkt erst einmal ihre Cola aus.

Und mir laufen plötzlich, trotz Sonne und allem, kalte Schauer über den Rücken. »Mona?«, frage ich.

Sie nickt und dreht sich die nächste Zigarette.

Erst jetzt fällt mir auf, dass sie mich nicht einmal zur Begrüßung geküsst hat. Sie wird doch nicht zurückwollen? »Und was heißt das jetzt für uns?«, frage ich.

»Keine Ahnung. Sammy, ich kann das nicht. Ich bin nicht so cool wie du.« Sie zündet ihre Zigarette an und nimmt gierig den ersten Zug.

»Wieso cool?« Ich halte mich an meinem Glas fest. Eine Bekannte kommt vorbei. Ich winke ihr zu. Sie geht weiter.

Mels Stirnfalte wird wieder ganz steil. »Na, dir macht es ja nichts aus, wenn ich fremdgehe. Du gehst fremd, ich gehe fremd, alles super.«

Ich winke der Bedienung, die gerade bei uns vorbeikommt, und bestelle einen Eiskaffee. Ich werde mir den Sommertag nicht nehmen lassen.

»Klar tut es weh«, sage ich automatisch. Erst danach versuche ich zu ergründen, was es wirklich ist. In meinem Brustkorb ist es eng. Aber Schmerz ist das falsche Wort. Ich glaube, es ist Angst. Ich habe Angst, was passiert, wenn es mehr als ein Ausrutscher ist, mehr als eine Sentimentalität. Wenn sie tatsächlich zu Mona zurück will.

»Ach, komm«, meint sie und schnaubt verächtlich. »Du hast doch selber …«

Meine Angst wird von sanfter Wut übertüncht. »Mel, ich will mit dir zusammen sein. Punkt. Mit einer Knutscherei hat das rein gar nichts zu tun. Ich weiß, wo ich hingehöre. Was bei dir ja nicht der Fall zu sein scheint.« Ich starre sie an, bis sie endlich meinem Blick begegnet. Sie hat Tränen in den Augen.

Sie dreht ihr Glas in der Hand hin und her. »Ich weiß. Vielleicht ist Sex nicht das Schlimmste«, sinniert sie.

Mich überkommt der Impuls, sie in die Arme zu nehmen, aber ich lasse ihn vergehen. »Seit wann ist Sex schlimm?«, frage ich, und endlich sieht sie mich an. Und zwar so, als wolle sie mir ins Gesicht springen.

»Deine philosophischen Spitzfindigkeiten kann ich jetzt nicht gebrauchen«, sagt sie. Da bringt die Bedienung meinen Eiskaffee. Ich frage Mel, ob sie probieren will, aber sie schüttelt den Kopf. »Bei mir war es so«, erklärt sie. »Ich hab bei Mona übernachtet, und ich hab auch den nächsten Tag mit ihr verbracht. Und im Gegensatz zu dir finde ich das nicht cool oder einfach oder gut.«

»Ein Pärchentag«, stelle ich fest, und mein Brustkorb ist kurz vorm Zerspringen. Ich könnte wetten, dass Mona in all den Monaten ohne Mel keine andere gehabt hat.

Meine Freundin nickt. Sie schaut mich immer noch an, und inzwischen sieht sie sehr müde aus.

»Und das ist das Problem, oder?«, hake ich nach.

Wieder nickt sie.

Langsam komme ich in Fahrt. »Genau das meine ich doch: dass man die Gefühle nicht in Sex messen kann. Seid ihr wieder zusammen?«

Mel schüttelt den Kopf und raucht weiter. So viel raucht sie sonst nie. Mit krummem Rücken sitzt sie da, zusammengesunken. »Dabei kann ich mit dieser ganzen Landgeschichte wirklich nichts anfangen«, meint sie, jetzt wieder auf ihre Zigarette konzentriert.

Ich versuche mich mit der Süße des Eiskaffees zu trösten. Es gelingt nicht wirklich. »Mel, was fehlt dir bei mir?«, frage ich leise zwischen zwei Löffeln.

»Darum geht's doch nicht«, sagt sie. »Es ist einfach – man schmeißt drei Jahre nicht so einfach weg, verstehst du?«

Nein, natürlich verstehe ich das nicht. So eine lange Beziehung hatte ich noch nie. Und es war auch kein Ziel für mich. »Und – sind wir noch zusammen?«, frage ich.

Sie zuckt die Achseln. »Wenn du willst?«

Das ist so absurd, dass ich einfach nur schweige. Im Vanilleeis sind ein paar Kristalle. Also ist das Eis entweder alt, oder der Behälter war in der Tiefkühltruhe nicht richtig geschlossen. Ich habe heute wirklich kein Glück. Dafür ist der Kaffee sehr würzig.

»Ich glaube, ich sollte ausziehen«, sagt Mel in die Stille hinein.

Mir huscht ein Bild durch den Kopf, wie Mel und ihre Ex Hand in Hand am See entlangspazieren. Mel hat nicht mehr diesen gehetzten Blick, nicht mehr die steile Stirnfalte. Sie strahlt Ruhe und Zuversicht aus, denn sie hat eine, die für sie kocht, für sie da ist, wann immer sie sie braucht. »Wohin?«, frage ich.

Plötzlich sieht sie ein bisschen entspannter aus. »Allein. Ich glaube, ich sollte mal alleine wohnen«, sagt sie vorsichtig.

»Okay«, erwidere ich ganz ruhig und nicke. Etwas in mir erstarrt.

Ich leere mein Glas, während sie weiter raucht. Ich wünsche mich in unseren Bandbus. Ich wünsche mich auf eine Bühne. Ich wünsche mir ein Blatt Papier, einen Stift, eine Melodie, die sich in meinem Kopf formt. Aber da ist nichts als eine weiße Fläche.

»Vielleicht bist du einfach zu stark für mich«, sagt sie in die Stille hinein.

Ich muss an die letzte Nacht denken, nach der Schlägerei, als ich in Mels Kapu geweint habe. Ich merke, wie ein zynisches Lachen in mir hochsteigt, das ich ganz schnell niederkämpfe. »Machst du jetzt gerade mit mir Schluss?«, frage ich.

Endlich drückt sie ihre Zigarette aus und atmet dann einmal tief durch. »Nein«, sagt sie. »Von mir aus nicht. Auf keinen Fall.« Sie stockt.

Ich nehme die Hand, die auf ihrem Schoß liegt, unter dem Tisch. Sie zittert. »Du musst dich nicht entscheiden«, sage ich, obwohl mir das natürlich am liebsten wäre. »Okay?«

Schweigend rauchen wir noch eine letzte Zigarette zusammen. »Zu mir oder zu dir?«, frage ich sie, während ich auf die Rechnung warte.

Mel steht auf, und ich zahle. Während wir nebeneinander her laufen, lässt sie den Kopf hängen. »Hast du mit ihr geschlafen?«, fragt sie.

»Nein«, sage ich. »Mel, das hatte ich auch nicht vor. Wirklich.« Wir biegen um die Ecke, in eine belebtere Straße. Ich sehe langsam meine Felle davonschwimmen und suche nach einem Ausweg. »Fahr doch bitte mit mir nach San Francisco«, fällt mir ein. »Ich zahle dir den Flug. Und den Rest überlegst du dir noch.«

Mel schweigt eine Weile. Dann nickt sie. »Okay«, sagt sie. »San Francisco ist gut. Und so schnell finde ich ja sowieso nichts zum Wohnen. Aber ich werde erst mal ein paar Tage zu Harald ziehen.«

## KAPITEL 9

*Mel*

Ich schließe die doppelte Tür hinter mir. Es ist still, ich bin allein, es ist dunkel. Der Raum ist nur von der Rotlichtlampe beleuchtet. Ich darf Abzüge machen, aus dem Rohmaterial die Perlen schöpfen, einer der schönsten Arbeitsschritte, finde ich. Wir haben einen Autor fotografiert, der einen Verlag gefunden hat, sein erstes Buch. Er kann nicht davon leben. Wie auch, wer kann das schon? Aber das kommt natürlich nicht vor. Im Klappentext, in den Artikeln wird er der vielversprechende, wenn nicht gar schon erfolgreiche Schriftsteller sein.

Die Negative kommen in der Klarsichthülle auf das Fotopapier unter die Glasplatte. Auf den meisten Bildern hat er die typische Denkerpose: Ellenbogen aufgestützt, Kinn in der Hand, den Blick sinnierend in die Ferne gerichtet. Fotografiert hat Tekla, ich habe nur zugeschaut. Ich finde, dass es albern aussieht, aber er wollte es so.

Ich belichte die Negative, warte. Dann den Kontaktbogen mit der Zange in das Entwicklungsbad rüber, die Schale leicht bewegen, den Bogen umdrehen, nach zwei Minuten rausnehmen, abtropfen lassen und weiter in das Stoppbad. Wieder leicht bewegen, rausholen, noch mal abtropfen lassen und dann ins Fixierbad. Am Ende wässern. Ich hänge den Bogen zum Trocknen an die Leine. Bei der Bildauswahl hat natürlich Tekla das Sagen. Ich schaue mir jedes Foto einzeln an, treffe im Kopf eine Vorauswahl. Es gibt eines, wo er lächelt, aus Versehen wahrscheinlich, und das finde ich am besten. Das wird es aber nicht werden, das sehe ich schon. Ich gehe raus, mache eine Pause. Tekla gesellt sich zu mir. Wir rauchen zusammen auf dem kleinen Balkon.

»Hast du sein Buch gelesen?«, frage ich sie.

Tekla schüttelt den Kopf. »Irgendwas mit einem Mann, der nach zwanzig Ehejahren fremdgeht, nicht weiß, wohin mit sich, ob das seine Ehe infrage stellt, was mehr wiegt, die Leidenschaft oder die Verbundenheit, die Zeit, die fast erwachsenen Kinder ... Das hat mich nicht besonders interessiert.«

»Klingt irgendwie klischiert«, meine ich. »Wahrscheinlich ist die Neue jünger als die Kindsmutter?«

Tekla grinst. »Natürlich.«

»Und diese Denkerpose?«

Sie winkt ab. »O ja, die Denkerpose ist furchtbar, oder? Wir gucken uns das gleich mal an.«

Tekla fragt erst mich nach meiner Meinung. Und wählt dann Bilder von den Kontaktbögen aus, auf die ich nicht gekommen wäre. Weil die Belichtung bei einem nicht stimmt zum Beispiel. Da läge ich richtig, bestätigt Tekla, aber das könne man ja noch abwedeln. Ich solle ruhig experimentieren, verschiedene Techniken üben. Das sei nur ein kleiner Auftrag, nicht prestigeträchtig, und wir hätten Zeit. Sie grinst mich ermutigend an, denkt wohl, wie ich, an das eine Mal, als ich es vermasselt habe. Das ist das Gute an Tekla:

Sie wird zwar manchmal laut, aber sie ist nicht nachtragend. Wenn sie dich angeschrien hat und du die Sache geradebiegst, hat es sich damit auch erledigt.

Sie verschwindet, lässt mich den Rest allein machen, trinkt solange einen Kaffee, telefoniert. Ich habe Herzklopfen – das alles ist immer noch neu für mich. Ich lege ein Negativ in die Negativbühne ein, lege Polyethylenpapier in den Rahmen – das ist ja nur zur Probe, da reicht das billige. Und bei aller Nervosität spüre ich etwas, was ich so oft vermisse, weshalb ich womöglich ausgezogen bin: Ruhe, Konzentration, eine Beschäftigung, neben der nichts anderes Platz hat, normalerweise. Vielleicht ist es das, vielleicht reicht das im Beruf, vielleicht könnte das, woraus ich Kraft schöpfe, hier sein. Natürlich fehlt mir die WG. Und Sammy noch mehr. Aber ich habe mir vorgenommen, erst zurückzugehen, wenn ich ein paar Entscheidungen getroffen habe.

Ich weiß nicht, ob ich wirklich alleine wohnen will. Ich weiß nicht, was ich wirklich mit Mona will. Was Mona mit mir will, weiß ich, und dass es mehr ist als das, was sie bekommt, dass sie noch nicht aufgegeben hat. Ich kann das nicht – mit zwei so starken Persönlichkeiten so vieles teilen. Vielleicht muss ich noch einmal mit Mona Schluss machen. Mich trennen. Genau genommen habe ich es nie getan, jedenfalls nicht so, wie sie es von mir verlangt hat. Es ist nur noch eine kleine Schnittmenge, die wir teilen, aber die scheint umso schwerer zu wiegen. Ich bin nicht gut im Abschiednehmen. Und das, was bei ihr neu ist, was mir nicht passt, blende ich aus. Punkt, fertig. Das Wohnen auf dem Lande zum Beispiel: Für einen Tag ist es wie Urlaub, aber mehr könnte es für mich nie sein. Vielleicht ist auch sie wie Urlaub. Ein vertrauter Ort, an den man jedes Jahr wieder fährt. Wir reden nur wenig. Wir vermeiden alles, was uns spalten könnte. Eine Beziehung ist das nicht. Unsere Beziehung sah anders aus, das ist vorbei. Aber es ist schwer, jemanden abzulehnen, der einen so will. Vielleicht habe ich einen schwachen Charakter.

*Sammy*

Wir sind sozusagen der harte Kern, die anderen sind gleich nach der Probe nach Hause gegangen. Bei der Band ist nach der Platte und unserer Tour gerade ein bisschen die Luft raus. Womöglich sollten wir einfach eine Pause einlegen. Kim bestellt die zweite Runde Bier an der Bar, während ich mir die Punkrock-Plakate an den Wänden ansehe. Und die Leute: Hier herrscht ganz klar Schwarz vor, Leder und Coolness, und es besteht Männerüberschuss, aber es stört mich nicht; ich war auch schon allein da, um einfach nur Musik zu hören. Im Dschungel wird man in Ruhe gelassen, wenn man will. Natürlich kann man sich auch an die Bar stellen und Leute kennenlernen, wie es einem eben gefällt. Ich genieße die Musik und das schummrige Licht. Aber das alles kommt nicht wirklich bei mir an. Schon seit Tagen ist mir flau im Magen.

Kim setzt sich wieder auf ihren Barhocker und stellt das Bier auf den Tisch. Ich stehe heute, denn mir fehlt ganz einfach die Ruhe, um stillzusitzen. »Du siehst traurig aus«, sagt sie. Ich nehme das Alkoholfreie, und wir stoßen an.

»Das bin ich auch«, erwidere ich. Blondie singt »Hanging on the Telephone«. Lange halte ich dieses Schweigen zwischen Mel und mir nicht mehr aus. Am Ende werde ich sie doch anrufen, auch wenn das nicht mein Plan war. Mein Plan hieß: warten.

»Was ist denn los?«, fragt Kim.

Ich versuche zu lächeln. »Mel will ausziehen. Beziehungsweise sie sucht gerade etwas und wohnt solange bei Harald, und das schon seit einer Woche. Sie ruft nicht mal an.«

Kim trommelt mit den Fingern auf ihrem Schenkel zur Musik. »Ja, aber wieso das denn? Was ist das Problem?«

Wenn ich das so genau wüsste. »Dass sie zwei Frauen liebt, nehme ich an. Weil sie das überfordert, denkt sie, sie müsse sich entscheiden. Und im Zweifelsfall werde ich den Kürzeren ziehen.«

Die Musik wechselt zu No Means No, »Now«.

»Ist die andere ihre Ex?«

»Ja. Mona, die jetzt auf dem Land wohnt. Und da soll sie gefälligst auch bleiben.« Dort, wo es Kneipen wie diese nicht gibt. Ich würde Mel gern mal wieder mit in eine schummrige Bar nehmen. Das machen wir viel zu selten.

»Und wenn Mel einfach nur ihren Kopf freikriegen will?«, überlegt Kim.

Ich zucke die Achseln. »Wenn sie mit mir zusammen sein will, muss sie ja wohl nicht ausziehen.«

»Aber das ist doch noch gar nicht passiert«, wendet Kim ein.

Ich frage mich, wie meine Möglichkeiten aussehen. Ob ich ihr Treue versprechen sollte, um ihr mehr Sicherheit zu geben. Und wo Untreue dann eigentlich anfinge. In meinen Augen war ich ihr noch kein einziges Mal untreu. Ich habe nur zwei Mal geknutscht, mehr nicht. Ich habe Mel dabei nie vergessen. Was müsste ich also tun, damit sie sich nicht mehr mit Mona trifft? Ehrlich, ich weiß es nicht. Ich habe einfach zu wenig Erfahrung. »Ach komm, das ist der erste Schritt, und der zweite wird dann folgen«, sage ich.

Kim schüttelt den Kopf. »So pessimistisch kenne ich dich gar nicht. Wo ist dein Kampfgeist? Meinst du nicht, du kannst sie zurückerobern?«

L 7 setzt ein mit »Pretend We're Dead«.

»Was ist denn das für ein Scheißbild?«, frage ich.

Kim winkt ab, während sie einen Typ an der Bar anlächelt, der zu ihr herübergrinst. »Okay, bezirze sie. Keine Ahnung. Der Abschied von der Ex kann eben dauern. Du glaubst doch selbst nicht, dass die Beziehung jetzt neu erblüht.«

Jedenfalls ist sie anscheinend aufregender geworden. Sie sind nicht mehr in ihrem Beziehungstrott. Womöglich ist der Sex jetzt wieder besser. »Warum nicht?«

Kim schaut mich an. Sie strahlt unendlichen Optimismus aus, was auch daran liegen könnte, dass sie sich offensichtlich bewusst ist, dass der Typ sie nicht aus den Augen lässt. »Mit wem hat sie denn zusammengewohnt? Wem hat sie nachts noch heimlich einen Gutenachtkuss gegeben?«

*When we pretend we're dead …* »Aber genau das ist ja nun erst mal vorbei.« Ich trinke gierig, als wäre es Alkohol. Vielleicht sollte ich mal wieder Alkohol trinken. Der

Typ sieht ganz sympathisch aus. Springerstiefel, Jeans, ein Band-T-Shirt von Fugazi und ein Pagenkopf.

Kim schüttelt den Kopf. »Nee, nee. Da geht doch noch was. Lass dir was einfallen. Wie läuft es mit den Plattenverkäufen?«

Ich habe die Platten in die einschlägigen Läden gebracht, aber bisher noch nicht nachgehakt. »Gut, dass du mich daran erinnerst. Ich muss mal wieder gucken. Sie liegen überall, wo sie hingehören. Wir werden sehen, ob der Artikel in der *Szene* was bringt. Der kommt jetzt in der Juli-Ausgabe.«

Kim lächelt in Richtung Bar, während sie mit mir redet. »Da bin ich gespannt. Haben wir jetzt nur die Plattenbesprechung oder auch ein Porträt?«

Ich seufze. »Nur die Plattenbesprechung. Aber die soll gut sein, habe ich mir sagen lassen.«

»Wird schon. Auf Garlick!« Die Dead Kennedys singen: *Kill, kill, kill, kill, kill the poor.*

Kim hebt ihr Glas.

Wir stoßen an. Und als ich das nächste Bier hole, bringe ich den mit dem Fugazi-T-Shirt mit. Als mein zweites Bier leer ist, sind Kim und er in ein Streitgespräch über diverse Bands vertieft und beschließen, den ersten Schnaps zu trinken. Ich verabschiede mich diskret und fahre langsam mit dem Fahrrad nach Hause. Es ist ein ganz gewöhnlicher Wochentag, und die Straßen sind relativ leer. Ich sehe die Stresemannstraße hinunter – hier geht es zu Harald. Aber natürlich werde ich nicht links abbiegen, sondern geradeaus weiterfahren. Ich weiß ja nicht einmal, ob ich Mel anrufen soll. Ich schätze eher, dass sie dran ist, denn sie ist ja diejenige, die ihre Ruhe haben wollte. Aber lange mache ich das nicht mehr mit. Ich werde mir was einfallen lassen.

*Mel*

Endlich bin ich, das erste Mal dieses Jahr, direkt von der Arbeit hierhergefahren. Der Wind weht die Wärme weg, es ist noch nicht voll. Das Wasser ist kalt; es bleibt einem nichts anderes übrig, als zu schwimmen. Ich ziehe meine Bahnen, Kopf unter Wasser, ausatmen, Blick ins Blau, über dem schwarzen Strich entlanggleiten, auftauchen, einatmen, ausatmen, Blüten auf dem Wasser. Zwei Züge über Wasser, zwei Züge unter Wasser. Meine Schwimmbrille beschlägt, ich muss mir mal eine neue kaufen. Die zweite Disziplin fällt aus: Fürs Rückenschwimmen sind doch schon zu viele Menschen im Becken.

Mona schwimmt zwei Bahnen rechts von mir. Ich habe sie angerufen; ich habe versucht, ernst zu klingen, sie vorzuwarnen. Aber nein, sie hatte die Idee, etwas Schönes zu machen, ins Freibad zu gehen, was soll man da einwenden? Meine Idee ist, meine Bahnen zu ziehen, eine halbe Stunde, und ihr dann vorsichtig beizubringen, dass es das war, das letzte Mal Schwimmen zu zweit, das letzte Mal überhaupt – ja, ich weiß auch noch nicht, wie das gehen soll, gut fühlt es sich nicht an. Wenden am Beckenrand, abstoßen, untertauchen. Mona schwimmt schneller als ich. Sie macht ja auch sonst viel mehr Sport. Von Harald aus gibt es keine anständige Jogging-Strecke. Jetzt bin ich schon zehn Tage bei ihm.

Als ich erschöpft aus dem Becken steige, zu unseren Handtüchern unter einem Baum laufe, mich in die Sonne lege und die Augen schließe, ist Mona noch lange nicht fertig. So trockne ich langsam, mit klopfendem Herzen, kleinen Schauern, die über meinen Rücken laufen. Bis sie kommt.

Natürlich hat sie ein Picknick dabei: Schafskäse, Oliven, Karotten und Fladenbrot. Sie packt alles aus, richtet es an, legt Messer daneben und lächelt zufrieden. Ich lächle zurück, ich kann nicht anders.

»Endlich Sommer«, sagt sie.

Ich nicke nur. Ich habe so was noch nie gemacht; keine Ahnung, wie das geht. »Wie war's bei der Arbeit?«, frage ich.

Sie grinst. »Das Übliche. Ich habe mal wieder zu viel Kaffee getrunken. Und traurige Geschichten gehört. Ein Mann, der ganz frisch seine Wohnung verloren hat, war da. Der hätte sich mal früher von uns beraten lassen sollen; jetzt ist es zu spät. So was finde ich immer noch schwer zu ertragen.«

Ich nicke. Erzähle von meiner Arbeit. Porträts der Schauspielerinnen und Schauspieler im Thalia Theater. Extrawünsche, Eitelkeiten und am schlimmsten: das Gruppenfoto. Gruppenfotos sind immer ein Problem. Es ist unglaublich schwierig, alle zusammen gut hinzubekommen. Man braucht viel Geduld, und das hatte die Truppe nicht. Tekla und ich haben abwechselnd fotografiert. Ich hoffe, es ist etwas Gutes dabei. Morgen werden wir uns das alles ansehen, eine Riesenmenge ist es geworden. Das Thalia ist Stammkunde, und da wird alles noch sorgfältiger gemacht als sonst.

Ich esse Brot und Schafskäse, kaue Oliven, spucke die Kerne in die Hand. Mona fragt, wie das ist, auf der anderen Seite zu stehen, dort zu fotografieren, wo ich früher das Bühnenbild gemacht habe. Ob da Sentimentalität aufkommt oder eher Erleichterung. Ich denke nach, ich weiß es nicht. »Ich habe meinen Wechsel nie bereut, vielleicht also eher Erleichterung«, sage ich. Diese Eitelkeiten, diese latente Konkurrenz die ganze Zeit, die Unsicherheit auch, was das Geld angeht – ich bin sehr froh, dass ich das hinter mir habe. Jetzt habe ich ein Einkommen. Ein kleines zwar nur, aber wenigstens ist es sicher.

»Was macht deine Wohnungssuche?«, fragt Mona dann. Sie wirkt heute extrem gut gelaunt. Ich habe ihr erzählt, dass ich ausgezogen bin. Sie hat nicht nachgebohrt, klang aber erfreut. Womöglich hat sie das vollkommen falsch verstanden.

»Liegt gerade auf Eis. Das ist alles viel zu teuer, wenn man auf St. Pauli oder in Altona bleiben will.« Genau genommen habe ich mir nur eine einzige Wohnung angeschaut, um festzustellen, dass sie mir zu klein und zu eng wäre, dass eben jede Wohnung für mich allein kleiner und enger ist als das, was ich in der WG habe. Aber du willst doch nicht nur aus praktischen Gründen da wohnen bleiben?, habe ich mich gefragt und mich schlecht gefühlt. Eine Antwort habe ich bisher nicht gefunden.

»Du bist ja erst am Anfang. Nicht aufgeben«, sagt Mona tröstend.

Ich knabbere eine weitere Olive, behalte am Ende den Kern im Mund, gebe mir einen Ruck. »Mona?«

In diese Ruhe, die sie ausstrahlt, da könnte ich mich glatt reinlegen. »Ja?«

Aber das ist nicht richtig. Das ist egoistisch und falsch und ohne Zukunft. »Ich glaube, du hast da was falsch verstanden.«

Sie legt ihre Stirn in Falten. »Okay?«

»Ich habe mich nicht von Sam getrennt. Ich wollte nur ein bisschen Abstand«, erkläre ich, suche meinen Tabak in der Tasche, aber Mona isst noch. Das ist unhöflich, ermahne ich mich. Das muss noch warten.

»Mel, das geht mich nichts an. Belassen wir es dabei: Du hast dein Leben und ich meins, und wir mischen uns da gegenseitig nicht ein.« Sie streichelt meinen Ellenbogen.

Ich ziehe mich dezent zurück, nehme allen Mut zusammen. »Nein«, sage ich. »Für mich geht das nicht mehr.«

Sie schaut mich ernst an. Ich glaube, sie hat verstanden. Aber nein, das wäre zu einfach, sie bohrt nach. »Was geht nicht mehr?«

Ich zucke die Achseln, greife jetzt doch zum Tabak, harmonisch geht das hier sowieso nicht aus, kann es ja gar nicht, also kann man auch gleich unhöflich sein. »Alles. Das ist einfach zu viel.«

Sie sieht mich genervt an, guckt zu, wie ich mir eine Zigarette drehe. »Kannst du vielleicht mal Tacheles reden?«

Ich klebe das Blättchen zu. Hole tief Luft. »Das hier war das letzte Mal«, erkläre ich.

Sie guckt mir direkt in die Augen, die ganze Zeit; das macht sie extra, das ist gemein. »Wie – das letzte Mal?«

Ich zünde die Zigarette an, ziehe kräftig. »Mona, mir ist das zu viel. Ich will nicht gleichzeitig – ich will dich nicht mehr sehen, erst mal.«

Sie lässt das zwischen uns in der Luft hängen. Ihre Brauen zucken, aber sie starrt mich weiter an, unerbittlich. Eine Pause entsteht. Um uns herum wird es voller. Jemand breitet seine Decke neben uns aus. Der Schatten des Baumes ist langsam in unsere Richtung gewandert. »Und warum?«, fragt sie schließlich.

Ich versuche, ihren Blick zu erwidern. Es fällt mir schwer, ich halte mich an meiner Zigarette fest. »Weil es – weil es vorbei ist. Das, was du von mir willst, kann ich dir nicht geben. Und die Happen, die du von mir bekommst, sind doch sowieso zu wenig.«

Sie nimmt sich eine Olive. »Ich habe mich daran gewöhnt. Mir hat es gereicht. Ich habe mein eigenes Leben, von dem du nicht mehr viel Ahnung hast. Mach dir da mal keine Sorgen.«

Okay. Ich schaue wieder zu Boden. Ich weiß, dass sie das hasst, doch ich halte das einfach nicht aus. »Aber ich will nicht mehr.«

»Sie ist dir doch sowieso nicht treu«, sagt Mona spöttisch, fast ein bisschen bösartig; so kenne ich sie gar nicht.

»Das geht dich jetzt wirklich nichts an«, sage ich und hadere. Da hat sie natürlich meinen wunden Punkt getroffen.

Sie spuckt ihren Kern aus. »Okay. Du willst, dass ich aus deinem Leben verschwinde? Dann bin ich weg. Aber komm nicht heulend an, wenn Sam es sich anders überlegt. Auf die kannst du dich doch nicht verlassen.«

Energisch packt sie die Essensreste ein, zieht sich unter ihrem Handtuch um. Langsam komme ich in die Gänge; wir brechen gemeinsam auf, schweigend.

Als wir schließlich beim Fahrradständer stehen, sieht sie mich noch einmal an. »Na dann: alles Gute«, sagt sie in scharfem Ton.

»Danke, dir auch«, antworte ich kleinlaut.

Sie geht weiter, Richtung Parkplatz. Ich sehe ihr nach. Als sie dann endlich außer Sichtweite ist, heule ich Rotz und Wasser.

*Sammy*

Ich habe noch keine Lust, nach Hause zu gehen. Von mir aus könnte ich an der Uni bleiben, bis sie abgeschlossen wird, aber für heute gibt es dort für mich leider wirklich nichts mehr zu tun. Auch eine Bandprobe am Abend ist nicht in Sicht, also schaue ich in die Schaukästen des Kinos nebenan. Im großen Saal des Abaton kommt gleich *Das Hochzeitsbankett* von Ang Lee im Original. Das ist eine romantische Komödie, die in New York spielt, in den Hauptrollen ein schwules Paar und eine Taiwanerin, die die Greencard will und bereit ist, dafür eine Ehe mit einem der Männer, der ebenfalls Taiwaner ist, einzugehen. Dieser wiederum wird von seinen Eltern zur Heirat gedrängt, und immerhin hat sie die richtige Nationalität. Hundertsechs Minuten, das passt mir. Wenn ich rauskomme, wird es fast dunkel sein.

Ich habe mir Gummibärchen und eine Limo gekauft und finde einen Platz relativ weit hinten, in der Mitte der Reihe. Die Sitze rechts und links von mir sind frei. Erleichtert lasse ich mich in das rote Polster fallen. Von hier aus hat man einen guten Überblick; besonders voll ist es nicht, und die Pärchen sind etwas spärlicher gesät als abends. Sowieso sitzen in der Originalversion ja neben den Engländern und Amis meistens mehr Leute, die diskutieren, als solche, die knutschen wollen. Ich ziehe meine Jacke aus und versinke noch tiefer in meinem Sessel, gerade rechtzeitig, bevor das Licht ausgeht und die Werbung anfängt. Am besten gefallen mir die Dias der umliegenden Restaurants und Kneipen mit ihren absurden Texten, gesprochen meistens von Laien ohne besonderes Talent. Vielleicht sollte ich mich mal in der Werbefilmbranche als Sprecherin bewerben, da verdient man angeblich gut. Meinem Ansehen in der Roten Flora kann das auch nicht mehr schaden.

Meine Gummibärchen sind viel zu schnell aufgegessen. Mit meinem Konsum scheine ich allerdings nicht allein zu sein: Überall um mich herum rascheln Tüten, wird gekaut und getrunken. Ins Kino gehe ich wirklich gern alleine. Natürlich ist es schön, sich nach einem Film auszutauschen. Aber während ich vor der riesigen Leinwand sitze, brauche ich niemanden neben mir. Niemals würde ich Mel hier vermissen. Tatsächlich waren wir noch nie zusammen im Kino.

Der Film beginnt, mit einem Sohn, der zu geizig ist, die Heizung seiner Mieterin zu reparieren, und der beim Training die von seiner Mutter aus Taiwan besprochenen Kassetten anhört. Ich glaube, er besitzt nur dieses eine baufällige Haus, und sowieso ist das alles lustig gemeint, aber es macht mich trotzdem traurig, denn so ist es doch wirklich: Die Söhne haben Häuser, die sie verkommen lassen, und bekommen auch sonst nicht viel auf die Reihe, aber die Mütter schicken ihnen weiter ihre Kassetten. Während die Töchter fleißig, korrekt und freundlich sind, nur zufällig ohne Haus. Und ohne Kassetten, aber damit kann man ja leben.

Natürlich wissen die Mütter nicht viel von dem, was ihre Söhne so treiben, aber womöglich wollen sie das auch gar nicht. Eines ist sowieso klar: Wer könnte ihn nicht lieben, den einen, größten, schönsten? Während Simon und Wai-Tung für den Dating-Service, den die taiwanischen Eltern für ihn eingeschaltet haben, unmögliche Anforderungen an die Braut stellen, muss ich weinen. Zugegeben: So anders als den Müttern geht es mir gar nicht. Ich vermisse Nico, obwohl er ein Arschloch ist. Trotz allem ist er eben mein einziger Bruder.

Die Eltern kommen. Die Wohnung wird umdekoriert, alles Schwule aussortiert zugunsten von chinesischen Schriftrollen. Die Mieterin – Wei-Wei, mit der sich Wai-Tung inzwischen auf eine Scheinehe geeinigt hat – und ihr Zukünftiger bekommen ein gemeinsames Schlafzimmer, der

Geliebte zieht nach oben und gibt sich als Vermieter aus. Aber immerhin verschwindet er nicht. Im Gegenteil, er hilft Wei-Wei heimlich beim Kochen und strahlt seinen Mann verstohlen an. Eigentlich verstehen sie sich alle drei ganz gut; im Laufe des Films werden sie richtiggehend zu einer eingeschworenen Gemeinschaft.

Während Mel bei Harald und Helen sitzt. Ich will, dass sie mich mit zu Lena Schirkaus Taufe nimmt. Ich will mit ihr nach San Francisco fahren. Ich will meine Freundin zurück, und einen Schokoriegel könnte ich auch gebrauchen. Aber abgesehen davon, dass es die anderen nervt, wenn sie einen durchlassen müssen, würde ich ein Stück Film verpassen, wenn ich mir einen hole, und der Preis ist mir zu hoch.

Die Hochzeit ist dann so schlimm, wie es eben kommen kann, wenn man sich auf so was einlässt. Natürlich sind alle sogenannten alten Freunde total besoffen, und die anzüglichen Spielchen werden bis zum Äußersten getrieben, in dem Fall, bis das vermeintliche Paar nackt unter der Decke im Hochzeitsgemach zurückgelassen wird. Das ist mal etwas, was mir auf jeden Fall erspart bleibt. Ich wollte aus Prinzip noch nie heiraten, und ich kann in der Homo-Ehe, für die jetzt manche kämpfen, nichts Progressives sehen: Meiner Meinung nach gehört die Ehe abgeschafft. Dass im Film in der Hochzeitsnacht dann noch ein Kind entsteht, ist natürlich übertrieben und passt zugleich. Es ist eben eine Komödie, und sie wirkt langsam doch: Ich scheine das Tal der Tränen durchschritten zu haben. Als die Mutter in die Realität eingeweiht wird – nämlich wer hier das wirkliche

Paar ist – und der Vater verschont werden soll, in Wirklichkeit aber Englisch kann und längst kapiert hat, dass sein Sohn schwul ist, lache ich sogar.

Und als ich aus dem Kino rauskomme, bin ich glücklicher als vorher und außerdem angenehm müde. Vielleicht treffe ich noch Suzanna oder Dörthe in der Küche, und wir quatschen ein bisschen. Auf jeden Fall habe ich einen weiteren Tag geschafft, ohne mich bei Mel zu melden.

*Mel*

»Glückwunsch. Toll!« Harald beugt sich runter, ich sitze auf der Eckbank. Er umarmt mich. »Du hast es also getan.«

Ich spiele mit dem Feuerzeug, ein hässliches Ding mit Camel-Werbung drauf. Die hässlichen halten immer am längsten. »Ich weiß nicht. Ich kann das wirklich schlecht. Sie hat mir jedes Wort aus der Nase ziehen müssen.«

Harald schiebt mich weg, lässt sich neben mich fallen. »Schon klar«, meint er, schüttelt den Kopf, und ich weiß, dass er an die Male denkt, als er selbst es nicht hinbekommen hat. Ich grinse ihn an.

»Und jetzt?«, fragt er. »Rufst du Sam an?«

Ich schüttele den Kopf. »Morgen oder so.«

»Oder so«, macht er mich nach, streicht mir übers Haar. »Willst du erst mal ein Bier?«

Er steht wieder auf. Ich nicke. Schwöre mir: aber nur eines. Ich muss morgen früh arbeiten, Harald erst nachmittags.

Er spielt beim *Eingebildeten Kranken* mit, Béralde, den Bruder des Protagonisten, an einer kleinen Bühne. Helen tourt gerade mit irgendeinem Stück in Österreich, ich habe den Namen vergessen.

»Ich glaube, ich muss wirklich alleine wohnen«, sage ich zu Haralds Rücken; er steht am Kühlschrank. Vielleicht sollten wir lieber noch rausgehen, als hier drinnen zu versumpfen. Vielleicht würden wir Sam zufällig treffen. Jeden Abend, an dem Harald nicht arbeitet, sitzen wir hier, und wenn er weg ist, sitze ich allein, höre Musik, sehe fern. So kann das nicht weitergehen.

Harald macht die Flaschen mit dem Feuerzeug auf, reicht mir eine. Wir stoßen an. »Ich muss und der Tonfall – klingt nicht gerade begeistert«, meint er.

»Meinst du, ich freue mich da drauf? Außerdem bin ich mir noch nicht hundert Prozent sicher.« Ich weiß nicht, was er erwartet. Ich habe mich von Mona getrennt. Ich werde sie tatsächlich nicht mehr sehen, nach all der Zeit. Und ich weiß nicht, wie es mit Sam weitergeht. Davon mal ab: Eine Wohnung zu suchen ist sowieso kein Spaß.

Er zuckt die Schultern. »Ja, gut. Mach, was du willst. Aber nicht, was du musst. Oder glaubst, dass du es musst. Und vielleicht solltest du dir mit der Entscheidung ein bisschen Zeit lassen. Du bist akut traurig – hast ja allen Grund dazu. Willst du nicht erst mal warten, bis das nachlässt?«

»Und dann?«

»Bin ich Hellseher? Ich meine nur, dass du nichts übers Knie brechen musst. Du kannst solange auch gern noch hier bleiben.«

Wir schweigen ein bisschen. Gleich wird Harald Musik anmachen. Wir werden ins Wohnzimmer umziehen. Oder ich lotse ihn doch noch raus. Ich glaube, das mache ich. »Magst du Sammy?«, frage ich.

Er grinst. »Klar. Sie ist eine Narzisstin, wie ich.«

Da klingelt das Telefon. Harald geht ran und kommt kurz darauf zurück, streckt mir den Hörer hin. Er strahlt. »Bettina«, flüstert er.

Meine Schwester klingt vollkommen aufgedreht, fast wie betrunken. »Es hat sechs Stunden gedauert, aber ohne Kaiserschnitt. Olga war dabei.«

Ich sehe Tina vor mir, verschwitzt und rot im Gesicht. Ich versuche, mir auch ihre Tochter vorzustellen, aber das gelingt mir nicht. So ein kleines Kind habe ich noch nie gesehen. »Und – heißt sie jetzt wirklich Lena?«, frage ich. In meinem Bauch hüpft ein Gummiball auf und ab.

»Lena Schirkau! Mel, du kannst dir nicht vorstellen, wie weh das tut. Und das mit dem Stillen auch. Mann, Mann, wenn ich das gewusst hätte!« Sie lacht, und ich lache mit. Ich weiß: Bettina schafft das.

Im Hintergrund hört man Stimmen. Das Telefon hängt wohl im Flur. Ich bin Tante! Ich merke, dass meine Mundwinkel hochgewandert sind. Dass ich wahrscheinlich dümmlich grinse. Harald führt einen seltsamen Tanz vor der Küchenvitrine auf.

»Herzlichen Glückwunsch«, sage ich. »Ich … ich besuch euch bald. Und erhole dich gut. Sag mal, mussten sie …«

»Ja, sie mussten mich nähen, war aber nicht so schlimm«, antwortet sie. »Du, hinter mir warten welche, und das Geld ist gleich alle. Ruf mich doch in zwei, drei Tagen an. Dann bin ich wieder zu Hause.«

»Alles Gute«, sage ich noch. »Und ich freue mich wirklich wahnsinnig.«

Das stimmt, und ich wundere mich selbst darüber.

### *Sammy*

Heiß ist es heute. Die Luft steht in den Straßen und wartet auf den Regen. Ausnahmsweise einmal fehlt es an Wind, den wir in unseren dunklen Klamotten wirklich brauchen könnten. Neben Suzanna und Dörthe laufe ich im schwarzen Block. Ich mache weiter Volxküche und gehe hin und wieder zu den Flora-Plenen. Von Tarun habe ich nichts mehr gehört und bin darüber auch ganz froh. Die meisten hier sind wieder nett zu mir. Natürlich gibt es auch ein paar Idioten – die gibt es überall. Welche, die im Plenum oder zu mir persönlich nie was gesagt haben, nur dezent nicht mehr grüßen. Aber die sind mir sowieso relativ egal.

Wir haben eine Demo angemeldet, weil in Solingen fünf türkische Menschen bei einem Brandanschlag ums Leben gekommen sind – ein halbes Jahr nach dem Mordanschlag in Mölln. Und weil die Bundesregierung in wenigen Wochen die Drittstaatenregelung einführen will, die faktisch eine Abschaffung des Asylrechts in Deutschland bedeutet. Die Faschos haben offiziell eine Demo angemeldet, weil sie immer noch vor Überfremdung warnen, aber das

Schlimmste finde ich, dass sie in ihren Augen wirkliche Erfolge zu feiern haben. Allerdings sind sie zum Glück, zumindest hier in den Straßen von Hamburg, in der absoluten Minderheit. »Nazis raus«, skandieren wir. Suzanna trägt ein Transparent. *Keinen Fußbreit dem Faschismus.* Ich ziehe meine Jacke aus und hänge sie über die Schulter. Wir kommen in die Nähe der Bullen, die beide Parteien trennen und die Nazis schützen. Ich sehe auf die andere Seite, auf die hassverzerrten Gesichter, die nicht einmal von Haaren entschärft werden. Viele von ihnen sind mit Nazi-Insignien tätowiert, manche sogar am Hals und im Gesicht. Wie kommen sie damit durch?, frage ich mich. Und was fehlt ihnen? Wie die Ärzte singen: *Deine Gewalt ist nur ein stummer Schrei nach Liebe ...*? Ich weiß es nicht. Ich versuche, mit einer Wegwerfkamera Fotos zu schießen. Im Plenum habe ich mich dafür gemeldet, um irgendetwas zu tun. Als Mel noch bei uns gewohnt hat, meinte sie, ich sei eine regelrechte Streberin geworden, was die Politszene anging. Aber die stört es ja nun nicht mehr.

Während wir »Nie mehr Faschismus!« rufen, lichte ich also die Neonazis ab. Auch von den Bullen mache ich ein paar Bilder. Wer weiß, was heute noch passiert. Vielleicht schlagen sie sich wieder auf die Gegenseite. Ich komme immer näher an sie heran. Angestrengt versuchen sie, Linke und Rechte voneinander zu trennen. Und da sehe ich ihn. Zuerst kann ich es gar nicht glauben. Er hat einen Schnauzer und keine Haare auf dem Kopf, der schöne Nico, und an seinem Hals prangt ein Tattoo: ein Adler. Ich fasse das einfach nicht. Vor Schreck bleibe ich stehen, während man hinter mir nach vorn drängt, beinahe wäre ich einem Polizisten in die Arme gefallen. »Stopp!«, rufe ich. »Hier geht es nicht weiter.« Aber niemand hört mich, und die Bullen beginnen uns einzukesseln. Ich verrenke mir den Hals, um den, der vielleicht Nico ist, noch einmal zu sehen. Und da zwinkert mir der Typ, den ich für meinen Bruder halte, doch tatsächlich zu. Als die Wasserwerfer in Aktion treten, stecke ich schnell den Fotoapparat ein und kämpfe mich zurück in die Mitte der Menge. Nico ist von hier aus nicht mehr zu sehen, und es wird eng. Wir werden nass. Und während die anderen tapfer: »Hamburger Wetter – wir haben Hamburger Wetter ...« rufen, verliere ich den Boden unter den Füßen.

Nur gut, dass Suzanna mich auffängt. Ich sehe alles ein wenig verschwommen, aber sie redet mir gut zu. »Keine Angst, wir kommen hier raus«, sagt sie. Und tatsächlich bezirzt sie einen der Bullen: »Meine Freundin hat einen Kreislaufkoller«, behauptet sie, höflich wie immer. Und sie lassen uns durch. Suzanna bugsiert mich zu einem McDonald's um die Ecke und setzt mich dort auf einer Bank ab. Ich hebe den Kopf erst wieder vom Tisch hoch, als Cola und Pommes vor mir stehen.

»Was war denn los?«, fragt Suzanna. »Seit wann bist du so schreckhaft?«

Ich zucke die Achseln. »Heute ist es einfach zu heiß zum Demonstrieren«, erkläre ich. Dass ich Nico gesehen habe, muss sie nicht wissen. Das heißt, vielleicht würde ich es ihr sogar erzählen, wenn ich mir sicher wäre. Aber das bin ich eben nicht. Vielleicht rufe ich die Tage mal Tarun an.

Als ich mich wieder gefangen habe, trennen wir uns. Suzanna geht zu ihren Flora-Freundinnen zurück. Doch ich kann nicht mehr, und so laufe ich langsam über den Hafen nach Hause. Hier ist alles voller Touris, wie an jedem Wochenende. Von den politischen Auseinandersetzungen, die wenige Straßen entfernt stattfinden, ist nichts zu spüren. Am Wasser angekommen, spiele ich kurz mit dem Gedanken, eine Hafenrundfahrt zu machen. Es hätte so etwas Friedliches, Normales, aber dann lockt mich die Badewanne zu Hause noch mehr. Ich könnte auf dem Weg dorthin Schokolade kaufen.

Gerade will ich die Hafentreppe hinaufgehen, als mich jemand überholt. Ich erschrecke, weil ich ihn nicht habe kommen hören, und halte automatisch meine Tasche fest. Der Jemand ist unauffällig: Er trägt Jeans und einen Kapuzenpulli, auf dem Kopf eine schwarze Mütze. Dann dreht er sich um und lächelt mich vorsichtig an. »Sammy«, sagt er mit seiner sonoren, tiefen Stimme. Wenn ich ihn so getroffen hätte, hätte ich ihn niemals mit den Nazis in Verbindung gebracht. Es ist unverkennbar Nico. Um den Hals hat er einen Schal, der aussieht wie selbstgestrickt, und die weißen Schnürsenkel seiner Springerstiefel sind durch rote ersetzt. Ich bin durchaus beeindruckt von seiner Wandlungsfähigkeit, aber das werde ich ihm ganz sicher nicht auf die Nase binden.

Und umarmen werde ich ihn auch auf keinen Fall, also verschränke ich die Arme und runzele die Stirn. »Was willst du hier?«, frage ich schroff. Meine Knie werden wieder weich. Aber diesmal werde ich nicht umfallen. Ich lehne mich ans Treppengeländer und hole meinen Tabak heraus.

Auch er zieht seine Zigarettenschachtel aus der Jackentasche, nimmt sich eine und bietet mir eine an. Natürlich lehne ich ab. »Tarun meinte, du hättest nach mir gesucht«, erwidert er mit einer Freundlichkeit, die leicht ins Schleimige driftet. »Da dachte ich, vielleicht sollten wir uns mal wieder persönlich sprechen. Weißt du in der Nähe eine Kneipe, wo du nicht alle naselang jemanden triffst?«

Nein, weiß ich nicht, weil St. Pauli ein Dorf ist. Ich habe schon jetzt Sorge, dass jemand mich mit ihm sehen könnte. Das wäre mein Tod. »Lass uns ein Taxi nehmen«, schlage ich deshalb vor. Geld muss er ja haben, und unten, am Fuß der Treppe, kommt gerade eines.

Er nickt, und ich stecke den Tabak wieder ein, winke dem Fahrer. Das Taxi hält, und wir steigen an, ich vorne, er hinten.

»Pizza?«, frage ich Nico. Es ist seltsam, aber ich habe auf einmal ziemlichen Hunger.

Er nickt noch einmal, ich drehe mich wieder nach vorne und schließe den Sicherheitsgurt. Ich nenne dem Taxifahrer eine Pizzeria in Barmbek, einem Wohngebiet im Norden der Stadt, das hauptsächlich aus Backsteinblocks besteht. Ich kenne niemanden dort. Aber Dörthes Ex wohnt hier, und sie hat oft von dieser Pizzeria geschwärmt. Ich hoffe nur, dass sie nachmittags auf hat.

Hat sie. Wir bestellen. Wir reden englisch und erzählen uns, welche Pizza die beste in unserem Leben war. Nico sagt, ich sei dabei gewesen: »Das war in Sizilien, Anfang der Achtziger«, meint er. Also in einem Familienurlaub. Aber ich bin der Überzeugung, dass es die beste in Heidelberg Mitte der Siebziger gab. Womöglich liegt es allerdings daran, dass es die erste war, die ich je gegessen habe.

Nico trinkt ein Hefeweizen. Mir stellt der Kellner meine Cola hin.

»Trinkst du immer noch keinen Alkohol?«, fragt er.

»Äußerst selten«, sage ich und denke: und sicher nicht mit einem Arschloch wie dir. »Aber jetzt erklär mir bitte mal, was du bei den Faschos willst.«

Er leckt sich den Schaum von der Oberlippe, der in seinem Bart hängt, erwischt nicht alles, sieht ein wenig unwürdig aus. Nico nimmt größere Schlucke als früher. »Das kannst du dir doch denken. Hat dich Tarun etwa nicht aufgeklärt?« Ich schüttele den Kopf. »Weißt du, er ist immer noch total verknallt in dich. Deswegen dachte ich, er hätte dich schon angerufen. Ich habe ihn vorletzte Woche auf den neuesten Stand gebracht, was meine berufliche Entwicklung angeht.« Nico lächelt, aber es ist kein freundliches Lächeln, sondern ein überlegenes. Ich denke darüber nach, wie ich dagegen angehen kann. Und beschließe, zunächst einfach Ruhe zu bewahren.

Ich nehme ein Stück von dem Brot, das zwischen uns steht, und schiebe es mir in den Mund. Ich hoffe, die Pizza ist wirklich so gut, wie Dörthe gesagt hat. Allerdings: Besser als die Pommes bei McDonald's wird sie schon sein. »Ich dachte, du bist in Nordengland«, sage ich.

Auch er nimmt sich Brot. Inzwischen würde er ganz gut nach Nordengland passen. Jedenfalls hat er das Biertrinken gelernt. Er nickt. »War ich auch, war ich auch.« Und dabei klingt er so selbstgefällig, dass ich kotzen könnte.

Ich trinke meine Cola und linse in Richtung Küche. Wir sind fast allein hier, nur noch ein Pärchen und eine Rentnerrunde mit zwei Frauen und drei Männern sitzen in den anderen Nischen. Das ist ganz praktisch; so fallen wir hier nicht auf. Die Pizza auf den Tellern der anderen sieht gut aus. Ich schaue Nico in Ruhe an. Er hat Schatten unter den Augen, als habe er schlecht geschlafen. Fast bemitleide ich ihn, aber dann sage ich mir rasch, dass er selbst schuld ist, mehr noch: dass er tausend schlechte Nächte verdient hat. Ich versuche, fies zu klingen. »Okay, und weiter? Was hast du da gemacht?«

Statt zu antworten, trinkt er erst mal einen Schluck Bier. Sein Glas ist schon halb leer. Das ist unsouverän. Dann zündet er sich eine Zigarette an, bevor er endlich erklärt: »Ich habe einen neuen Namen bekommen, ein neues Outfit, Fitnesstraining und einen neuen Auftrag: die Neonazi-Szene in Ostdeutschland auszuspionieren. Ich sage dir, da ist einiges zu tun; ihr hier habt ja keine Ahnung.«

»O doch, die haben wir durchaus.« Er nervt mit seiner Besserwisserei. Ich habe bald gegen jedes brennende Haus da drüben demonstriert. »Und das soll ich jetzt cool finden, oder wie?«, frage ich.

Er grinst. Charmant, wie Mum sagen würde, ich finde es einfach nur falsch. »Schwesterherz, selbst wenn du mich dafür hasst: Es ist nun mal mein Job. Und diesmal müsste es in deinen Augen doch die Richtigen treffen.«

Ich seufze, ziehe an meiner Zigarette und atme tief durch.

»Und du verdienst ganz gut dabei, oder?«, meine ich dann.

Er trinkt und raucht abwechselnd, und sogar seine Gestik ist verändert: Er wirkt massiger, hat ein paar Kilo zugenommen, dadurch bewegt er sich langsamer. Früher hatte er eine gewisse Eleganz, die jetzt vollkommen fehlt. Kurz gesagt, er sieht wirklich aus wie ein Proll. Es scheint, als habe sich seine Maske schon in den Körper eingegraben.

Endlich kommen die Pizzen – Funghi für mich und Thunfisch für ihn. Ich glaube, sie haben hier einen Holzofen. »Okay, ja, mir geht's finanziell nicht schlecht«, antwortet er. »Ist das ein Verbrechen? Ich kann dir sagen, das Geld ist sauer verdient. Das ist echte Knochenarbeit.«

Die Pizza sieht verlockend aus. Ich weiß gar nicht, wo ich anfangen soll. Erst einmal schneide ich alles in kleine Dreiecke. »Hast du keine Angst, so wie sie zu werden? Und mit wem redest du, nachdem du dir ihr Gesülze angehört hast? Wo wohnst du überhaupt? Hast du wenigstens eine eigene Wohnung?« Ich puste auf ein Stück Pizza, das inzwischen auf meiner Gabel steckt. Ein Pilz fällt herunter.

Nico drückt seine Zigarette aus, schneidet seine Pizza an und isst ebenfalls einen Bissen. Wirklich entspannt wirkt er dabei nicht. »Sammy, immerhin tue ich etwas für die Demokratie in Deutschland. Was ist daran falsch?«

»Mal links, mal rechts, wie's gerade kommt. Na, herzlichen Glückwunsch aber auch.«

»Weißt du, die militanten Linken sind auch nicht besser als die Faschos. Schon mal vom Tiananmen-Massaker gehört?«, sinniert er. Ich hatte nicht vor, mit ihm zu diskutieren. Sowieso bin ich auf das hier in keiner Weise vorbereitet.

Ich versuche mich zu sammeln. Zwinge mich zu essen, eine Pause entstehen zu lassen. Warum habe ich mich auf dieses Gespräch nicht besser vorbereitet? Ich habe doch seit Wochen darauf gehofft. »Na, na, bleib doch mal bei Deutschland. Ich meine, gerade in Deutschland weiß man doch, was die Faschos anrichten können.«

»Hättest du in der DDR leben wollen?«, hält er dagegen. »Ich sage dir, du wärst da garantiert unangenehm aufgefallen – im Arbeiter- und Bauernstaat.«

Einfach weiteressen, sage ich mir. Es schmeckt wirklich hervorragend. »Nico, sie zünden Häuser an, legen es darauf an, das Menschen dabei sterben. Muss ich dir das wirklich erklären?«

Er winkt ab. »Ich weiß, ich weiß. Deswegen arbeite ich ja da, wo ich arbeite. Aber so viel besser sind die Linken auch nicht. Guck dir doch die RAF an.«

Ich rolle mit den Augen. »Ich bin kein Fan der RAF. Aber was soll der Vergleich? Lass uns das bitte hier abbrechen.«

Er sieht mich überlegen an. »Du weißt, dass es auch da Tote gab. Und was meinst du, was in den RAF-Unterstützergruppen abgeht?«

Ich will in meine Badewanne. Schokolade essen. Ein nettes Buch lesen. »Weißt du was?«, sage ich nur. »Du kotzt mich an.« Mein Herz pocht, aber ich esse weiter. Und bestelle eine zweite Cola.

Er ist schon beim zweiten Weizen und isst die Pizza inzwischen aus der Hand. »Schwamm drüber«, meint er. »Jetzt spioniere ich ja die Bösen aus. Wer soll das sonst machen? *It's a dirty job but someone's got to do it* … oder nicht?«

Ich schüttele den Kopf. »Was meinst du, was ich für einen Ärger bekommen habe? Und was meinst du, wie sich die Leute fühlen, mit denen du abgehangen hast? Deine angebliche Freundin? Wie kannst du nur so leben?«

Er winkt ab. »Die werden schon drüber wegkommen. Die haben sich doch gegenseitig. Während ich ...« Er grinst, zuckt die Achseln. »Im Ernst. Jetzt sind ja die Richtigen dran. Du solltest mir gratulieren.«

Ich schiebe die Pizza, von der ich noch nicht einmal die Hälfte gegessen habe, weg und drehe mir eine Zigarette. Es ist wirklich schade um das gute Essen, aber das hier ist einfach keine gute Gesellschaft. »Meinst du? Und was ist mit dir?«, frage ich. »Was wird aus dir? Du freundest dich mit ihnen an, du singst ihre Lieder, du gehst auf ihre Demos. Und das alles machst du, während du sie verachtest? Das klappt doch nicht. Da bist du ja keine Minute entspannt. So einsam zu sein hält doch kein Mensch aus. Du gehst schon jetzt als einer von ihnen durch. Und das wird immer mehr werden. Wie viele Jahre dauert so ein Einsatz? Das ist doch vollkommen schizophren.«

Er gibt mir Feuer und zündet sich selbst auch eine Zigarette an. »Weißt du, ich verstehe schon, was Tarun an dir findet«, sagt er grinsend. »Gerade wenn du wütend bist. Das steht dir gut.«

Ich fürchte, die Badewanne reicht mir nicht, um entspannen können. Vielleicht bräuchte ich eher einen Boxsack. Aber ich atme tief durch, versuche, die Ruhe zu bewahren. »Danke, Nico, ich bin vergeben«, sage ich.

»Aha.« Er runzelt die Stirn. »Mädchen oder Junge?«

»Noch schlimmer: eine Frau«, sage ich.

Er zieht genüsslich an seiner Zigarette und schüttet Bier hinterher. »Dann erzähl mal«, meint er grinsend.

»Zuerst mal erzähle ich dir lieber, was du mir für Ärger eingehandelt hast. Die hätten mir in der Flora um ein Haar Hausverbot erteilt, weil wir in Kontakt standen.«

Er nickt triumphierend. »Genau das meine ich, Schwesterherz. Rechte, Linke, scheißegal. Das ist doch vollkommen undemokratisch.«

Jeder einzelne Satz von ihm geht mir auf die Nerven. »Ist es nicht. Ich wurde eingeladen, um eine Aussage zu machen. Und sie haben darüber abgestimmt, ob ich bleiben darf. Eine große Mehrheit war dafür, also bin ich noch dabei.«

»Okay, eins zu null«, sagt er gnädig.

»Nein, zwei zu null, wir haben niemanden umgebracht.«

»Aha, also ›wir‹. Wie schön für dich.« Er lächelt. Wie kann er das nur? Für Nico ist das alles nichts weiter als ein Spiel, und irgendwann wird er sich mit der Einstellung sein eigenes Grab schaufeln. Das heißt, in meinen Augen hat er das schon. Ich könnte keine Woche so leben, ohne Freundinnen, Freunde, Familie. Ja, er tut mir leid. Aber das werde ich ihn nicht merken lassen.

»Nico, ich glaube, diesmal gehst du zu weit. Was soll das mit dem Tattoo überhaupt? Das hast du jetzt ein Leben lang. Das ist doch einfach zum Kotzen. Ich glaube, ich gebe meinen Posten als kleine Schwester und Kontaktperson der Familie ab.«

»Und das heißt?« Sein Lächeln ist jetzt gefroren, schnell trinkt er noch einen Schluck Weizen.

Ich sehe ihm in die Augen, und er starrt zurück. Wer als Erster lachen muss, haben wir früher gespielt. Jetzt ist es ernst, und das Herz schlägt mir bis zum Hals, als ich weiterrede. »Dass ich dich nicht mehr sehen will. Zumindest solange du diese Rolle spielst – vielleicht überlegst du es dir ja noch anders. Und dass ich Mum nicht mehr Bericht erstatte, wie es dir geht. Das interessiert sie nämlich immer noch brennend. Deine Freunde werden sich sowieso ganz schön dezimiert haben, oder nicht? Dann ist es eben noch eine Beziehung weniger.«

Ich stehe auf. Auch er schiebt seinen Stuhl zurück, holt seinen Geldbeutel heraus. Seine Maske bröckelt. Fast sieht er traurig aus, als er der Kellnerin winkt. Und kurz, ganz kurz nur hätte ich ihn gern umarmt.

»Dann mach's gut, Schwesterherz«, sagt er. Ich sage nur tschüs. Und als ich schon fast an der Tür bin, höre ich noch, wie er mir hinterherruft: »Und pass gut auf dich auf!«

*Mel*

Feierabend. Die Abendsonne scheint auf den Balkon an der Rückseite des Hauses. Da sitze ich mit Dörthe – Harald und Helen sind noch unterwegs. Wir trinken einen von ihren Kräutertees und sehen auf den Hinterhof. Eine der vielen kleinen Inseln auf St. Pauli.

Dörthe erzählt von ihrem Praktikum; sie arbeitet bei einem Ferienprogramm für Grundschulkinder mit. Heute waren sie im Wachsfigurenkabinett auf der Reeperbahn. Ihr hat die Queen am besten gefallen. Von den Kindern kannten sie nicht alle. »Natürlich gehört die Monarchie abgeschafft. Klar, das ist ein Haufen rausgeschmissenes Geld. Also, das bleibt unter uns. Aber mal ehrlich: diese Klamotten!«, schwärmt sie. »Wenn ich alt bin, möchte ich auch so aussehen: einfach elegant.«

Ich sehe sie an, mit Jeans und einem ausgeleierten Band-T-Shirt, gelben Espadrilles, mit langen Haaren, die sie, seit ich sie kenne, einfach nur wachsen lässt. Sie lächelt und wedelt meinen Blick mit der Hand weg. »Dafür muss man natürlich eine gewisse Reife haben, das hat noch Zeit.«

»When I grow up I wanna be an old woman«, singe ich. Wir stoßen mit dem Kräutertee an. »Auf die Eleganz des Alters!« Michelle Shocked läuft oft in unserer WG. Es ist schön, Dörthe hier zu haben – in letzter Zeit haben wir fast nur telefoniert. Ich bekomme ein bisschen Heimweh. »Und wie geht's mit Jasmin und Sonja?«, frage ich sie. Beim letzten Gespräch hat sie von einem ungleichen Freundinnenpaar beim Ferienprogramm erzählt: Jasmin ist ein eher stilles Kind, Sonja dagegen hat heftige Wutanfälle, und zwar täglich. Letztes Mal hat sie etwas von Grenzen setzen erzählt und der Autonomie auf der anderen Seite, von ersten Freundschaften und Gegensätzen, die sich anziehen.

Heute zuckt Dörthe die Schultern. »Weißt du, ich hab jetzt ewig versucht, das psychologisch zu analysieren – auch in der Supervision und so. Inzwischen bin ich zu dem Schluss gekommen, dass es einfach Leute gibt, die ich nicht mag. Und da gehören eben auch Kinder dazu. Am liebsten würde ich Sonja aus dem Weg gehen. Fertig, aus. Ändern werde ich die sowieso nicht. Aber als Pädagogin geht das natürlich nicht. Nur: Die Kinder suchen sich ihre Freundinnen eben auch selber aus. Da werde ich Jasmin nicht von abbringen können. Also muss man sie eben ein Stück weit machen lassen.«

»Auch nicht immer einfach, oder?« Ich grinse.

Sie grinst zurück. »Allerdings. Süße, aber jetzt mal zu dir: Wann kommst du zurück nach Hause?« Sie stützt die Ellenbogen auf den Tisch. Zwischen uns liegt der Tabak.

Ich nehme ihn mir, um mir eine zu drehen. »Ehrlich gesagt, hab ich wieder angefangen, mir Wohnungen anzuschauen«, antworte ich, und es kommt leiser raus als geplant. Dabei hat immerhin Harald mich gelobt. Er meinte, jetzt sei ich endlich dabei, Entscheidungen zu treffen.

»Ich dachte, das mit Mona wäre vorbei«, sagt sie und zwirbelt eine Strähne vor ihrem Gesicht. Auf dem Hof fahren Kinder Fahrrad, am Durchgang stehen Teenager und rauchen.

Ich suche mein Feuerzeug. »Darum geht es nicht. Ich brauche keine Wohnung, um mich mit jemand anderem zu treffen. Im letzten halben Jahr war einfach alles zu viel. Ich will nur ein bisschen Ruhe – Zeit für mich. Ich muss öfter allein sein.«

Langsam lässt sie ihre Strähne los, nimmt den Tabak. Sie seufzt. »Dann ziehst du also wegen Sam aus«, stellt sie fest und runzelt die Stirn. Sieht so aus, als ob sie sich ärgert.

Ich zünde meine Zigarette an. Da unten im Hof rauchen sie was anderes als Tabak. Der süßliche Duft zieht zu uns hoch. Vielleicht rauche ich später noch einen Joint mit Harald. »Ja«, sage ich dann. »Aber ich glaube, es ist überhaupt an der Zeit.«

Sie dreht sich eine Zigarette und schüttelt den Kopf. »Ich sag doch: Pärchen in der WG bringen nichts als Ärger.«

»War es so schlimm mit uns?«, frage ich. Auf dem Hof ist ein Kind hingefallen. Es lacht.

Dörthe redet leiser als sonst. »Nein. Ich will nur nicht, dass du ausziehst.«

»Und – wie geht es Sammy?«, frage ich.

»Ich würde sagen, ziemlich schlecht. Bei der Demo letzte Woche ist sie in Ohnmacht gefallen oder so ähnlich.«

»Hat sie sich wehgetan?«

»Nein. Wahrscheinlich war es einfach zu heiß. Also sie war schon vorher schlecht drauf, aber seitdem ist sie vollkommen fertig. Sag mal, telefoniert ihr nicht mal?«

Ich schüttele den Kopf und komme mir gemein vor. »Ich rufe sie bald mal an«, verspreche ich. »Ich wollte eben erst ein paar Dinge klarhaben, bevor ich mich melde. Verstehst du?«

Sie raucht und scheint zu überlegen.

Da geht drinnen die Tür. Helen kommt nach Hause. Sie fragt, ob wir auch was essen wollen, sie macht jetzt Nudeln mit Tomatensoße.

Wir sehen uns an, nicken uns zu. Dörthe sagt ja. Ich schlage vor, eine Flasche Wein zu öffnen. Und es wird noch ein gemütlicher Frauenabend.

Das grüne Licht der Ampel scheint herein, und immer wieder fahren Autos mit röhrenden Motoren vorbei. Aus einem offenen Autofenster weht Nirvana zu mir herauf. Vorsichtig strecke ich meinen Fuß aus dem Fenster in die frische Luft. Ich mag den Frühsommer, vielleicht am liebsten von allen Jahreszeiten. Über den Stuck an der Zimmerdecke wandern Lichter. Ich sitze an meinem Lieblingsplatz, auf dem Fensterbrett im Erker. Es ist Zeit, die Vorhänge zu schließen, sich auszuziehen, ins Bett zu gehen. Aber seit sie weg ist, fällt es mir jeden Abend schwerer, Schlaf zu finden. Etwas fehlt, wenn ich ihr nicht all die Dinge erzählen kann, die ich erlebe. Von Nico beispielsweise habe ich noch gar niemandem erzählt. Mir fehlen ihre spitzen Kommentare zu ihm oder der Band oder auch einfach zum Wetter. Ich will nicht mehr einschlafen, ohne sie zu küssen. Ich will nicht ohne Mel wohnen. Zwei Wochen reichen mir, nun haben wir es also ausprobiert. Vielmehr: Sie hat es ausprobiert, und ich habe mitgespielt. Davon, dass es so weit geht, dass wir uns nicht einmal am Telefon sprechen, war vorher keine Rede.

Ich stelle mir die Zukunft vor: eine gemütliche Dachwohnung für Mel, eine neue Mitbewohnerin für mich, Telefonate, Verabredungen und immer die nagende Frage, ob Mona bei ihr ist. Ich stehe auf und mache gegen die Trauer laut But Alive an. Lege mich auf meine Matratze und überlege, was klug wäre und wie viel Freiheit ich ihr lassen muss. Und so wälze ich mich angezogen, bei offenen Vorhängen auf der Matratze, bis es fast eins ist. Dann beschließe ich, vollkommen uncool zu sein und ihr hinterherzurennen. *Everybody plays the fool sometimes …*

Ich laufe zur Tankstelle. Gehe hinein, um Rosen zu kaufen. Ich treffe eine Bekannte, die über mich lacht. »Was ist jetzt kaputt?«, fragt sie. »Ich dachte, Blumen seien ein dir nicht zugängliches Konzept?« Es stimmt, das habe ich mal gesagt. Aber jetzt ist alles anders, so ist das eben. Wir rauchen zusammen eine Zigarette und gehen dann wieder unserer Wege. Eine Weile sehe ich dem Partyvolk zu, wie es durch die Straßen wankt. Dann trinke ich in der Kleinen Pause einen Sauren, um mir Mut zu machen. Und schließlich stehe ich vor Haralds und Helens Haus. Es ist noch Licht in der Küche. Das ist mehr, als ich erhofft habe. Trotzdem zögere ich. Dann gebe ich mir einen Ruck und klingele.

Als ich die Treppen hochkomme, steht Harald in der Tür. »Darf ich reinkommen?«, frage ich.

Er grinst. »Ich glaube schon«, sagt er. Ich kann mich immer noch nicht entscheiden, ob ich ihn mag oder nicht. Es gefällt mir einfach nicht, dass Mel schon zwei Wochen bei ihm ist. Dass er alles über mich weiß und über Mel womöglich mehr als ich. Ob er Mel geraten hat, zu Mona zurückzukehren? Ich schätze, er ist derjenige, bei dem ich um Mels Hand anhalten müsste, wenn ich sie heiraten wollte. Was für eine absurde Idee. Ich folge ihm in die Küche. Er weist mir den Platz neben Mel zu. Seine Tasse steht gegenüber. Ich strecke Mel die Blumen hin.

»Kann ich dir einen Tee anbieten?«, fragt er ungerührt, während Mel leicht errötet.

Ich sage ja. Es gibt frische Minze mit Honig. Mel nimmt die Blumen in Empfang und bedankt sich. Dann holt sie ein Weizenglas aus dem Schrank und füllt Wasser hinein. »Eine Vase haben wir nicht. Oder, Harald?«

»Nein, nicht dass ich wüsste«, sagt er.

Zunächst schweigen wir, aber da Harald keine Anstalten macht zu gehen, sage ich es schließlich in seiner Anwesenheit: »Mel, ich will, dass du zurückkommst. Ich will mit dir zusammenwohnen. Ich will dich beim Frühstück sehen und nachts klopfen, wenn ich spät nach Hause komme. Und ich will mit dir nach Amerika fahren. Ich will, dass du einfach ganz allein meine Freundin bist – da bin ich jetzt total uncool.«

Mel weicht meinem Blick aus. Sie sieht aus, als würde sie gleich weinen.

»Ich glaube, ich gehe dann mal ins Bett«, sagt Harald endlich und küsst Mel auf den Scheitel. Er nickt in meine Richtung, und ich glaube, er zwinkert mir tatsächlich zu.

Während er verschwindet, nehme ich sie in die Arme. Mel schmiegt sich an und sucht meinen Mund. Ich streichele ihren Rücken. Langsam, denke ich, langsam.

»Ich habe mit ihr Schluss gemacht«, erzählt sie.

Ich halte inne und schiebe sie von mir weg, um ihr in die Augen zu sehen. »Richtig?«

Sie weicht meinen Blicken aus, aber ich lasse nicht locker. »Ich habe gesagt, dass ich sie nicht mehr sehen will«, sagt sie schließlich leise und legt ihre Hand auf meine Schulter, zieht mich langsam wieder zu sich heran.

Ich gebe nach. Ich hatte ein längeres, ernsthaftes Gespräch erwartet. Aber vielleicht hat das ja Zeit. »Warum?«, frage ich.

Schon küsst sie mich auf den Hals, hinauf Richtung Mund. Ihre Augen sind geschlossen. »Weil mir eine Freundin reicht«, sagt sie.

»Oh.« Mehr fällt mir nicht ein. Und ich schelte mich, dass ich mich noch gar nicht entschieden habe, dabei bin ich doch hergekommen, um Dinge zu klären: ob ich aufhören will mit den Knutschereien, damit Mel sich sicherer fühlt. Aber zunächst scheint die an anderem interessiert zu sein: Sie zieht mich hoch und stolpert mit mir durch den Flur ins Gästezimmer, während sie mich streichelt und küsst. Dort zieht sie mich dann aus, und ich tue es ihr gleich, öffne ihre Hose, ziehe ihr Hemd über den Kopf. Ich sehe sie an, doch ihre Augen sind geschlossen. So spüre ich ihre nackte Haut, ihren offenen, weichen Mund, ihre gierige Zunge. Sie reibt sich an mir und kommt, beißt mir in die Schulter, um nicht zu schreien. Mir geht das alles zu schnell, aber ich sehe ihr gerne zu. Wir stehen die ganze Zeit. Erst danach quetschen wir uns auf die schmale Matratze. Dort halte ich Mel fest, bis sie ruhiger atmet, einschläft und seufzt. Ich liege wach daneben.

# KAPITEL 10

*Mel*

»Das ist wirklich riesig. Ich hatte Angst, dass ich schon zu viele Bilder im Kopf habe – dass das Original dann enttäuschend ist. Aber diese Dimensionen kann man sich nicht vorstellen«, sage ich. Es ist das erste Mal, dass ich woanders bin als in Europa. Natürlich habe ich Sam nicht zahlen lassen. Hab mir von Harald Geld für den Flug geliehen; das ging für ihn gerade so.

Wir sind über die Golden Gate Bridge gelaufen, Hand in Hand, raus aus San Francisco, Richtung Marin County, und nun auf halbem Weg zurück. Links sieht man Alcatraz, die frühere Gefangeneninsel. Unter uns, an einem der Pfeiler, hat jemand ein Haus gebaut, das inzwischen alt und schief ist. »Stell dir vor, da zu wohnen«, sagt Sammy mit leuchtenden Augen. Sie wirkt, als wäre auch sie das erste Mal hier. Sie staunt immer noch. Und vielleicht liebt sie mich wirklich.

»Da muss es ganz schön laut sein: drüber Autos, außen rum das Meer«, fällt mir dazu ein.

Sie boxt mich in die Seite. »Ach, du musst auch immer alles schlecht machen.«

Ich strecke ihr die Zunge raus. »Noch ein Foto von dir auf der Golden Gate Bridge, dann gucken wir uns die Ausstellung von deiner Mum an, okay?«

Sammy sieht leicht panisch auf ihre Uhr. »Oje, die wartet sicher schon«, meint sie.

Ich zücke den Fotoapparat. Ruckzuck ist das Strahlen verschwunden. Ihre Mutter macht sie nervös. Ich glaube, ich weiß inzwischen auch, warum sie keinen Alkohol trinkt. Wir wohnen schon ein paar Tage bei ihnen. Ich beruhige Sammy: »Wir werden ja wohl nicht die einzigen Gäste sein.«

Sie kommt auf mich zu, legt mir die Hand auf den Arm. »Komm, wir lassen jemand anderen ein Foto von uns beiden machen«, schlägt sie vor, und das finde ich gut. Ein Touristenfoto, wie es alle machen – sehr entspannend. Eine ältere Dame findet sich bereit, und wir umarmen uns und lachen in die Kamera, für ein stinknormales Bild, das einfach nur an diesen Ort erinnern soll und daran, dass wir zusammen dort waren.

Lorraines Ausstellung ist im hinteren Teil eines Souvenirshops untergebracht. Als wir eintreten, kommt sie gleich auf uns zugeschossen. Ihre Hand ist beringt, an jedem Finger ein Diamant, alle in Gold gefasst. Ihre Lippen sind rot geschminkt. Bisher habe ich sie nur zu Hause gesehen, mit zerzausten Haaren, alten Jeans, bunten, unförmigen Oberteilen. Man erkennt sie kaum. Und man merkt, dass sie das Bad in der Menge genießt. Sie umarmt uns, »schön, dass ihr da seid«, ihr Moschusduft hüllt mich ein, und schon ist sie wieder weg: Ein langhaariger Mann mittleren Alters im Anzug gibt ihr die Hand, womöglich ein Europäer, er sieht wohlhabend aus. Vielleicht ein potenzieller Käufer?

Sammy nimmt mich an die Hand. Schweigend gucken wir die Bilder an. Es sind alles Porträts – Leute aus der Künstlerszene, wie Sam erklärt – und alle im Studio aufgenommen. Romantisch verklärt, teilweise absichtlich unscharf. Am Ende zieht Sammy mich zum Sektstand. »Und – was sagt die Expertin?«, fragt sie.

»Professionelle Arbeit, hoch ästhetisch, teuer produziert, eine große Portion Melancholie. Sie kann was, auf jeden Fall.«

Wir setzen uns auf die Barhocker und stoßen an. »Sie macht es ja nun auch schon lange genug. Und wenn man einen Mann hat, der die Kohle ranschafft – Glücksfall.«

Sammy sagt das abfällig, und das finde ich schade. Eigentlich ist Lorraine ganz sympathisch. Ich hätte von solchen Eltern geträumt: weltoffen, künstlerisch ambitioniert, intellektuell, vorurteilsfrei.

»Ach, mir fehlen bei ihren Bildern einfach immer die Ecken, die Kanten, das, woran man sich stößt. Man muss eigentlich gar nicht länger hinschauen. Es ist alles ganz klar, auf den ersten Blick zu sehen, bestätigt sich im Lauf des Betrachtens nur immer mehr. Keine Rätsel, keine Überraschungen. Anders als bei dir.« Plötzlich sieht sie über meine Schulter Richtung Tür. Irgendjemand Bekanntes scheint hereinzukommen.

»Danke, Sammy«, sage ich. »Natürlich hab ich gehofft, dass du meine besser findest. Aber ich glaube, ich sehe mir ein paar von den schönen Gesichtern trotzdem noch mal an. Machst du mit mir eine zweite Runde? Ich zeige dir, welche ich am besten finde.«

Sie guckt mich nicht an. Und dann läuft eine Frau an mir vorbei, direkt auf Sammy zu. Die streckt ihre Hand aus, spricht sie auf Deutsch an. Die andere hat einen bayerischen Akzent und zugleich eine amerikanische Einfärbung. »Ich dachte, du wohnst in Deutschland?« Sammy sieht vollkommen überfordert aus. Sie schaut von mir zu ihr, hin und her, scheint mit der Hand auf mich zeigen zu wollen, überlegt es sich anders.

»Ich bin nur zu Besuch hier«, erklärt Sammy.

Die Frau zündet sich eine Zigarette an. Sie steht direkt vor mir, behandelt mich aber wie Luft. »Mensch, das ist ja eine schöne Überraschung. Wo unser Abschied doch so herzlich war. Aber man trifft sich immer zwei Mal.« Sie bläst Sammy den Rauch mitten ins Gesicht.

Sammy redet leise, natürlich höre ich trotzdem alles. »Es tut mir leid«, sagt sie. »Ich weiß, dass das blöd war.«

Auch wenn ich nicht ganz kapiere, worum es hier geht, schaue ich automatisch, wo der nächste Ausgang ist. Nur: Ohne Sammy kann ich hier ja nirgends hin. Zumindest stehe ich aber vom Barhocker auf, stelle mich vorsichtshalber ein Stück von den beiden weg, mit Blick auf ein Bild von einem androgynen jungen Mann, der ein rückenfreies Kleid trägt, und drehe mir eine Zigarette. Natürlich höre ich trotzdem weiter zu.

»Und – wie gefallen dir die Bilder?«, versucht es Sammy.

»Ich habe noch nicht alles gesehen, aber auf jeden Fall ist deine Mutter 'ne scheiß Voyeurin. Genauso wie du.« Ich frage mich, ob sie extra so laut redet. Aber andererseits reden die Amis ja allgemein lauter als wir.

Sammy lässt eine kurze Pause entstehen. »Sollen wir kurz rausgehen?«, fragt sie dann.

»Willst du's mir noch mal besorgen, oder was?« Die Frau lacht hämisch. Erschrocken sehe ich zu ihr. Sie dreht sich um, Richtung Tür, sie hat ein markantes Gesicht: großer Mund, lange Nase, dunkle Augen. »Nein, vielen Dank«, gibt sie über die Schulter zurück. »Ich wünsche dir noch viel Spaß.« Dann fixiert sie mich. »Und dir auch«, sagt sie, etwas leiser. »Aber nimm dich in Acht: Sie ist eine Schlampe.«

Dann rauscht sie davon. Ich bin wie erstarrt, rauche automatisch zu Ende. Erst dann sehe ich mich um. Alle sind mehr oder weniger mit sich selbst beschäftigt; es sieht aus, als habe niemand den beiden zugehört. Nur Sammy ist weg. Anscheinend ist sie dieser Frau tatsächlich hinterhergelaufen.

*Sammy*

Wir sitzen in einer mexikanischen Bar im Castro, trinken Corona und essen Burritos – für Mel ist es ihr erster. Sie redet nichts. Seit gestern ist sie beleidigt. Ich habe ihr zwar erklärt, dass ich zu dem Zeitpunkt, als das mit Heather war, noch dachte, sie sei mit Mona zusammen. Aber außer einem bissigen »Schon klar« hat sie nichts darauf erwidert. Der Abend ging dann mit Mums Ausführungen über die Fotos, potenzielle Käufer und ein Interview mit der Lokalpresse schnell um. Tatsächlich interessiert sich Mel ja für diese Dinge.

»Wie schmeckt es dir denn?«, frage ich.

»Gut«, sagt sie. »Ich muss mich erst an die Schärfe gewöhnen, aber trotzdem gut.« Ein Stück Salat und Fleisch fallen ihr herunter. »Und das Essen muss ich wohl auch noch üben«, fügt sie hinzu. Immerhin grinst sie.

Ich bin schon fast fertig und lege ihr versuchsweise eine Hand auf den Oberschenkel. Sie lässt es geschehen. Es läuft »Me, Myself and I« von De La Soul, und an den Wänden hängen Plakate – Demo-Ankündigungen, Parolen: *Nobody is illegal* und *Fight Homophobia*. Es ist ein Laden, von dem man in Hamburg träumt. Mel wippt auch schon ein bisschen mit. Aber ich bin froh, wenn wir hier wegfahren. Überall könnte man Heather treffen. Natürlich wusste ich an dem Abend im City Lights Bookstore, dass sie sauer auf mich war. Aber ich hätte niemals gedacht, dass ihre Wut so lange anhält. Und dass ich sie überhaupt wiedersehe.

Mel ist fertig. Sie fischt noch ein paar Salatfitzel vom Teller, leckt sich die Finger ab und wischt die Hände an ihren Jeans sauber. Ich ziehe meine Hand zurück. Sie öffnet die Fototasche, die neben ihr steht. »Meinst du, ich kann sie fragen, ob ich sie fotografieren darf?«, fragt sie.

Ich schiebe meinen letzten Bissen in den Mund. Es war wirklich ein guter Burrito. Ich dachte, wir reden jetzt endlich mal, mit HipHop im Hintergrund und vielleicht einem zweiten Getränk. Noch gestern machte es den Eindruck, als sei das dringend nötig, aber jetzt ist Mel schon wieder anderswo. »Wen?«, frage ich.

Das erste Mal seit gestern lächelt sie mich an. »Na, so einige.«

Ich zucke die Schultern. Manchmal erinnert sie mich mit dieser Fotografiermanie an meine Mutter. Obwohl sie natürlich einen anderen Blickwinkel hat. Sie interessiert sich nicht für die reine Schönheit, sondern für das Abseitige, für die Zwischentöne, für das, was man erst auf den zweiten Blick sieht. Sie gibt mir einen flüchtigen Kuss, und schon ist sie weg. Trotz ihres starken deutschen Akzents hat sie keine Hemmungen, andere Gäste anzusprechen. Ich sehe mir die Leute in Ruhe an und versuche, Mel zu verstehen. Natürlich sind sie allesamt interessant. Aus allen Teilen dieser Welt sind sie hier in einer Bar mit klarer politischer Ausrichtung versammelt. Ich dachte eben nur, wir hätten etwas zu klären.

Liz, eine große Frau mit rotgefärbten Haaren, groben Gesichtszügen und einem durchtrainierten Körper erzählt, dass sie einen Mexikaner geheiratet hat, damit er eine Aufenthaltsgenehmigung bekommt. Sie dachte, er wäre einer, der sich politisch engagiert, und nun stelle sich heraus, dass er in der Neuen Welt hauptsächlich viel Geld verdienen will. Sie hat sich zu uns an den Tisch gesetzt.

»Unsere Ehe läuft also nicht so gut.« Sie lacht. »Aber zwei Jahre müssen wir noch durchhalten, damit er nicht abgeschoben wird.« Mel fotografiert in einem fort, während Liz mit ausladenden Gesten und beredter Mimik erzählt; Menschen in Bewegung interessieren Mel immer.

Als Nächstes fotografiert sie eine kleine, drahtige Afroamerikanerin, die am Nebentisch sitzt. Die engagiert sich in der Antifa und ist Stammgast dieser Kneipe. Ein ruhigerer Typ, ein langsameres Fotoshooting, Mel fotografiert sie von allen Seiten. Manchmal liegt sie dabei fast auf dem Boden. Bisher war mir nicht klar, was für eine sportliche Angelegenheit fotografieren sein kann. Sie unterhalten sich über das Castro, die Geschichte der Bar, die es schon seit den Siebzigern gibt, die Musikszene in San Francisco und Dreadlocks.

So fotografiert sich Mel durch die ganze Bar. Ich sitze solange allein an unserem Tisch in der Ecke und habe das erste Mal seit langem wirklich Lust, mich zu betrinken. Aber ich muss Mel noch nach Hause fahren, und nicht nur deshalb werde ich das natürlich nicht tun. Stattdessen rauche ich eine Zigarette nach der anderen. Irgendwann fällt mir ein, dass ich Postkarten gekauft habe, und ich schreibe ein paar.

Fast eine Stunde später nimmt Mel einen faltigen, grauhaarigen, asiatisch aussehenden Mann ins Visier, der am Nebentisch sitzt. Sie muss ihn ein bisschen überreden, ehe er sich einverstanden erklärt. Dabei ist er sehr fotogen. Schließlich schwärmt er von seinem Viertel, von den Ausgehmöglichkeiten, den Leuten. Er ist hier, nur zwei Straßen weiter, aufgewachsen und hat nie woanders gelebt. »Nur das Crack hier ist die Hölle«, meint er und fragt, ob ihr die Crackleichen schon aufgefallen seien. Mel nickt. Er selbst ist leicht angesäuselt. Zum Abschied küsst er sie auf die Wange.

Dann ist sie endlich wieder bei mir. Aber nicht allein. Nachdem Mel ihre Kamera weggepackt hat, macht sie sich

Notizen. Währenddessen setzen sich immer mehr Leute zu uns. »Ich habe sie auf ein Bier eingeladen«, sagt Mel. »Das ist doch okay, oder?« Ich nicke erstaunt. Zu Hause lernt Mel nie so schnell Leute kennen. Sie wirkt jetzt richtig entspannt. Bestellt für alle und prostet ihnen zu. »Gebt mir eure Adressen«, schlägt sie vor, »dann schicke ich euch Abzüge. Oder ich schicke sie an die Bar hier, wenn euch das lieber ist. Vielleicht hängen die sie ja auf.«

Liz guckt sich um. Bisher hängen hier noch gar keine Fotos. »Das wäre toll«, sagt sie.

Am Ende sind alle für die Bar. Deren Adresse hat Mel schon: Sie hat sich eine der Visitenkarten genommen, die auf der Theke liegen. »Okay, ich schicke große Abzüge«, verspricht sie.

Als wir das Lokal schließlich verlassen, ist es draußen längst dunkel, und Mel ist ziemlich angetrunken. Es war interessant mit den Leuten, Mel ist glücklich, und wir haben noch genug Zeit, um zu reden. Sie hat ja recht. Langsam, Hand in Hand, laufen wir zum Auto. Auf dem Weg sehen wir uns Schaufenster von Buchhandlungen und Secondhand-Läden an. Manchmal bleiben wir auch einfach stehen, um uns zu küssen.

»Stört es dich, dass die Porträts deiner Mum mich ein bisschen inspiriert haben?«, fragt Mel vorsichtig. »Ich meine, du weißt, dass ich es anders mache, oder?«

»Ich weiß«, sage ich und nicke. »Keine Angst. Mum inszeniert sie in einem Rahmen, den sie vorgibt. Du bist ja fast schon eine Soziologin. Und so sportlich! Wirklich, das war beeindruckend, wie du auf dem Boden herumgekrochen bist.«

Wir kommen beim Auto an. Mel hält mich fest und küsst mich lange, bevor wir einsteigen. Es ist schön, sie so glücklich zu sehen, und ich werde heute keine unangenehmen Themen mehr anschneiden.

*Mel*

Sammy ist mit ihrem Vater im Fachbereich Literaturwissenschaft verschwunden, die Kollegen kennenlernen und so. Vielleicht wird sie hier irgendwann ja mal studieren, ein Auslandssemester oder sogar den Abschluss machen. Eine Stunde, haben wir gesagt. So lange habe ich Zeit, mir den Campus der University of California anzusehen, an der Mr. Lehman arbeitet. Aus meiner Familie war noch niemand an der Uni. Ich bin die Erste mit Abitur, meiner Schwester hat die Mittlere Reife schon gereicht. Meine Klassenlehrerin in der Vierten hat mir die dringende Empfehlung gegeben, aufs Gymnasium zu gehen, und ich glaube, da waren meine Eltern schon ein bisschen stolz. Aber später konnte Mama einfach nie verstehen, warum ich so viel lernen musste. Andererseits war sie da auch gerade von Papa verlassen worden und verstand erst mal sowieso gar nichts mehr.

Ich folge dem Weg, der die große Rasenfläche unterteilt, suche einen Platz im Schatten. Von hier aus kann man die ganze Bay überblicken. Wieso ist Sammy überhaupt in Hamburg, wenn sie das alles haben konnte? Ich setze mich unter einen Baum auf meine Jacke. Wenn wir uns wiedertreffen, werden wir alle zusammen zu Mittag essen. Hier, an der Uni, redet ihr Vater viel mehr als zu Hause. Er ist akkurat angezogen, er lächelt, er ist einfach präsent. Bei ihnen daheim habe ich immer das Gefühl, als sei er kurz davor einzuschlafen. Morgen geht es dann los: unser Roadtrip, nur wir zwei werden durch das riesige Land fahren. Wir begnügen uns mit Kalifornien – weiter werden wir wohl nicht kommen – da gibt es Wüste und Wälder und Meer, und die Orte liegen so weit auseinander, dass sich dazwischen diese Weite erstreckt, menschenleer. Niemand sonst. Keine anderen Frauen. Nur ein Auto, wir zwei, gute Musik und die Straße, die uns den Weg durch die Landschaft bahnt.

Ich lache, während ich an Papa denke, der immerhin zu meiner Abi-Feier kam. Weshalb meine Mutter wegblieb, so war das eben damals, kurz nach ihrer Trennung. Er hat nur einen Hauptschulabschluss, aber er hat sich hochgearbeitet. Als Kind hat er mich auch einmal mit zur Arbeit genommen. Autositze haben sie in seinem Betrieb hergestellt, und es arbeiteten nur Männer da. Ob das immer noch so ist? Viele Italiener, ein paar Griechen, Jugoslawen, auch ein paar Deutsche gab es. Und Papa war ihr Boss.

Klar, sie grüßten mich alle freundlich, und Papa zeigte mir die Maschinen. Es war sehr laut da drinnen. Sein Büro war durch eine Glaswand von der Werkhalle getrennt. Während er am Schreibtisch saß, sah er also den Arbeitern zu. Er war sozusagen der Kontrolletti. Aber früher hatte er selbst am Band gestanden, und deshalb respektierte ihn dort jeder, behauptete er. Ich könnte auch an der Hochschule Fotografie studieren, in New York. Allerdings bräuchte ich ein Stipendium. Ich lerne viel bei Tekla. Irgendwann werde ich gut genug sein.

Bevor ich Sammy kennengelernt habe, war Amerika für mich immer New York, und New York war der Ort, von dem ich träumte. Noch in Gummadingen hatte ich mir *Weegee's New York* gekauft – Schwarz-Weiß-Bilder aus einer anderen Zeit, von Unfällen bis zum Glamourgirl alles dabei; damals war es für mich sehr teuer … Offensichtlich ist jetzt Pause. Auf einmal laufen eine Menge Studentinnen vorbei, auch Studenten. Und wenn eine von denen was mit Sammy hatte?

Ich packe mein Buch aus, *On the Road* von Jack Kerouac, dann meinen Tabak, blicke wieder über die Bay. Natürlich habe ich nicht so viel Erfahrung wie Sammy. Vor Mona gab es gerade mal zwei Frauen, mit denen ich richtig Sex hatte. Ab wann ist es überhaupt Sex? Ist ja auch egal. Ich wünschte, es wäre mir egal. Aber für mich ist es mit Sammy so einmalig – das möchte ich mit niemandem teilen. Das tut mir weh. Ich weiß, diese Heather war vor meiner Zeit, bevor ich mir mit Sammy überhaupt mehr vorstellen konnte. Oder vielleicht auch mir vorzustellen wagte. Aber sie sagt, sie war schon damals in mich verliebt. Wie konnte sie dann mit einer anderen rummachen?

Okay, mit Mona war alles so gewohnt, reine Geborgenheit, da habe ich Sammy auch fast vergessen. Aber für sie scheint Sex so normal zu sein wie sich unterhalten oder Musik machen; das verwirrt mich. So leicht war das für mich nie. Vielleicht bin ich eben doch immer noch ein Mädchen aus der Kleinstadt. Ich drehe mir eine Zigarette. Hier sieht alles so reich aus. Ob Sammy je ihr eigenes Geld verdienen wird? Und womit? Mit einer Riot-Girl-Band wohl kaum. Vielleicht wird sie ja auch mal Professorin.

*Sammy*

Unser Zelt steht auf sandigem Boden, der Mietwagen ist daneben geparkt. Nun sind wir schon seit zehn Tagen unterwegs. Wir sind durch die Wüste gefahren, haben uns die Mammutbäume angesehen und waren eine Nacht in L.A., wo Mel wieder Leute fotografiert hat, aber davon abgesehen waren wir nur zu zweit. Wir haben viel geschwiegen, Musik gehört und gestaunt. Es ist toll, mit Mel unterwegs zu sein, vor allem deshalb, weil Amerika für sie so neu und voller Wunder ist. Und weil wir gern zusammen Auto fahren – meistens sitze ich am Steuer.

Jetzt sind wir also mal wieder auf einem dieser minimalistischen Campingplätze; hier gibt es einfach bloß sanitäre Anlagen, Steckdosen und ein Kästchen, in das man zehn Dollar pro Nacht stecken soll. Neben unserem sind noch drei andere Zelte über die Fläche verteilt. Sie alle stehen zwischen niedrigen Bäumen. Diejenigen, die dort schlafen, habe ich noch nicht gesehen. Wir sind erst am Spätnachmittag angekommen.

Rechtzeitig zum Sonnenuntergang schlendern wir zum Rand des Canyons, wo schon eine ganze Menge Leute warten. Ich muss mich erst wieder umstellen auf den Trubel, und irgendwie hatte ich nicht damit gerechnet. Obwohl es eigentlich vollkommen klar ist: Immerhin ist das hier der Grand Canyon. Wir mischen uns unter all die Naturbewunderer und setzen uns auf einen Felsen. Ich lasse mich zwischen Mels Beinen nieder; sie legt die Arme um mich und stützt ihr Kinn auf meine Schulter. Wir sind fast gleich groß. Unten erstreckt sich der weite Canyon, auf der anderen Seite des Tales erheben sich pyramidenförmige Gesteinsformationen. Ein Schwarm Vögel fliegt in Formation vorbei; sie bilden ein großes Dreieck. Und ganz nah vor uns stürzen drei große Reiher in die Tiefe. Unten landen sie in einem wilden Fluss. Im Abendlicht erstrahlt der Grand Canyon in verschiedenen Rottönen, in seiner ganzen Weite. Mel seufzt. Ich kenne das inzwischen: Es ist ein wohliges Seufzen. Dennoch denke ich, dass es heute vielleicht an der Zeit wäre zu reden. Denn in drei Tagen kommt schon Las Vegas, was das Gegenteil von Ruhe verheißt, und dann geht es zu meiner Familie zurück. Vorher sollten wir noch einiges klären.

»Das ist Wahnsinn«, sagt Mel. Ich erinnere mich an die ärmliche Tankstelle im Reservat auf dem Weg hierher, in der wir Beef Jerky und Äpfel gekauft haben. Sie gehörte biertrinkenden Native Americans, denen gegenüber wir uns gleich schlecht fühlten. Man weiß ja, dass ihnen nur diese kleinen Reservate gelassen wurden, während sie früher überall unterwegs waren, zum Beispiel im Grand Canyon. Es war eine lange Fahrt in unglaublicher Hitze; unser Airconditioning hatte irgendwann aufgegeben. Aber jetzt ist es angenehm: Es weht ein kühler Wind. Langsam sinkt die Sonne. Wir sind zusammen, und das ist alles, was zählt.

Ich hole eine Tüte Beef Jerky aus der Tasche. Das ist heute unser Abendbrot, denn wir hatten mittags einen Burger an der Raststätte, brauchen also nichts Warmes mehr.

Wir kauen eine Weile schweigend. Bis ich Mels Atem an meinem Ohr spüre. Überrascht richte ich mich auf. Sie küsst mich nicht. Schließlich sind wir nicht mehr in San Francisco. Aber sie flüstert mir ins Ohr, ob wir nicht gehen wollen, und ich stelle mir ihre Zunge in meinem Mund vor, doch dann halte ich ein. Nein, ich will in Ruhe den Sonnenuntergang ansehen. Vorsichtig löse ich mich von ihr. Ich setze mich neben sie und lege ihr den Arm um die Schultern. »Lass uns noch gucken, okay?«, sage ich. Zu meiner Erleichterung lehnt sie sich einfach, fast unschuldig, bei mir an.

Die Grillen zirpen, und in der Ferne glaube ich einen Kojoten zu hören. Die Nachtluft ist erfrischend; ich war kurz draußen, weil ich mal musste, und habe mir den unglaublichen Sternenhimmel angesehen. Man fühlt sich darunter ganz klein. Nur auf eine Sternschnuppe habe ich umsonst gewartet. Es wird wohl ohne Wunder gehen müssen. Ich wende mich Mel zu. Sie schläft tief und fest. Ich habe es gestern Abend einfach nicht geschafft. Und jetzt ist es zu spät. Ich kann sie ja schlecht aus dem Tiefschlaf reißen und sagen: Wir müssen reden. Welche Regeln stellst du dir vor? Wo sollen wir die Grenze ziehen? Ich glaube, dass die Grenze nicht an Körperteilen verläuft, sondern an Vertrauen, an Nähe, an dem, was einen entfremdet. Und du? Was hast du davon, das alles ungeklärt zu lassen? Ich kuschele mich an ihren Rücken. Etwas anderes bleibt mir ja nicht übrig.

*Mel*

Wir sind spontan hier gelandet, hatten nichts über den Park gelesen. Er lag am Weg, wir haben noch einen Tag übrig, das hier ist angenehm überschaubar, irgendwie beruhigend. Es ist grüner und bunter als im Grand Canyon, und überall hoppeln Kaninchen herum; Menschen trifft man kaum, man kann sich fast vorstellen, wir wären alleine. Es war Sammys Idee. Natürlich ist das hier alles nicht so spektakulär, aber ich finde es sehr erholsam. Und schön. Wir spazieren an einem Vulkankrater vorbei, folgen dem Lauf der getrockneten Lava, wandern an Felsen entlang, an denen man die verschiedenen Gesteinsschichten ablesen kann. Ich sammele Steine, auch wenn ich weiß, dass ich die nicht alle mit nach Hause nehmen kann. Unser Gepäck hatte schon auf dem Hinflug fast Maximalgewicht. Mir ist heiß. Ich trinke Wasser aus der Flasche und schütte mir den Rest über den Kopf. Es ist nicht mehr weit bis zurück zum Zelt.

Sam läuft fast in mich rein, sie umarmt mich. »Mel, was meinst du: Kannst du mir die Haare schneiden?« Ich mache einen Schritt zurück, sehe sie an, versuche mir das vorzustellen. »Wie? Alles ab?«, frage ich.

Sie ist schön, mit abgeschnittenen Jeans, einem sandigen T-Shirt, sonnengebräunt. Ihre Locken sind ein bisschen ausgeblichen. Ich mag sie, vor allem wuschele ich gern in ihnen herum.

Sam nickt. »Ja, alles ab.«

Man würde mehr von ihrem Gesicht sehen. Sie könnte sich nicht mehr verstecken. »Das muss ich mir erst noch überlegen. Ich kenne dich doch gar nicht ohne deine Locken.«

Sie streicht die Haare nach hinten, was aber natürlich anders aussieht als kurz, und zuckt die Achseln. »Sonst mache ich es eben selber.«

Sie geht weiter, ich folge ihr, hole sie ein. »Mit dem Taschenmesser?«, frage ich.

Ein kleiner Felsen kommt in Sicht, im Schatten gelegen. »Genau«, sagt sie und geht schneller.

Ich versuche Schritt zu halten. Seit wir hier sind, ist sie schneller als ich. Überhaupt steht sie unter Spannung, mindestens seit dem Grand Canyon. Vielleicht fragt sie sich, ob ich nun umziehen will oder nicht. Ehrlich gesagt, frage ich mich das auch. Aber das hat Zeit, bis wir zurück sind. Das hier ist mein erstes Mal in Amerika. »Sammy, das ist Erpressung«, sage ich, als ich sie eingeholt habe.

Sie grinst nur und setzt sich auf einen großen Stein.

Ich stelle meine Tasche ab und schaue sie an. »Ich mache vorher noch ein Foto von dir«, sage ich. »Okay?«

Als ich fertig bin, denke ich noch mal nach. Ich blicke zum Zelt hinüber. »Wir haben wirklich nichts anderes als die Schere am Taschenmesser, oder?«, frage ich Sammy, für alle Fälle.

Sie schüttelt den Kopf. »'ne Nagelschere ist ja nun auch nicht besser.«

Ich frage mich, warum sie's überhaupt so eilig hat. »Willst du nicht warten, bis wir bei deinen Eltern sind?«, frage ich sie. »Da hätten wir schon mal einen anständigen Spiegel. Wir könnten sogar vorher eine Haarschneideschere kaufen.«

Sammy zieht das Taschenmesser aus ihrer Hosentasche und klappt die Schere raus. »Ich möchte gern an diese Landschaft denken, wenn ich mir über die kurzen Haare streiche. Und an dich.« Sie grinst. Manchmal sagt sie so kitschige Sachen. Und dann geht sie einfach mit einer anderen Frau ins Bett. »Tu's einfach. Ich beschwere mich auch nicht – versprochen.«

Also mache ich mich ans Werk. Erst mal schneide ich ihr grob die Locken ab, erwische mich dabei, wie ich seufze. Ja, es ist ein Abschied, und darin bin ich eben schlecht. Aber es fühlt sich auch gut an, die raspelkurzen Haare, der Kopf. Ich sehe sie von vorn an und staune. Sofort will sie aufstehen, wahrscheinlich zum Autospiegel rennen. Ich drücke sie zurück. »Ich bin noch nicht fertig, meine Dame. Bleiben Sie mal schön sitzen.«

»Aber eine Zigarette darf ich doch zwischendrin rauchen?«, bittet sie. Natürlich darf sie das. Wir rauchen zusammen.

»Wann hattest du das letzte Mal kurze Haare?«, frage ich.

Ihre Stirn legt sich in Falten. In einem nackten Gesicht sieht man so viel mehr. Zumal ihre Haare ja meistens bis über die Augen fielen. »Mit fünfzehn«, sagt sie. »Mum war vollkommen entsetzt. Du bist entstellt, hat sie gesagt. *Disfigured.* Das muss man sich mal reinziehen.« Sie schüttelt den Kopf und tritt ihre Zigarette aus, hebt sie auf. Man darf hier keine Zigarettenstummel liegen lassen, allein schon wegen der Brandgefahr. Wir stecken sie in eine Tüte.

»Na ja«, meine ich, »du hast halt schon sehr schöne Haare. Dieselben wie sie.«

Lorraines Haare gehen ihr fast bis zum Hintern, dunkel wie Sammys, aber inzwischen von vielen weißen Strähnen durchzogen. Es sieht beeindruckend aus. Aber das will Sam natürlich nicht hören – hätte ich mir denken können.

»Dann mach mal weiter«, sagt sie, und ich gebe mir die größte Mühe, so gleichmäßig und akkurat wie möglich zu schneiden. Soweit das eben mit dieser winzigen Schere geht. Es dauert eine ganze Weile, und ich brauche dringend was zu trinken. Aber am Ende bin ich ganz zufrieden.

Sammy fährt sich vorsichtig durchs Haar. Sie fasst in den Haarhaufen, der auf dem Boden liegt, und wirft die Haare in den Wind.

Ich lache. »Das sieht sehr maskulin aus. Steht dir gut«, stelle ich fest. Vielleicht ist sie so sogar noch schöner als vorher.

Sie gibt mir einen Kuss und haucht ein Danke, dann rennt sie zum Wagen. Ich folge ihr langsam. Da steht sie und guckt sich im Außenspiegel an. »Mir gefällt's auch«, sagt sie. »Obwohl ich Nico ein bisschen ähnlicher sehe. Dafür Mum weniger. Wie man's macht …« Sie löst ihren Blick nicht vom Spiegel. »In Las Vegas werde ich meinen Anzug tragen.«

Ich haue ihr auf den Hintern. »Schatz, ist das nicht zu warm für die Wüstenstadt?«, frage ich. Sie hält mich fest und nimmt Tanzhaltung ein, summt einen Walzer und wirbelt mich herum. Natürlich führt sie.

*Sammy*

»Bitte schön, die Dame.« Ich stelle Mel einen bunten Teller mit etwas von allem vor die Nase. *Essen Sie sich durch die Kontinente dieser Welt* lautet die Werbung dieses Restaurants. »Ich hoffe, es mundet.« All-you-can-eat ist eines der vielen Dinge, die sie hier das erste Mal macht. Ich selbst finde das immer relativ anstrengend, weil ich ständig Angst habe, etwas zu verpassen. Aber natürlich muss man es einmal erlebt haben. Ich setze den Hut ab, den ich heute Morgen gekauft habe, lasse mich neben Mel nieder und stelle meinen Teller auf den Tisch. Ich konzentriere mich heute auf italienisches Essen.

»Danke«, sagt sie. »Du bist ein echter Gentleman.« Und sie küsst mich. Hier schaut uns deshalb niemand schräg an. Allerdings liegt das nicht daran, dass sie so tolerant sind. Vielmehr halten sie mich offensichtlich für einen Mann, und momentan finde ich das sehr angenehm.

Trotzdem, nach all den schönen Tagen, den Naturerlebnissen, den Schwärmereien, dem Sex, muss ich es hinter mich bringen, bevor wir morgen wieder zurückfahren. Dann haben wir nämlich nur noch einen Zwischenstopp, bevor wir wieder bei meinen Eltern sind. »Mel«, sage ich. »Wir sollten endlich mal reden.«

Sie schaltet um, spielt die affektierte Dame, sieht mich missbilligend an. Ich nehme ihre Hand. »Ich will einfach wissen, was du dir wünschst. Wie du dir das vorstellst ...«

Sie unterbricht mich. »O Darling, ich wünsche mir eine ganze Menge: Perlenohrringe und Armreifen aus Silber, und – wenn ich das extra sagen muss – natürlich einen Verlobungsring. Ferner eine Reise nach Indien ...«

Ich sehe sie an. Sie lächelt verführerisch und weigert sich schlicht, ernst zu sein. »Okay, Mel. Ich meine nur: Du hast mit Mona Schluss gemacht. Wir sind jetzt ein Paar. Und da würde ich gern wissen, wie du dir das mit der Treue vorstellst.«

»I want to be the only one«, singt sie über das Essen hinweg. Ich glaube, sie hat schon einen sitzen. Immerhin hat sie beide Aperitifs getrunken, meinen und ihren.

»Meinst du das jetzt ernst?«, frage ich. Sie isst weiter. »Mel, ich möchte dich nicht verletzen. Und ich habe den Eindruck, das habe ich getan. Kannst du mir nicht erklären, wie du das mit der Treue siehst? Ich will so gern weiter mit dir zusammenwohnen.«

Mel setzt meinen Hut auf, und ich esse weiter. Ich kann sie zu nichts zwingen. Aber zumindest kann jetzt niemand mehr behaupten, ich hätte es nicht probiert.

Viel später sitzen wir, in ausladenden Sesseln und mit Drinks in der Hand, auf der Dachterrasse einer Bar. Gerne würde ich was rauchen, aber in Städten, in denen ich niemanden kenne, kaufe ich lieber nichts. Wir blicken direkt auf den Strip, die Straße mit den meisten Kasinos und Hotels von Las Vegas. Auch unseres kann man weit hinten sehen, und ich sehne mich danach, dort, in unserem riesigen Zimmer und dem überdimensionalen Bett, mit Mel allein zu sein.

Ich sehe sie kaum, so tief sind wir beide in unsere Sessel versunken. Also schaue ich mir all die bunten Lichter an, versuche sie mir einzuprägen. Später werde ich Mel bitten, ein paar Fotos zu machen. Da kommt ihre Stimme von nebenan. »Sammy, I really want to be the only one.«

»Okay«, sage ich. Ich bekomme Angst. »Und wo fängt das an? Was sind die Grenzen?«

Ich höre, wie sie trinkt. Nur ihre Beine schauen aus dem Sessel heraus. »Sammy? Ich will dich ja gar nicht anders, als du bist. Vielleicht kannst du einfach – was ich nicht weiß, macht mich nicht heiß, verstehst du? Ich will, wie du sagst, deine Nummer eins sein, und ansonsten will ich einfach nichts wissen.«

»Und du?«, frage ich einigermaßen erstaunt.

»Mir reicht eine Freundin.« Sie lacht und stemmt sich aus ihrem Sessel hoch. Dabei schwankt sie ein wenig. »Ach, weißt du, ich habe doch keine Ahnung. Zwei waren mir jedenfalls zu viel.«

Lorraine hat Maultaschen gemacht. Kerzen tauchen den Raum in ein sanftes Licht: ein sechsarmiger Leuchter auf dem Tisch, kleine Kerzen auf den Fensterbrettern und auf dem Küchentresen, alle rot, ein bisschen wie Weihnachten. Sie ist eine Hausfrau, die genug Geld hat, wen anders putzen zu lassen, sagte Sammy irgendwann in Vegas, als sie ein bisschen angetrunken war und im Kasino gewonnen hatte. Ich fand das ziemlich gemein. Als wären die Fotos nur ein Hobby, bloß weil sie kaum was damit verdient, niemals so viel wie ihr Vater. Aber ja, man merkt, dass sie Zeit hat, zum Beispiel dafür, einen Raum extra für Besuch zu dekorieren. Das gab es bei uns nicht, meine Mutter hatte immer zu tun. Das heißt, jetzt ist das ja anders. Nur geht sie schätzungsweise trotzdem lieber mit dem Hund spazieren, als so viel im Haus zu machen. Wahrscheinlich putzt sie auch weiter selber. Jedenfalls kann ich mir nicht vorstellen, dass sie andere ihren Dreck wegmachen lässt.

Wir sitzen am großen runden Tisch, es läuft Karen Dalton, und Lorraine bringt selbstgebackenes Brot mit gesalzener Butter herein, als Beilage zur Suppe. Sam sitzt mir gegenüber. Mit den kurzen Haaren sieht sie wirklich noch besser aus. Gestern Abend habe ich noch einmal mit einer anständigen Schere nachgeschnitten, gleich als wir ankamen. Lorraine war nicht begeistert, das war klar. Sie hat nichts gesagt, nur geguckt, am Anfang richtig erschrocken. Und in ihre eigenen Haare gefasst. Sammy sieht ihr jetzt viel weniger ähnlich.

Wir erzählen von unserer Tour, vielmehr Sammy erzählt vom Grand Canyon und dem Sunset Crater Nationalpark. Dann: Las Vegas. »Wir haben uns dort ein Time Share angeschaut. Im Venetian wurden wir angesprochen, ob wir Anteile von einer Luxussuite kaufen wollten, wahrscheinlich weil ich meinen Anzug anhatte. Sie haben mich wohl für einen Mann gehalten. Und natürlich haben wir so getan, als ob wir uns das überlegen. Wir wurden mit einer Limousine abgeholt, dann erst mal mit sechs anderen Paaren zusammen über die grundlegenden Facts aufgeklärt, und dann endlich ging's mit dem Aufzug in den zwanzigsten Stock.« Ich glaube, dass sie zu dem Zeitpunkt kapiert hatten, dass Sammy eine Frau ist, denn sie hatte ihr Jackett ausgezogen. Aber sie waren wohl einfach zu höflich, als dass sie es sich hätten anmerken lassen. Ich liebe diese Diskretion.

Und Sammy hatte offensichtlich Spaß dabei. Ich bin da nicht so cool, ich hatte Angst, aufzufliegen, rausgeworfen zu werden. »Allein die Aussicht da oben war der Hammer …«, schwärmt sie. Nur als es um unser Gehalt ging, wurde der Typ plötzlich zunehmend desinteressierter. Dabei hat Sam behauptet, sie sei Lehrer und ich Fotografin, aber das reicht ja trotzdem nicht. »Für uns jedenfalls hat es sich gelohnt. Sie haben uns auch noch Tickets für eine Zaubershow geschenkt – dafür, dass wir uns die Zeit genommen haben«, endet Sam.

Ihr Vater lacht. Ihre Mutter isst konzentriert ihre Maultaschen. Sie scheint nervös, und ich lobe ihr Essen. Vielleicht hilft das.

»Außerdem hat Sammy unsere Hotelkosten reingeholt«, sage ich. »Ich bin ins Bett gegangen, als ich meine fünfzig Dollar verspielt hatte. Sie meinte, sie käme bald nach. Irgendwann bin ich eingeschlafen, aber jedes Mal, wenn ich kurz aufwachte und sie immer noch nicht da war, habe ich mir Sorgen gemacht. Dann kam sie, frühmorgens, und hatte die Übernachtungen erspielt.« Ich grinse Sammy an, und sie lacht. Wir halten Händchen, über den Tisch hinweg.

Wir alle prosten uns zu. Der Wein ist der Hammer, aus der Gegend hier. So was habe ich noch nie getrunken. »Und dann gab es noch diesen irren See, den Mono Lake, mit den Salzformationen. Da hatten wir einen kleinen Campingplatz im Wald, wo ich meine Mandoline rausgeholt und gesungen habe. Nach und nach kamen die Nachbarn und haben sich zu uns gesetzt. Am Ende hatten wir ein richtiges kleines Konzert«, erzählt Sam weiter.

Wahnsinnig volle zwei Wochen waren das, aber wir mussten uns auch beeilen. Ich habe ja leider nur knapp drei Wochen freibekommen. Die sind nun fast um, und ich fühle mich, als wäre ich seit sechs Wochen unterwegs. Könnte jetzt glatt mal eine Woche am Stück nur schlafen. Es waren so viele Eindrücke: die Landschaft und die Leute und die Sprache und die Wüste und dann noch, vor allem auch Sammy. Allein sie zu erleben, wenn sie Englisch redet, ihre Muttersprache, oder streng genommen Vatersprache, jedenfalls reden sie in der Familie Englisch. Oder wenn sie sich als Mann ausgibt, elegant und noch entschiedener als sonst. Die Frauen haben ihr bewundernde Blicke zugeworfen – ein smarter Engländer. Oder wenn sie unangenehme

Dinge ausspricht, wie die Treue-Frage. In so was bin ich einfach nicht gut. Also bin ich froh, dass sie's getan hat. Ob ich ausziehe oder nicht, werde ich zu Hause überlegen. Da lasse ich mich nicht drängen. Ich freue mich auf die Fotos. Darauf, mich in mein Labor zu verziehen und die Erinnerungen zu materialisieren. Das wird schön. Ich stelle mir vor, wie Sammy mich dort besucht. Blinzele. Dieses schummrige Licht macht mich ganz müde.

Lorraine trägt die Hauptspeise auf – Gulasch mit Spätzle –, füllt alle Teller und setzt sich dann. Sie wechselt ins Deutsche und wendet sich an Sammy: »Aber jetzt sag mal: Was ist eigentlich mit Nico, was du nicht am Telefon erzählen wolltest?«

Sammys Vater seufzt, holt noch den Salat, reicht ihn herum, macht einen weiteren Rotwein auf. Ich nicke und strecke ihm mein Glas hin, während Sammy sich noch einen Orangensaft einschenkt.

Sie beschließt, keine großen Umschweife zu machen. »Er ist jetzt als Spitzel bei den Rostocker Nazis aktiv.« Ihr Gesicht verschließt sich, sie fängt an zu essen. Ich auch.

»Nein!«, sagt Lorraine. Ihr Lächeln ist versteinert, sie will es noch nicht aufgeben, trinkt einen Schluck Wein.

Sammy sieht sie an, wie in einem Zweikampf. Ihre Mutter weicht aus, guckt an ihr vorbei. Aber Sammy redet weiter. »Doch«, sagt sie. »Ich habe ihn auf einer Demo getroffen.«

Sammys Dad isst genüsslich, schwenkt den Wein, bevor er einen Schluck trinkt. Erst dann äußert er sich. »Aber Sam«, sagt er. »Wie soll das überhaupt gehen? Du wirst doch nicht die Einzige von früher sein, die ihn erkennt, oder?« Er prostet Lorraine zu, die ihm gegenübersitzt. Inzwischen sind ihre Mundwinkel abgesunken. Kurz streichelt er tröstend ihre Hand.

Sammy nickt. »Ja, das ist seltsam. Aber ich sag mal, er hat eine Generalüberholung hinter sich. Selbst ich habe ihn kaum wiedererkannt.«

Sammys Vater isst weiter, Lorraine macht tapfer mit. Mir schmeckt es sowieso. Ich werde mich hier nicht einmischen. Sammys Hand zittert, als sie ein Stück Gulasch zerschneidet. »Das ist doch absurd«, sagt er kopfschüttelnd. »Was haben wir nur falsch gemacht?« Er klingt ironisch.

Sammy redet ungewohnt leise. »Er hat doch schon immer gern seine Spielchen gespielt.«

»Bist du dir überhaupt sicher, dass er es war? Hast du mit ihm geredet? Weißt du, wo er jetzt wohnt?«, fragt Lorraine, sanft, die Stimme schon etwas unsicher vom Wein, aber trotzdem hoffnungsvoll.

Sie guckt ihren Mann an, während sie mit ihrer Tochter redet – seltsam. Aber vielleicht ist das auch besser so. Ihr würde nicht gefallen, was sie sähe: ein starres, wütendes Gesicht.

»Ja. Er hat mich nach der Demo aufgegabelt, und wir sind was essen gegangen. Aber ich habe ihn nicht nach seiner Adresse gefragt. Wieso sollte ich? Ich will sowieso nichts mehr mit ihm zu tun haben.«

Ihr Dad grinst jetzt irgendwie zufriedener; er ist mit der ersten Portion schon fertig und nimmt noch Spätzle und Gulasch nach. Lorraine dagegen hat eine Träne im Auge, ihr Teller ist immer noch recht voll. »Aber die muss man doch irgendwie rauskriegen.«

»Willst du ihn in Rostock besuchen, Darling?«, fragt Sammys Dad gereizt.

Sammy schaut ihre Mutter jetzt mit einer Mischung aus Mitleid und Wut an. Aber das merkt die nicht. »Also für mich ist er gestorben«, stellt Sammy noch einmal klar.

Zum Glück haben wir das Essen. Es schmeckt wirklich super, und eine Weile sind wir einfach alle damit beschäftigt oder tun zumindest so. Dann legt Sammy ihre Platte auf: Garlick. Gern würde ich sie zurückhalten und sagen: Das ist keine gute Idee, die sind jetzt mit anderem beschäftigt. Aber das geht nicht, wir sind ja nicht allein. Ich frage mich, ob wir vielleicht zum Rauchen rausgehen können, aber natürlich zünden sich nach der Hauptspeise alle einfach am Tisch eine Zigarette an. Und als Garlick schon läuft, fragt Lorraine prompt, was Nico sonst noch erzählt hat, und natürlich ist das für Sam ein weiterer Beweis dafür, wie sehr er bevorzugt wird. Sams Dad dagegen interessiert sich wirklich für die Platte oder gibt es zumindest vor. Er merkt hier und da etwas an, dass ihm »Why Work?« gut gefällt zum Beispiel und dass er ihr gar kein so gefühlvolles Liebeslied zugetraut hätte – ob ich daran schuld wäre.

*Sammy*

Schon lange ist der Alltag wieder eingekehrt, und mein Kopf ist voll bis obenhin. Ich weiß, dass es nicht so sein müsste. Es sind immer noch Semesterferien. Ich hätte mir mehr Zeit für die letzte Hausarbeit lassen können, zumal ich weder weitere Urlaubspläne noch einen Ferienjob in Aussicht habe. Aber die letzten Wochen saß ich jeden Tag an meinem Stammplatz in der Bibliothek und schrieb über *The Dispossessed*. Nun bin ich fast fertig. Dann muss ich nur noch alles abtippen. Ich trete in die Pedale und fahre den kleinen Berg hinauf, während Team Dresch nur für mich singt. Das Mixtape hat Kim mir aufgenommen, und als Nächstes kommt No Means No.

Natürlich wusste ich, dass ein Urlaub nicht alles geraderückt. Und natürlich weiß ich andererseits, dass ihr Auszug nicht heißt, dass alles oder auch nur etwas nicht gerade wäre. Aber obwohl sie im selben Viertel bleibt und obwohl es keine Mona mehr gibt, obwohl sie sagt, dass sie mich liebt, kommt es mir wie eine Trennung vor, der ich nicht zugestimmt habe. Ganz kurzfristig hat sie eine kleine Wohnung unterm Dach gefunden. Sie besteht aus einem mittelgroßen Zimmer plus einer wirklich schönen Küche, in der man mit bis zu vier Leuten sitzen kann. Von dort aus hat man einen Blick bis zum Hafen. Weil das Haus, genauso wie unseres, an einer großen Straße steht, ist die Wohnung bezahlbar. Auf die Anzeige, die in der *taz* stand, hat Dörthe sie aufmerksam gemacht. Nächsten Samstag ist es dann auch schon so weit: Mel zieht aus. Also haben wir heute ein Abschiedsessen mit der WG.

Ich bin die Letzte. Als ich komme, sitzen alle anderen schon am Tisch.

»Na, endlich«, sagt Suzanna und nimmt den Topf vom Herd. Es riecht nach Curry. Ich hole mir ein alkoholfreies

Bier aus dem Kühlschrank. Da liegt noch einiges an Getränken; die Kolleginnen scheinen heute noch was Größeres vorzuhaben. Die Plätze auf dem Sofa sind vergeben, also setze ich mich auf den Stuhl gegenüber.

»Ich hatte noch an der Uni zu tun«, erkläre ich. Natürlich ist das eine lahme Ausrede. Es gab keinerlei Notwendigkeit, so lange in der Bibliothek zu sitzen. Aber mein Körper schien schwer, wie wenn man sehr müde ist, nur dass es nicht Müdigkeit war, sondern eine Art Starre, eine Verweigerung des Körpers, sich zu bewegen. Ich wollte nicht zu diesem Essen gehen. Lieber hätte ich heute eine Bandprobe gehabt, aber natürlich wäre das nicht durchgegangen.

Letzte Woche hatten wir schon zwei potenzielle Nachmieterinnen da. Suzanna und Dörthe konnten sich sehr schnell auf eine davon einigen: Katrin, die beim lesbisch-schwulen Filmfestival mitmacht und in der häuslichen Pflege jobbt. Ich habe mir drei Tage Bedenkzeit erbeten, um dann zuzustimmen, ohne wirklich überzeugt zu sein. Ich hatte keine Alternative anzubieten, und mir schwante, dass mir jede, die in Mels Zimmer wohnen wird, nicht gut genug wäre. Vielleicht sollte ich einfach auch ausziehen, aber ich wüsste nicht wohin.

Das Curry ist scharf, der Reis mit Safran aufgepeppt, sogar einen Salat haben sie gemacht. Es brennt in meinem Mund, Aubergine und Pilze. Ich lobe das Essen, dann fällt mir nichts mehr zu reden ein, doch die anderen erledigen das schon, obwohl auch sie nicht wirklich glücklich sind.

»Ich dachte immer, du wohnst gern mit uns zusammen«, sagt Suzanna.

Mel drückt ihre Schulter. »Tue ich auch. Ich muss nur einfach – ich brauche ein bisschen Abstand. Außerdem habe ich noch nie allein gewohnt und will wissen, wie das ist. Ich bin so wenig bei mir, seit Sammy und ich …«

»Wir haben's uns schlimmer vorgestellt, mit einem Pärchen in der WG«, meint Dörthe.

»Ihr habt uns ja auch erzogen.« Mel lächelt.

Nach den ersten Wochen hatten sich die beiden beschwert, dass wir nicht in der Küche knutschen sollten. Seitdem haben wir uns daran gehalten. Und vor allem Dörthe hat uns konsequent so behandelt wie immer. Das ging so weit, dass sie nachts bei uns klopfte, um zu fragen, ob wir was zu rauchen hätten. Dass wir in Unterwäsche auf dem Bett saßen, hat sie überhaupt nicht gestört. Sie hat sich dazugesellt, und wir haben gekifft. Mir gefiel das.

Jetzt werde ich also allein auf dem Bett liegen, und niemand wird hereinkommen, keine Mel und wahrscheinlich auch nicht Dörthe, denn die ist ja vor allem mit Mel befreundet. Die Spitzel-Geschichte ist inzwischen einigermaßen überstanden, obwohl ich natürlich ein schlechtes Gewissen habe, weil ich ihnen nichts von meiner Begegnung mit Nico erzählt habe. Ich habe den Kontakt zu ihm abgebrochen, und eigentlich denke ich, dass das reichen muss. Aber es bleibt ein schales Gefühl. Vielleicht, irgendwann, wenn es mir wieder besser geht, erzähle ich es ihnen. Vielleicht aber wird die Stimmung ja auch schlechter, wenn Mel auszieht. Obwohl ich jetzt regelmäßig Volxküche mache. Es ist eben auch ein Problem, wenn man keinen Alkohol trinkt. Der schweißt zusammen. Vielleicht sollte ich wirklich ausziehen. Vielleicht hätte ich mir das früher überlegen sollen, denn dann wäre Mel womöglich hiergeblieben.

Mel fragt, wann Katrin einzieht, und es heißt: nächsten Samstag. Ich überlege mir, was ich vorhaben könnte, um nicht hier zu sein. Ich könnte mich mit Mel verabreden. Sicher lässt sie sich gern ein paar Regale anschrauben. Sie zieht ja am Freitag aus, also nur einen Tag vorher.

»Katrin will noch streichen, aber die Sachen stellt sie schon mal rein. Aus ihrer alten WG muss sie zum Ersten raus«, erklärt Dörthe.

»Und warum zieht sie da aus?«, fragt Mel.

»Das haben wir sie nicht gefragt«, sagt Suzanna schulterzuckend. Dörthe sieht erschrocken aus. Womöglich ist es ja so: Katrin hat sich mit ihrer letzten WG verkracht, weil sie zu geizig oder zu rücksichtslos oder zu schlampig war. Ich habe zu dem Vorstellungsgespräch sowieso gar nichts beigetragen. Aber Mel hat recht: Jemand hätte sie fragen sollen.

Später holt Mel die Fotos von den USA heraus, die ich schon kenne. Während sie den anderen beiden von unserer Reise erzählt, schweifen meine Gedanken ab. Seit wir wieder hier sind, ist Mel mir gegenüber seltsam zurückhaltend. Vielleicht braucht sie das, um ihren Auszug über die Bühne zu bringen, und dann wird es wieder, hoffe ich. Tatsächlich waren wir ja auch fast drei Wochen lang Tag und Nacht zusammen. Danach kann man schon mal genug voneinander haben. Außerdem arbeitet sie gerade sehr viel. Ohne Mel ist im Studio einiges liegengeblieben. Aber trotzdem weiß ich manchmal wirklich nicht, ob sie mich noch will.

Heute wird sie länger aufbleiben als ich. Bald lasse ich mir eine Ausrede einfallen, um mich zurückzuziehen. Wenn es nach mir ginge, läge ich schon im Bett und würde lesen. Etwas Modernes. Nichts für die Uni. Vielleicht gehen sie ein letztes Mal als Mitbewohnerinnen zusammen aufs Dach. Es tut mir leid, dass ich sie auseinanderreiße. Das erste Mal mache ich mir wirklich Gedanken, inwieweit ich Mel diese Ersatzfamilie zerstört habe, die sie schon ein Jahr länger hatte als ich. Aber wenn es so ist, hätte sie mit mir reden können, mich fragen, ob nicht ich gehe. Ob sie dafür zu rücksichtsvoll ist? Natürlich bekommt Mel mit ihrem festen Einkommen leichter eine Wohnung. Trotzdem, die Variante, dass ich diejenige bin, die geht, war nie ein Thema, und das kommt mir plötzlich nicht nur seltsam, sondern eindeutig falsch vor.

*Mel*

Jetzt haben sie doch noch in der Flora gespielt. Natürlich sind alle da: Suzanna, Dörthe und Katrin, Sammys Freundinnen von der Uni, Kolleginnen aus dem Proberaum, Harald und Helen. Alle klatschen, alle rufen, Sammy kommt mit ihrer Akustikgitarre raus, sie spielt noch eine Zugabe: »Cowgirl«. Plötzlich wird es ganz still im Saal. Ich muss aufs Klo, reiße mich aber zusammen. Als Sammy singt, bekomme ich eine Gänsehaut. Das Lied ist für mich, denke ich, und diesmal bleibe ich ganz ruhig stehen, höre die Rufe um mich herum, freue mich. Das ist meine Freundin da oben, auch wenn niemand weiß wie lange. Jetzt, heute, hier ist sie meine Freundin, und ich bin stolz auf sie.

Und als das Konzert vorbei ist, kommt sie zu mir, nicht sofort natürlich, aber ziemlich bald. »Danke, dass du gekommen bist«, sagt sie und strahlt, wie sie nur strahlt, wenn sie auf der Bühne war.

Auch Harald steht neben mir und grinst uns an, ich würde ihm gern auf den Fuß treten. Egal, Sammy bekommt sowieso nichts mit. »Aber das ist doch klar«, sage ich und küsse sie auf den Mund.

Sie hält mich fest, sie lacht. »Ich hab dich gesehen«, flüstert sie mir ins Ohr.

»Von der Bühne runter, ich weiß.« Ich lächle. Ich lächle wie blöd, ich bin ganz benommen.

Sie hält mich fest, drückt mich so fest an sich, dass ich ihren Herzschlag spüre, und flüstert mir ins Ohr: »Nimmst du mich mit nach Hause?«

»Auf jeden Fall«, erwidere ich. Mir ist heiß, ich werde feucht.

Sie weicht einen Schritt zurück, sieht mich an. »Ich meinte: jetzt.«

Das gab es noch nie. »Wie? Jetzt sofort?«, frage ich.

Jemand tippt ihr auf die Schulter, umarmt sie, als sie sich umdreht, gratuliert. Ich sehe in die Runde. Da folgen noch andere, das kann dauern.

Als Sammy sich mir das nächste Mal zuwendet, hat sich ihr Begehren wieder in Aufregung verwandelt, in Freude, die man mit allen hier teilen kann, allen, die ihre Musik gehört haben. »Wir treffen uns in einer halben Stunde am Ausgang, okay?«, sagt sie.

Ich nicke, nehme Harald am Arm. Gemeinsam kämpfen wir uns zur Bar durch. Ich brauche noch ein Bier, und außerdem steht da Dörthe.

Ich habe mir ein Bett gekauft. Es steht unter der Dachschräge und ist mein erstes eigenes. Lange habe ich auf einer Matratze geschlafen, dann in der WG in dem Hochbett, das da schon stand, als ich einzog. Jetzt bin ich also ganz normal in einen Laden gegangen und habe mir eines ausgesucht: sehr schlicht, vier Balken, dunkle Kirsche, gerade mal fünfzig Zentimeter hoch. Für einen kleinen Aufpreis wurde es geliefert. Das war fast wie erwachsen werden.

Während ich noch die Pet Shop Boys auflege, leiser stelle, wegen der Nachbarn, hat Sammy es sich dort schon bequem gemacht, nackt bis auf ihre Unterhose. Sie liegt auf der Seite, sieht mich an, immer noch das Strahlen von der Bühne in den Augen, wieder das Begehren ins Gesicht geschrieben. Mir schwirren Bilder vom Konzert durch den Kopf, ich sehe Sammy über der Menge, mit ihrer Gitarre, weit weg. Und die Traurigkeit, die mich immer wieder überkommt, seit ich mehr allein bin, schiebt sich zwischen mich und ihren schmalen Körper, der auf mich wartet. Ihre Brüste liegen aufeinander.

»Was ist los?«, fragt sie, zieht mich zu sich, öffnet meine Hose, um eine Hand hineinzuschieben, mit ihren Fingern in meine Möse zu gleiten. Ich sauge an ihren Titten. Manchmal mag sie es nicht, und manchmal will sie es unbedingt.

Heute ist also ein Tittentag. Das ist schön. Sie stöhnt neben mir, küsst mich. »Langsam«, flüstert sie, zieht mich hastig aus, rutscht herunter, um meinen Saft zu lecken. Kurz bevor ich komme, schiebe ich sie weg. Sie setzt sich auf mich, gibt mir eine Titte in den Mund, stößt mit ihren Fingern in mich hinein. Sie kommt zuerst. Sie leckt mich noch einmal.

Später liege ich auf Sams Bauch, und die Pet Shop Boys singen »Jealousy«. Sam sagt: »Mel, du weißt schon, dass es mit niemand anderem so schön wäre wie mit dir.«

Mein Herz klopft laut. Wir sind verschwitzt, vom Sex, vom Konzert. Etwas in mir ist immer noch wütend. »Dann reicht es doch, oder?«

»Okay. Ich werde nie wieder eine andere küssen, und du ziehst wieder bei uns ein«, sagt sie, grinst. Toller Witz, vielen Dank auch.

Wir greifen beide zum Tabak, sie lässt mir den Vortritt. »Ich weiß«, sage ich. »Ich weiß, dass es so nicht funktioniert.«

Ich lecke über das Blättchen, klebe es zu und gebe ihr den Tabak.

Sie zuckt die Schultern. »Wie auch immer. Du brauchst wirklich keine Angst zu haben, Mel. Vielleicht bin ich in deinen Augen nicht treu, aber ich liebe dich. Mel, ich will mit dir alt werden.«

Ich schweige. Sie nimmt das Feuerzeug. Wir schweigen, bis wir beide unsere Zigaretten aufgeraucht haben. Atmen und schweigen. Dafür sind Zigaretten da, auch wenn ich irgendwann mit dem Rauchen aufhören werde. Vielleicht mit dreißig. Ich bekomme eine Gänsehaut. »Sag das noch mal«, fordere ich.

Sie spitzt ihre Lippen. »Du meinst mit Kuss?«

Ich nicke und muss lachen.

»Also sozusagen als Heiratsantrag?«, fragt sie. Und als ich wieder nicke: »Du weißt doch, dass ich Heiraten scheiße finde.«

Ich lache noch mehr, und irgendein Kloß, der da lange unbemerkt saß, löst sich aus meinem Hals. Ich kitzele sie am Fuß. »Jetzt sei doch nicht so. Okay: Heißt das, du willst mit mir auf unabsehbare Zeit zusammenbleiben?«, frage ich, halb ernst, halb spöttisch.

Sie guckt mir in die Augen, und alles Schelmische ist aus ihrem Blick verschwunden. »Wusstest du das nicht?«, fragt sie. »Ja, ich will mit dir zusammenbleiben. Und ich würde sagen: erst mal für immer.«

**Utz, Birgit:** *Alles ist anders* / Roman
ISBN 978-3-95917-002-4
Originalausgabe / 
Satz und Gestaltung: Grafikbüro Schadenberg, Berlin
Umschlagfoto: corbis
Druck: CPI – Clausen & Bosse, Leck